문학시간에 옛글읽기 2

문학시간에 옛글읽기 2

전국국어교사모임 옮김

Humanist

'문학시간에 읽기' 시리즈를 펴내며

문학 작품은 왜 읽을까요? 도대체 문학이란 무엇일까요?

한 국어학자는 '문학'을 '말꽃'이라고 했습니다. '꽃'이 '아름답게 피워 낸 가장 값진 열매'이니, '말꽃'은 '말로써 피워 낸 가장 아름답고 값진 결과물'이라는 것입니다.

그런데 오늘날 입시 위주의 교육 환경에서 '문학'은 과연 학생들에게 말꽃으로 다가갈까요?

학생들은 말로 이루어 낸 가장 아름다운 꽃의 향기와 아름다움을 느끼거나 맛볼 여유가 없습니다. 이번 시험엔 어떤 작품이 출제될까만 생각하며 이런저런 참고서와 문제집을 뒤적거리느라 문학의 재미와 아름다움을 맛보고 느낄 겨를이 없으니까요.

전국국어교사모임은 학생들에게 문학의 참맛을 느끼고 맛보게 해 주고 싶었습니다. 그래서 문학사 중심, 지식과 기능 중심의 문학 교재가 아닌, 학생들이 재미있게 읽으면서도 자신의 지적·정서적 경험을 넓힐 수 있는 문학책을 만들게 되었습니다.

'문학시간에 읽기' 시리즈는 전국의 국어 선생님들이 숱한 토론을 거치면서 가려 뽑은 작품들로 구성되었습니다. 학생들이 즐겨 읽고 크게 감동한 작품들, 학생들의 감수성과 상상력을 풍부하게 만든 작품들과 만날 수 있습니다.

이제 학생들이 논술과 수능 준비를 위해 어렵게 외우고 풀어야 하는 문학이 아닌, 나와 우리의 이야기가 녹아들어 있는 문학, 느끼고 생각할 수 있는 문학, 진실한 얼굴의 문학을 만날 수 있기를 바랍니다.

2013년 5월
전국국어교사모임

머리말

옛글에서 배우는 오늘을 살아가는 지혜

여러분은 '고전' 혹은 '옛글' 하면 어떤 생각이 드나요? 아마도 대부분은 골치 아프고 고리타분하다는 생각을 할 것입니다. 그렇게 생각하는 가장 큰 이유는, 교과서나 책에 실린 옛글들이 토씨나 이음말을 빼면 대부분 원문의 한자어를 그대로 쓰고 있어서 어렵기 때문입니다. 또 20~30년 전의 일도 까마득한 옛일로 여기는 요즘 청소년들에게 옛글이 너무 멀게 느껴지기 때문일 수도 있습니다.

하지만 시대가 다르고 문화와 언어가 달라도 보편적으로 통하는 정서와 가치가 있습니다. 옛글을 읽고, 다른 문화권의 문학 작품을 읽는 이유도 바로 그 때문이겠지요. 옛글을 읽어 보면 현대인의 생각보다 더 참신하거나, 아주 논리 정연하거나, 실물을 보는 듯 그 느낌이 생생하게 전달되는 글이 많습니다.

이 책은 국어 교사들이 청소년들에게 권하고 싶은 옛글들을 모아 이해하기 쉽게 풀어 썼습니다. 당시의 일상적인 삶이나 사회상을 짐작할 수 있는 글, 살아가면서 겪는 갈등이 담긴 글, 세상의 변화를 요구하는 글, 좀 더 의미 있는 삶을 추구하는 글 등을 가려 뽑고, 같이 읽으면 좋은 글을 묶어 일곱 개의 장에 나누어 실었습니다.

옛글에는 당대의 시대상과 앞서 살다 간 사람들이 느끼고, 고민하고, 생각한 것 들이 담겨 있습니다. 오늘날의 관점에서 보면 매우 낡은 생각

일 수도 있지만 당시로서는 당연하거나 시대를 앞서 간 것이었을 수도 있습니다. 그래서 옛글을 읽을 때는 글쓴이가 살았던 시대 상황을 염두에 두어야 하는 것이지요. 또한 오늘날의 상황과 견주어 의미를 새롭게 해석하며 읽는다면 옛글을 더욱 풍부하게 이해할 수 있을 것입니다.

여기 실린 글들도 그런 마음가짐으로 읽었으면 좋겠습니다. '앞서 살다 간 사람들은 어떤 생각을 했을까?' 하고 호기심을 가지고 귀 기울일 때, 몇백 년의 시간을 뛰어넘어 그들과 마음으로 대화를 나눌 수 있지 않을까요? 그럼으로써 오늘을 살아가는 지혜를 터득할 수도 있을 것입니다.

이 책이 청소년들과 옛글의 정서적 거리를 좁혀 주는 구실을 한다면 더할 나위 없이 기쁠 것입니다. 또 어쩌다 만난 옛글로 글 읽는 시간이 행복했으면 좋겠습니다.

2014년 3월
김동곤, 박정원, 이미숙

차례

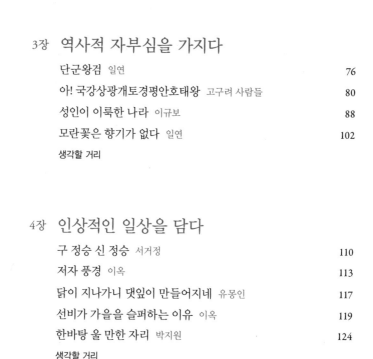

7장 견해를 뚜렷이 밝히다

1장

—

마음에 새겨
경계하다

두더지 혼인

유몽인

예로부터 왕실과 혼인하여 화를 입은 일이 많았다. 이는 두더지가 두더지와 혼인한 것만 못하다. 무슨 말인가?

　옛날, 한 두더지 부부가 새끼를 낳아 매우 사랑했다. 하루는 아비 두더지와 어미 두더지가 새끼 두더지를 혼인시키려고 의논했다.

　"우리가 아들을 낳아 이토록 애지중지하였으니 둘도 없이 귀한 사윗감을 택해 혼인을 시켜야겠소. 그런 사윗감으로 하늘만 한 것이 없으니, 내 마땅히 아들을 하늘과 혼인시켜야겠소."

　그래서 하늘에게 가서 말했다.

　"제가 아들을 낳아 애지중지하여 둘도 없이 귀한 사윗감을 택해 혼인시키려고 합니다. 생각해 보니 그런 사윗감으로 당신만 한 이가 없으니 부디 제 아들과 혼인해 주십시오."

　그러자 하늘이 말했다.

　"나는 넓고 큰 땅을 덮어 가릴 수 있고 만물을 낳아 기르니 나보다 나은 것이 없습니다. 그런데 구름만이 나를 가릴 수 있으니 내가 구름보다 못하지요."

그래서 두더지가 구름에게 가서 말했다.

"제가 아들을 낳아 애지중지하여 둘도 없이 귀한 사윗감을 택해 혼인시키려고 합니다. 그런 사윗감으로 당신만 한 이가 없으니 부디 제 아들과 혼인해 주십시오."

그러자 구름이 말했다.

"나는 하늘과 땅에 가득 차고 해와 달을 덮어 가리며 산천과 만물을 어둡게 할 수 있지요. 그런데 바람만이 나를 흩뜨리니 내가 바람보다 못합니다."

그래서 두더지는 바람에게 가서 말했다.

"제가 아들을 낳아 애지중지하여 둘도 없이 귀한 사윗감을 택해 혼인시키려고 합니다. 그런 사윗감으로 당신만 한 이가 없으니 부디 제 아들과 혼인해 주십시오."

그러자 바람이 말했다.

"나는 큰 나무도 부러뜨리고 큰 집도 날려 버리며, 산과 바다도 뒤흔들고 가는 곳마다 쓸어 없애 버리지요. 그런데 오직 과천(果川)의 돌미륵만은 넘어뜨릴 수 없으니 내가 과천의 돌미륵만 못합니다."

그래서 두더지가 돌미륵에게 가서 말했다.

"제가 아들을 낳아 애지중지하여 둘도 없이 귀한 사윗감을 택해 혼인시키려고 합니다. 그런 사윗감으로 당신만 한 이가 없으니 부디 제 아들과 혼인해 주십시오."

그러자 돌미륵이 말했다.

"내가 들판에 우뚝 서서 오랜 세월 동안 뽑히지 않고 있습니다. 그러나 두더지가 내 발밑의 흙을 파내면 나는 쓰러지지요. 그러니 내가 두더지만 못합니다."

이에 두더지가 놀라 스스로를 돌아보며 탄식했다.

"우리가 세상에서 둘도 없이 귀한 존재로구나."

그리고 드디어 그 아들을 두더지와 혼인시켰다.

무릇 자기 분수를 알지 못하고 감히 왕실과 혼인하여 사치스러움을 누리려 하다가 끝내 화를 입는 사람은 바로 이 두더지만도 못한 것이다.

출전_ 어우야담

▣ — 한 두더지 부부가 애지중지하며 기른 아들을 혼인시키기 위해 세상에서 가장 귀한 사윗감을 찾아 나선다. 하늘을 찾아가 아들과 혼인해 달라고 하는 두더지에게 하늘은 자기보다 더 나은 존재로 구름을 지목하고, 구름을 찾아간 두더지에게 구름은 바람을 지목하고, 바람을 찾아간 두더지에게 바람은 과천의 돌미륵을 지목한다. 돌미륵을 찾아가 아들과 혼인해 달라고 하는 두더지에게 돌미륵은 자기를 쓰러뜨릴 수 있는 두더지보다 못한 존재라고 말한다. 그래서 두더지는 이 세상에서 가장 귀한 존재가 바로 자신과 같은 부류임을 깨닫는다.

자신의 참된 가치를 일깨우는 이 이야기는, 이야기의 귀착점이 다시 출발점으로 되돌아가는 회귀 형식이라는 특징을 가지고 있다.

유몽인은 이야기의 처음과 끝 부분에 왕실과의 혼인으로 부귀를 누리려는 인간의 욕심에 대해 말하고 있다. 결국 이 이야기는 두더지를 통해 분수를 알지 못하고 끝내는 화를 부르는 어리석은 인간의 헛된 욕심을 경계하고자 하는 것이다.

조선 후기 홍만종(1643~1725)이 쓴 잡록 《순오지(旬五志)》에도 〈두더지의 혼인(野鼠婚)〉이라 하여 비슷한 이야기가 실려 있다.

늙은 쥐의 지혜

고상안

옛날에 한 늙은 쥐가 있었는데, 훔치는 재주가 뛰어났다. 그렇지만 늙어서 눈이 어둡고 힘이 줄어 스스로 훔칠 수가 없었다. 그래서 늙은 쥐는 여러 쥐들에게 훔치는 재주를 가르쳐 주었고, 쥐들은 훔친 것을 늙은 쥐에게 나누어 주었다.

여러 해가 지나자 쥐들은 더 이상 늙은 쥐에게 배울 것이 없다고 생각해 훔친 것을 나누어 주지 않았다. 이에 늙은 쥐는 오랫동안 분함을 품고 있었다.

어느 날 저녁, 아낙이 솥에 밥을 지어서 뚜껑을 돌로 눌러 두고는 갔다. 여러 쥐들이 그 밥을 훔치려고 했지만 방법이 없었다. 한 쥐가 말했다.

"늙은 쥐에게 가서 물어보는 것이 좋겠다."

모두들 그렇겠다고 여기고 늙은 쥐에게 가서 방법을 물었다. 그러자 늙은 쥐가 화를 내며 말했다.

"너희들이 나에게 재주를 얻어 늘 배부르게 먹다가 요즘은 나에게 음식을 나누어 주지 않으니 해 줄 말이 없다."

여러 쥐들이 용서를 구하며 말했다.

"저희들이 잘못했습니다. 지난 잘못에 대해서는 드릴 말씀이 없습니다. 앞으로는 은혜를 잊지 않겠습니다. 제발 좋은 방법을 가르쳐 주십시오."

늙은 쥐가 말했다.

"솥에는 세 발이 있다. 그중 한쪽 솥발 밑을 힘을 다해 파 보아라. 조금만 파면 솥이 기울어져 뚜껑이 저절로 열릴 것이다."

여러 쥐들이 달려가 솥발 밑을 팠다. 그러자 과연 늙은 쥐의 말대로 솥뚜껑이 열렸다. 여러 쥐들이 배부르게 먹고 남은 것을 늙은 쥐에게 주었다.

아! 사물이란 본래 그러한 것이니, 하물며 사람의 일임에랴. 진나라의 젊은 장수 이신의 계략은 늙은 장수 왕전에게 미치지 못했고,* 한나라 젊은 장수 신무현의 꾀도 늙은 장수인 조충국에게 미치지 못했다. 군사를 쓰는 일에만 그러한 것이 아니다. 특히 나라를 다스리는 일에서는 젊은이가 늙은이를 넘어설 수 없다. 진(秦)나라 목공이 "나이 든 사람에게 물으면 실수가 없다."라고 한 것은 바로 이를 두고 한 말이다.

● **젊은 장수 ~ 미치지 못했고** 전국 시대 말, 진나라가 초나라를 치려고 하자 젊은 장군 이신은 20만 군사면 초나라를 이길 수 있다고 하였으나, 늙은 장군 왕전은 60만의 군사가 필요하다고 말했다. 진나라는 이신에게 20만의 군사를 주고 초나라를 쳤지만 크게 패했다. 이에 왕전이 60만의 군사를 이끌고 초나라를 쳐서 이겼다.

그러나 지금 나라의 권세는 모두 젊은 사람이 잡고 있으며, 늙은 사람은 그저 옆에서 보고만 있고 아무 말도 하지 못한다. 늙은 사람이 아무리 좋은 말을 한다 해도 도리어 젊은 사람에게 비웃음만 받을 뿐이다. 사람 사는 이치도 저 늙은 쥐의 이야기와 같으니 탄식할 일이다.

출전_ 태촌집

원제_ 노서 老鼠

■ ─ 관중이 환공을 따라 고죽국을 쳤는데, 봄에 가서 겨울에 돌아오다가 길을 잃고 헤매었다. 이때 관중이 "늙은 말의 지혜가 쓸 만하다."라고 하며, 늙은 말을 풀어 놓고 뒤를 따라가 길을 찾았다. 《한비자》〈설림〉에 나오는 이야기다.

《삼국유사》 수로 부인 이야기에는 노인이 등장한다. 신라 성덕왕 때에 순정공이 강릉 태수로 부임하던 도중 바닷가에서 점심을 먹는데 갑자기 용이 나타나 수로 부인을 끌고 갔다. 공이 놀라 발을 굴렀지만 아무 방법이 없었다. 이때 한 노인이 나타나 말했다. "옛사람의 말에 여러 사람의 입은 쇠도 녹인다 하였습니다. …… 이곳 백성들을 불러서 노래를 부르며 몽둥이로 언덕을 두드리면 부인을 볼 수 있을 것입니다." 그대로 하였더니 용이 부인을 데리고 나와 바쳤다.

이 두 이야기는 사람이든 사물이든 연륜이 깊으면 사물의 이치에 밝다는 것을 보여 준다. 늙은 말과 노인은 지혜로운 존재로 그려져 있다. 그 지혜는 의심을 딛고 이룬 노년의 지혜이기 때문에 훌륭한 것이다. 《채근담》에 나오는 다음 같은 구절도 노년을 아름답게 그려 준다. "하루 해 저물 때 노을이 더욱 아름답고, 한 해 저물 때 귤은 오히려 향기롭다."

물론 늙음이 항상 그러한 것은 아니다. 세파에 시달리다 보면 속세의 먼지를 묻히게 되고, 산전수전 다 겪고 나면 권모술수에만 능숙하게 될 수도 있다. 그러나 이러한 인식은 '늙음'에 대한 단면에 불과하다.

늙은 쥐는 세상에 훌륭히 쓰일 수 있음에도 젊은 쥐들에게 홀대받는다. 이는 오늘날 우리 현실에서도 흔히 볼 수 있는 모습이다. 글쓴이는 늙은 쥐를 통해 늙음은 추한 것이 아니라 자연스러운 것이고, 존재를 지혜롭게 만들어 준다고 말하고 있다.

원님 쫓아내기

김경진

전라도에 한 원님이 있었는데, 명령이 까다롭고 성질이 급하며 형벌이 모질고 악해 사람들이 모두 어찌할 줄 몰라 했으며 또한 앞날이 온전하지 못할 것이라 생각했다.

하루는 이방이 관아의 아전과 하인을 모아 꾀하여 말하기를,

"관청의 행정이 잘못되어 형벌이 잔인하고 혹독하니, 관청에서 하루 일을 하는 것이 열흘을 보내는 것과 같소. 이렇게 여러 해를 지내면, 단지 우리만 없어지는 것이 아니라 온 고을 사람들이 모두 흩어질 것이니, 이러하고도 어찌 고을이 유지되겠소?"

하고 드디어 원님을 쫓아내기로 작정했다.

그중에 한 아전이,

"이러이러하면 어떻겠습니까?"

하니 모두 기뻐하며 말하기를,

"그 꾀가 가장 좋을 듯합니다."

하고 헤어졌다.

하루는 원님이 조회를 받은 후 일이 없어 혼자 앉아 책을 보고 있었다. 그런데 갑자기 관청에서 잔심부름을 하는 구실아치가 원님 앞에 와서 원님의 뺨을 쳤다. 원님이 본디 성질이 급했으므로 매우 화가 났다. 원님이 책상을 차고 미닫이를 밀치며 크게 소리쳤다.

"저놈을 잡아 대령하라."

그러나 모든 구실아치가 멀뚱멀뚱 서로 보기만 할 뿐 명령을 따르는 사람이 하나도 없었다. 원님이 하인을 시켜 다른 구실아치를 불렀지만, 모두 원님 말을 따르지 않고 입을 가리고 웃으며 말했다.

"원님 정신이 이상한 게로군. 어찌 잔심부름하는 구실아치가 원님 뺨을 칠 수 있단 말인가."

원님이 분하고 또 성질이 급해 미닫이를 치며 어지럽게 꾸짖으니, 행동이 잡되고 말이 뒤집어져 이치에 맞지가 않았다. 한 구실아치가 원님의 아들에게 가서 이 일을 알렸다.

"원님께서 갑자기 병환이 나셨는지 안정치 못하시고 미친 듯한 기미가 보이십니다."

아들이 어찌할 줄 모르고 급히 와 보니, 원님이 앉았다 일어났다 하며 손으로 책상을 치고 발로 미닫이를 차기도 하는 등 행동이 아주 이상했다. 원님이 아들이 오는 것을 보고, 그 구실아치가 뺨을 때리던 일과 다른 구실아치들이 말을 듣지 않은 일을 말했다. 원님은 분한 마음이 하늘을 찌를 듯 격렬하게 북받쳐 올라 말에 두서가 없고 또 마음속에서 화가 북받쳐 눈빛이 붉고 온몸에 땀을 흘리며 입에 거품을 물었다. 아들이 그 모습을 보니 미친병임이 분명하였다.

아들은 그 구실아치의 일도 보지 못했고, 이치로 따지더라도 그럴 리 없을 것이라 여겼다. 드디어 아들이 원님에게 조용히 말했다.

"아버님은 평안히 앉으시어 노여움을 거두십시오. 구실아치가 비록 몰지각하여 예의가 없으나 어찌 그러할 리가 있겠습니까? 병환이신 듯합니다."

원님이 더욱 화가 나 크게 꾸짖었다.

"너는 내 자식이 아니다. 너 또한 구실아치들을 변호하느냐? 빨리 나가 다시는 내 앞에 얼씬도 하지 마라."

이에 아들이 읍내 의원을 불러 진맥하게 하고 약 드시기를 청했다. 그러자 원님이 이를 가로막고,

"내가 무슨 병이 있어 약을 먹겠느냐?"

하고는 의원을 꾸짖어 물리쳤다.

원님이 종일토록 본정신을 잃은 사람처럼 하니, 아들을 비롯한 모든 사람들이 참으로 병이 든 것으로 여기고 원님의 말을 곧이듣지 않았다. 오늘 그러고 다음 날 또 그러며, 잠도 자지 않고 먹지도 않으니 참으로 미친 사람이 되어 갔다. 그러니 고을에서 그 사실을 모르는 사람이 없게 되었다.

관찰사가 이 사실을 알고 임금께 아뢰어 그 원님을 파면시켰다. 원님이 부득이 길을 나서 서울로 올라가다가 관찰사를 만났다. 관찰사가 묻기를,

"들으니 병환이 있으시다던데 지금은 어떠하시오?"

하니, 그 원님이 대답하기를,

"사실은 병이 든 게 아닙니다."

하고는 일의 실마리를 이야기하려고 하니, 관찰사가 손을 저으며 말을 막고는,

"그 증세가 재발한 듯하니 빨리 가 보시오."

하니, 원님이 감히 말을 하지 못하고 물러나 하직했다.

원님이 서울 집으로 돌아가 고요히 그때 일을 생각하면 분이 치밀었다. 그러나 조금이라도 그때 일을 이야기하려고 하면, 사람들이 옛날 병이 다시 일어난 것으로 여겨 의원을 불러 약을 청하니, 마침내 원님이 그때 일을 입에 올리지 못했다.

원님이 늙어서 생각하기를, '이제 해가 오래되었고 나이가 들어 이미 옛일이 되었으니, 비록 말한다 하더라도 어찌 옛날 병이 도졌다고 말하겠는가?' 하고는 모든 아들을 불러 말했다.

"내가 아무 해 고을살이할 때 한 구실아치가 내 뺨 친 일을 말했는데, 너희들은 그것을 미친병으로 아느냐?"

그러자 모든 아들이 깜짝 놀라 서로 돌아보고,

"아버님의 병환이 오랫동안 나타나지 않더니 이제 갑자기 다시 나타나니, 이를 장차 어찌할까?"

하고는 근심하고 걱정하는 것이었다.

그러자 원님이 다시 말을 못 하고 크게 웃고 말았다. 결국 원님은 죽을 때까지 분을 품고는 그 말을 하지 못했다.

출전_ 청구야담

■ ─ 고을을 맡은 관리가 마음에 새기고 살펴야 할 것을 적은 책이 다산 정약용의 《목민심서(牧民心書)》이다. 이 책 〈이전(吏典)〉 편에서 아전을 단속하는 방법을 다산은 이렇게 적고 있다.

"아전을 단속하는 근본은 수령이 자기 자신을 규율(規律)하는 데 달려 있다. 수령이 몸가짐을 바르게 하면 명령하지 않아도 일이 행해질 것이요, 수령이 몸가짐을 바르게 하지 않으면 비록 명령하더라도 일이 행해지지 않을 것이다."
— 《목민심서》 〈속리(束吏)〉
"아랫사람을 다스리는 방법은 위엄과 믿음뿐이다. 위엄은 청렴에서 생겨나고, 믿음은 성실에서 나오는 것이다. 수령은 성실하면서도 또한 청렴해야 뭇사람들을 복종시킬 수 있다."
— 《목민심서》 〈어중(馭衆)〉

이 이야기에 등장하는 원님은 단지 명령을 까다롭게 하고 형벌을 엄하게 하여 고을을 다스리려 한다. 그러나 그러한 수령의 태도는 결국 아랫사람들의 반발을 부른다.

"세속 수령들은 흔히 엄한 형벌과 무서운 매질로 아전을 단속하는 근본으로 삼는다. 그러나 청렴하지 못하고 지혜롭지도 못하면서 사나움을 우선으로 하면 그 폐단은 결국 난(亂)에 이를 것이다." — 《목민심서》 〈속리(束吏)〉

이야기는 여기서 끝나지 않는다. 야담은 야사(野史)를 바탕으로 흥미 있게 꾸민 이야기라고 할 수 있는데, 이 이야기가 '흥미'를 주는 것은 뒷부분의 내용 때문이다. 아전들의 반발에 대응하는 수령은 미친 사람으로 알려져 결국 고을 살이를 그만두게 되고, 오랜 세월이 흐르고 죽을 때까지 그 이야기를 꺼내지 못하게 된다는 데서 이 야담은 끝까지 재미를 주고 있다.

조신의 꿈

_{일연}

옛날, 서라벌이 서울이었을 때이다. 세달사라는 절의 장원*이 명주 (지금의 강원도 강릉) 날리군에 있었는데, 절에서 조신 스님을 보내 장원을 관리하게 했다.

조신이 장원에 있을 때 태수 김흔의 딸을 좋아해 깊이 빠졌다. 자주 관세음보살 앞에 나아가 김흔의 딸을 얻게 해 달라고 남몰래 빌었다. 그런데 몇 년 뒤에 그 여자에게 배필이 생겼다. 이에 조신이 관세음보살 앞에 가서 자기 소원을 들어주지 않은 것을 원망했다.

조신이 슬피 울다가 날이 저물어 지쳐서 곧 선잠이 들었는데, 홀연 꿈에 김씨 낭자가 반가운 얼굴로 문을 들어섰다. 김씨 낭자가 활짝 웃으며 조신에게 말했다.

"제가 일찍이 스님을 잠깐 뵙고는 마음속으로 사랑해 잠시도 잊을 수가 없었습니다. 부모님께서 다그치시는 바람에 억지로 다른

• **장원** 절이 소유하던 대규모의 토지.

사람과 혼인했습니다. 이제 당신과 부부가 되기를 바라 이렇게 왔습니다."

조신이 기뻐하며 김씨 낭자와 함께 고향으로 돌아가 같이 살면서 다섯 아이를 두었다. 그런데 집은 다만 네 벽이 있을 뿐이고 변변찮은 음식도 댈 수 없었다. 조신은 넋을 잃고 아내와 아이들을 이끌고 이곳저곳으로 다니면서 겨우 끼니를 이었다. 이러기를 10년, 조신은 후미진 시골을 두루 다니다 보니 옷이 해어지고 너덜너덜해져서 몸도 가리지 못했다. 우연히 명주의 해현 고개를 지나다가 열다섯 된 큰아이가 굶주려 죽었다. 부부는 통곡을 하고 아이를 길에 묻었다. 나머지 네 아이를 이끌고 우곡현에 이르러 길가에 띠를 엮어 집을 지어 살았다.

부부는 늙고 병들고 굶주려 일어날 수도 없었다. 열 살 된 딸아이가 돌아다니며 밥을 빌다가 마을에서 개에게 물렸다. 아이가 울면서 앞에 와서 눕자 부부가 한숨을 쉬며 울었다. 조신의 아내가 눈물을 닦고는 이내 말했다.

"제가 처음 당신을 만났을 때는 얼굴도 아름답고 나이도 꽃다웠으며 옷도 풍족하고 깨끗했습니다. 맛있는 게 한 가지라도 생기면 당신과 나누었고, 두어 자 따뜻한 옷이 생겨도 당신과 나누어 입었습니다. 50년 동안 다니며 정은 두터웠고 사랑은 얽혔으니 가히 도타운 인연이라 하겠습니다. 해가 지나면서 힘은 줄고 병은 더욱 심해졌으며 추위와 굶주림마저 닥쳤습니다. 곁방살이에, 보잘것없는 음식도 다른 사람에게 빌어먹지 못하게 되었습니다. 이 집 저 집으로 음식을 빌어먹는 부끄러움이 산처럼 무겁습니다. 우리가 아이들의 추위와 굶주림도 보살피지 못하는데, 어느 겨를에 부부 사이에 사랑하는 마음을 가지겠습니까? 아름다운 얼굴과 예쁜 웃음은 풀 위의 이슬처럼 사라졌고, 지초와 난초 같던 우리의 약속도 바람에 날리는 버들개지가 되었습니다. 당신에게는 내가 짐이 되고, 저는 당신으로 해서 근심이 많습니다. 가만히 기뻤던 지난날을 생각해 보면 그것이 바로 근심의 실마리였습니다. 당신과 내가 어쩌다가 이 지경에 이르렀단 말입니까? 여러 새가 함께 주리는 것보다는 짝 잃은 난새가 거울을 보며 짝을 그리워하는 것이 나을 것입니다. 춥다고 버리고 따뜻하다고 들러붙는 것은 인정상 차마 할 수가 없습니다. 그러나 가고 머무는 것은 사람에게 맡겨진 것이 아니고, 헤어지고 만나는 것도 운수입니다. 바라건대 이제 헤어지는 것이 어떻겠습니까?"

조신이 기꺼이 그 말대로 하여 부부가 서로 두 아이를 데리고 갔다. 아내가 말했다.

"저는 고향으로 갈 테니 당신은 남쪽으로 가십시오."

막 잡은 손을 놓고 가는데 조신이 꿈에서 깼다. 남은 등잔불이 가물거리고 밤은 새려 하고 있었다. 아침이 되어 수염과 머리카락이 모두 하얗게 세었다. 조신은 멍해져 인간 세상에 뜻이 없어졌다. 괴로운 삶도 싫어지고 백 년의 괴로움을 다 겪은 것 같았다. 속세의 욕심이 얼음이 녹듯 사라졌다. 이에 조신은 관세음보살의 모습을 보고는 부끄러워하며 잘못을 뉘우쳤다.

조신이 해현 고개에 가서 아이 묻었던 곳을 파 보니 돌미륵이 있었다. 깨끗하게 씻어 가까운 절에 모시고는 서라벌로 돌아왔다. 장원을 맡았던 일을 그만두고 재산을 털어 정토사라는 절을 세우고는 부지런히 착한 일을 닦았다. 그 후에 조신이 어떻게 마쳤는지는 알 수 없다.

이 이야기를 읽고서 책을 덮고 생각해 보니 어찌 조신 스님의 꿈만 그러하겠는가? 지금 사람들은 모두 인간 세상의 즐거운 일만 알아 기뻐하기도 하며 몸과 마음을 아끼지 아니하고 일에만 힘을 쓰는데, 이는 깨우치지 못했기 때문이다.

이에 노래를 지어 경계하고자 한다.

즐거움은 잠깐, 뜻은 이내 가로막혀
늙은 얼굴에 슬며시 근심이 따른다.
다시 좁쌀밥 익기를 기다릴 것 없이
괴로운 삶이 한바탕 꿈인 것을 깨달았네.

몸을 다스림엔 먼저 뜻이 성실해야지.
홀아비는 미인을 꿈꾸고 도적은 곳집을 꿈꾸네.
어찌하면 가을밤 맑은 꿈에서
때때로 눈을 감고 맑은 경지에 이를까?

출전_ 삼국유사

원제_ 조신調信

▣ ─ 당나라 현종 때, 도사 여옹은 한단으로 가는 도중 주막에서 쉬다가 노생이라는 젊은이를 만난다. 노생은 여옹이 준 베개를 베고 잠이 든다. 노생이 꿈속에서 최씨 명문가의 딸과 결혼하고 과거에 급제한 뒤 벼슬길에 나아가 승진하여 재상이 된다. 그러다가 역적으로 몰리지만 다행히 사형은 면하고 변방으로 유배되었다가, 몇 년 후 모함이었음이 밝혀지고 다시 재상의 자리에 오른다. 그 후 노생은 모두 고관이 된 아들 다섯과 열 명의 손자를 거느리고 행복하게 살다가 80세의 나이로 세상을 마친다. 그런데 노생이 기지개를 켜며 깨어 보니 꿈이었다. 옆에는 여옹이 앉아 있고, 주막집 주인이 좁쌀밥을 짓고 있는데, 아직 뜸이 들지 않았을 정도의 짧은 동안이었다. 《침중기》에 나오는 이야기로, 한바탕 꿈으로 온갖 영욕과 부귀와 죽음까지도 다 겪게 해서 인간의 욕망이 부질없음을 보여 준다.

〈조신의 꿈〉 이야기도 노생의 꿈 이야기와 그 의도가 다르지 않다. 스님인 조신은 사랑이라는 욕망을 꿈을 통해 이룬다. 그러나 시간이 흐르면서 그 사랑은 도리어 괴로움의 실마리가 된다. 조신에게는 김씨 낭자가 짐이 되고, 김씨 낭자는 조신으로 해서 근심이 많다. 생각해 보면 기뻤던 지난날이 바로 근심의 실마리였던 것이다.

아내와 헤어지면서 문득 꿈에서 깬 조신은 비로소 잘못을 뉘우치고 속세의 욕심에서 놓여난다. 그런데도 예나 지금이나 사람들은 모두 인간 세상의 즐거운 일만 알아 기뻐하기도 하며 몸과 마음을 아끼지 아니하고 욕망에 집착한다. 그 욕망의 끝은 괴로움이라는 것을, 그래서 욕망은 부질없는 것임을 〈조신의 꿈〉은 보여 준다.

꽃 임금님

김부식

설총의 자*는 총지로, 할아버지는 나마* 벼슬을 한 담날이고 아버지는 원효이다. 아버지 원효는 승려로 불가서(佛家書)에 두루 통달하였는데, 나중에 환속*하여 스스로 '소성 거사'라고 이름하였다.

설총은 본바탕이 똑똑해 나면서부터 이치를 훤히 알았다. 우리말로 유교의 아홉 가지 경전을 읽어 후학을 가르쳐 지금까지 학자들이 그를 마루로 존중한다. 글을 잘 지었지만 지금 세상에 전하는 것은 없다. 다만 남쪽 지방에 그가 비석에 쓴 글이 전하지만 글자가 빠지고 떨어져 나가 읽을 수가 없어, 끝내 그의 글이 어떠했는지 알 수 없다.

신문왕이 한여름(5월)에 높고 밝은 곳에서 설총을 돌아보고는 이렇게 말했다.

• **자(字)** 본이름 외에 부르는 이름. 예전에, 이름을 소중히 여겨 함부로 부르지 않았던 관습이 있어서 흔히 관례(冠禮) 뒤에 본이름 대신으로 불렀다.
• **나마** 신라 때에 둔, 17관등 가운데 열한째 등급.
• **환속(還俗)** 승려가 다시 일반의 평범한 사람이 됨.

"오늘 오랫동안 내리던 비가 비로소 그치고 남풍이 서늘하구려. 그러니 맛 좋은 음식과 음악보다는 고상한 말과 좋은 웃음거리로 답답하고 쓸쓸한 마음을 풀었으면 하오. 그대는 틀림없이 그러한 이야기를 들었을 테니, 나에게 들려주시오."

이에 설총이 다음과 같은 이야기를 신문왕에게 들려주었다.

옛날 꽃 임금님(모란꽃)께서 처음 오시자 향기로운 뜰에 심고 푸른 장막으로 둘러 보호하였습니다. 봄이 되어 아름다움을 드러내니 다른 온갖 꽃들을 넘어서서 홀로 빼어났습니다. 그래서 멀고 가까운 곳에서 아름다운 꽃들이 남보다 뒤질세라 달려와 꽃 임금님을 뵈었습니다. 그때 붉은 얼굴에 하얀 이를 가진 한 예쁜 여자가 화려하게 꾸미고 하늘거리며 꽃 임금님께 와서 말했습니다.

"저는 눈처럼 흰 모래를 밟고 거울처럼 깨끗한 바다를 대하면서, 봄비로 때를 씻고 맑은 바람을 쐬며 얽매임에서 벗어나 즐기는 장미라고 하옵니다. 임금님께서 아름다운 덕을 가지셨다는 말을 듣고 향기로운 장막 안에서 잠자리를 모시고 싶사온데, 임금님께서 저를 받아들이시겠사옵니까?"

그때 베옷에 가죽띠를 한 늙은 남자가 지팡이를 짚고 구부정한 모습으로 비틀거리며 꽃 임금님 앞에 와서 말했습니다.

"저는 서울 밖 큰길가에 살고 있습니다. 아래로는 아득한 들판을 마주하고 위로는 높은 산에 기대어 사는데, 이름을 백두옹(할미꽃)이라고 합니다. 생각하옵건대 임금님께서는 곁에서 드리는 것이 넉넉하여 맛있는 음식으로 배를 채우시고 차와 술로 정신을 맑게 하시며, 피륙을 넘치게 쌓아 두셨다 하더라도, 모름지기 좋은 약으로 기운을 돕고 아픈 돌침으로 독을 없애야 합니다. 《시경》에서, '실을 만드는 삼이 있어도 왕골과 기령풀을 버리면 안 된다. 그렇듯 모든 군자는 없어짐을 대비할 수 있어야 한다.*라고 했습니다. 모르겠습니다만 임금님께서도 그러한 뜻이 있으신지요?"

꽃 임금님 곁에 있던 신하가 임금님께 여쭈었습니다.

"두 사람 가운데 누구를 잡고 누구를 보내시겠사옵니까?"

꽃 임금님께서 말씀했습니다.

"늙은이의 말에도 일리가 있으나 예쁜 여자도 얻기가 어려우니 어찌하면 좋을까?"

늙은이가 꽃 임금님께 말했습니다.

"저는 임금님께서 총명하시어 올바른 도리를 아신다고 생각해 여기 왔습니다. 그런데 이제 보니 그렇지가 않습니다. 무릇 임금 가운데 아첨하는 사람을 멀리하고 올곧은 사람을 가까이하는 사람이 드뭅니다. 그래서 맹자는 자신을 알아주는 임금을 만나지 못하고 일생을 마쳤고, 한나라 때 풍당이란 사람은 낮은 벼슬인 낭중으로 늙어 버렸습니다. 예로부터 이러하였으니 제가 어찌하겠습니까?"

그러자 꽃 임금님께서 말했습니다.

● **실을 만드는 ~ 있어야 한다.** 《시경》의 내용은 다음과 같다. "비록 실을 만드는 삼이 있더라도 왕골과 기령풀을 버리지 말고, 비록 나라에 미녀가 있다고 하더라도 못생긴 여자를 버려서는 안 된다. 평범한 벼슬아치라도 인물이 없을 때에는 대용할 수가 있는 법이다." 《춘추좌씨전》 성공(成公) 9년)

"내가 잘못 생각했소."

설총이 이야기를 마치자 신문왕이 얼굴을 바르게 하고 말했다.
"그대의 이야기는 진실로 깊은 뜻이 있구려. 이 이야기를 써서 앞
으로 임금 되는 사람에게 경계가 되도록 하시오."
그러고는 설총에게 높은 벼슬을 주었다.

출전_ 삼국사기

원제_ 열전-설총

◙ ― 이 이야기는 《삼국사기》 〈열전〉 편에 실려 있다. 열전이면서도 특이하게 설총에 대한 이야기보다 설총이 신문왕에게 들려준 이야기가 열전의 핵심을 이루고 있다.

이 이야기를 듣는 사람은 신문왕(재위 681~692)이다. 신문왕은 삼국 통일 직후 즉위하여 강력한 전제 왕권을 확립하고 제도를 정비했다. 682년에는 유교적 정치 이념에 따라 인재를 양성하고 교육하기 위해 국학(國學)을 설립했다. 설총은 바로 이 신문왕에게 임금이 어떠해야 하는지를 우언(寓言)을 통해 암시하고 있다.

봄이 되자 화왕(모란꽃)에게 장미꽃과 할미꽃이 찾아와 각기 자신을 써 달라고 청한다. 장미는 아름다움으로 화왕의 시중을 들겠다고 청하고, 할미꽃은 군자의 도리에 따라 살아온 것을 자부하며 모시기를 청한다. 이에 화왕이 갈등하게 되자, 할미꽃이 옛날부터 임금 가운데 아첨하는 사람을 멀리하고 올곧은 사람을 가까이하는 사람이 드물었다는 것을 맹자와 풍당을 들어 말하게 된다. 그러자 화왕이 잘못을 깨닫게 된다는 내용이다.

설총의 이야기를 들은 신문왕은 이 우언적 이야기에 깊은 뜻이 있음을 알고 앞으로 임금 되는 사람에게 경계로 삼도록 하라고 한다. 이 이야기는 설총이 왕에게 임금의 도리를 직언보다는 우언을 통해 암시함으로써 문학성을 획득하게 했다고 볼 수 있다. 또한 이런 우언적 형식은 고려 시대에 나타난 가전 작품의 형성에도 영향을 준 것으로 보인다. 《동문선》에는 〈풍왕서(諷王書)〉라는 제목으로 실려 있다.

김현이 호랑이에게 감동하다

일연

신라에는 해마다 음력 2월이면 초여드렛날부터 보름날까지 서라벌의 남녀가 흥륜사 전각과 탑을 돌며 복을 비는 풍습이 있었다.

원성왕 때 김현이라는 사람이 있었는데, 밤이 깊도록 홀로 탑을 돌고 있었다. 한 처녀가 불경을 외며 그를 따라 탑을 돌다가 서로 마음이 움직여 눈길을 주고받았다. 탑돌이를 마치고 둘은 으슥한 곳으로 가서 정을 통했다. 여자가 돌아가는데 그가 여자를 따라갔다. 여자가 따라오지 말라고 했지만 그는 굳이 처녀를 따라갔다. 두 사람이 서쪽 산기슭에 이르러 한 초가집으로 들어가니, 한 할미가 처녀에게 물었다.

"따라온 사람이 누구냐?"

처녀가 사정을 이야기하자 할미가 말했다.

"좋은 일이기는 하지만 아니 한 것만 못하구나. 그러나 이미 일이 이렇게 되었으니 어찌할 수가 없다. 저 사람을 은밀한 곳에 숨겨 주어라. 네 형제들이 해칠까 두렵구나."

처녀가 그를 데려다 깊숙한 곳에 숨겨 주었다. 조금 후에 호랑이 세 마리가 으르렁거리며 오더니 말했다.

"집 안에 사람 냄새가 나는구나. 시장기가 솟았는데 잘됐다."

할미와 처녀가 세 호랑이를 꾸짖었다.

"너희들 코가 잘못되었구나. 어찌 그런 미친 소리를 하느냐?"

이때 하늘에서 소리가 들렸다.

"너희들이 많은 목숨을 해쳤으니 한 놈을 죽여 잘못을 뉘우치도록 만들겠다."

세 호랑이가 이 소리를 듣고 두려워했다. 처녀가 세 호랑이에게 말했다.

"오빠들이 멀리 피하여 잘못을 뉘우친다면 그 벌을 제가 대신하여 받겠습니다."

세 호랑이가 기뻐하며 머리를 숙이고 꼬리를 치며 달아났다. 처녀가 들어와 그에게 말했다.

"처음에 저는 당신이 이곳에 오는 것이 부끄러워 말렸던 것입니다. 이제는 숨길 것이 없으니, 제 속마음을 말씀드리겠습니다. 저와 당신은 같은 무리가 아니지만, 하룻밤 즐거움을 쌓았으니 부부가 되었다고 할 수 있습니다. 하늘이 세 오빠의 죄를 미워하여 우리 집에 재앙을 내리니, 그것을 제가 떠맡고자 합니다. 제가 이왕에 죽을 몸이라면, 낯모르는 사람의 손에 죽기보다는 차라리 당신의 칼에 죽어 은혜를 갚고 싶습니다. 내일 제가 저잣거리에 나타나 사람들을 마구

해치면, 아무도 저를 어찌하시 못할 것입니다. 그러면 왕이 높은 벼슬을 주어 저를 잡으려 할 것입니다. 당신은 무서워 마시고 저를 따라 성 북쪽 숲 속으로 오시면 제가 기다리고 있겠습니다."

그가 말했다.

"사람이 사람과 만나는 것은 떳떳한 도리지만, 서로 다른 무리가 만나는 것은 떳떳한 도리가 아닙니다. 그러나 이미 서로 따르고 받아들였으니 진실로 다행한 일인데, 어찌 아내의 죽음을 팔아 뜻밖에 한때의 벼슬을 바라겠습니까?"

처녀가 말했다.

"그런 말씀 마십시오. 지금 제가 죽는 것은 하늘의 명령이고 또 제 바람이기도 합니다. 당신에게는 좋은 일이고, 제 가족에게는 복이며, 나라 사람들에게는 기쁜 일입니다. 한 번 죽어 다섯 가지 이익이 있으니 어찌 어기겠습니까? 다만 저를 위해 절을 세워 불경을 외워 선업을 쌓아 주시면 당신의 은혜가 더 클 수가 없을 것입니다."

드디어 서로 울고는 헤어졌다.

다음 날 과연 사나운 호랑이가 성안에 나타났는데, 너무 사나워 당할 수가 없었다. 원성왕이 이 소식을 듣고는, 호랑이를 죽이는 사람에게 2급의 벼슬을 내리겠다고 하였다. 김현이 왕에게 나아가 아뢰었다.

"제가 호랑이를 죽이겠습니다."

왕이 그에게 먼저 벼슬을 내려 주어 격려했다. 그가 칼을 들고 숲 속으로 들어가니, 호랑이가 변하여 처녀가 되어 있었다. 처녀가 밝게 웃으며 말했다.

"어젯밤 두터운 정을 가벼이 여기지 마십시오. 오늘 제 발톱에 다친 사람들은 흥륜사의 장을 바르고 그 절의 나팔 소리를 들으면 모두 나을 것입니다."

그러고는 처녀가 그의 칼을 빼앗아 목을 찔러 쓰러졌는데 곧 호랑이였다. 그가 숲에서 나와 말했다.

"호랑이를 잡았다."

그는 곡절을 숨기고 아무에게도 말하지 않았다. 다만 그 처녀의 말대로 하여 다친 사람들을 치료했더니 상처가 모두 나았다. 지금도 민간에서 그 방법을 쓰고 있다.

그는 벼슬을 하고 서천 가에 절을 세우고 '호원사(虎願寺)'라 하였다. 그리고 늘 《범망경》을 외워 호랑이의 명복을 빌고, 또 자신을 죽여 베푼 은혜에 보답했다.

그가 죽을 즈음, 전날의 이상한 일에 깊이 느끼는 바가 있어 붓을 잡고 글을 써서 사람들이 비로소 알게 되었다. 그래서 사람들이 그 숲을 '논호림(論虎林)'이라 불렀는데, 지금도 그렇게 부른다.

출전_ 삼국유사

원제_ 김현감호 金現感虎

▣ ─ 이 이야기는 《삼국유사》 〈감통(感通)〉 편에 실려 있다. 일반적으로 제목 '金現感虎'를 '김현이 호랑이를 감동시키다'로 풀이하지만, 내용으로 볼 때 오히려 호랑이가 김현을 감동시키고, 그래서 김현이 호랑이의 은혜를 갚는다는 것이 중심을 이룬다는 점에서 '김현이 호랑이에게 감동하다'로 보는 것이 더 적절하다.

이 이야기는 제목 그대로 김현이라는 인물이 호랑이에게 감동하여 절을 지어 은혜를 갚는다는 내용이다. 김현이 탑돌이를 하다 한 여자를 만나 사랑하지만 그 여자는 인간이 아닌 호랑이였다. 그 호랑이가 죽음으로써 김현에게 은혜를 베풀고, 김현은 그 호랑이의 은혜를 갚기 위해 절을 세우고 복을 빌어 준다.

이 이야기는 사람과 호랑이의 사랑을 다루는 점에서 '이류 교혼(異類交婚) 설화'라고 할 수 있다. 이류 교혼 설화의 결말은 대부분 비극적이다. 널리 알려진 공주의 곰나루 전설도 사람과 곰의 결혼을 다루고 있는데, 역시 결말이 비극적이다.

이 책에는 빠졌지만 〈金現感虎〉에는 김현의 이야기에 이어 '신도징이 호랑이와 결혼한 이야기'가 이어진다. 중국 《태평광기》에 실려 있는 이야기를 옮겨 실었는데, 신도징이 호랑이 처녀와 결혼한다는 점에서 내용이 비슷하다. 하지만 신도징과 결혼한 호랑이는 뒤에 신도징과 아이를 버리고 다시 호랑이로 돌아가 도망간다.

두 이야기 끝에 일연 스님은 이렇게 평을 달았다. "짐승이면서도 이처럼 어진 일을 하였는데, 오늘날 사람이면서도 짐승보다 못한 자가 있는 것은 어찌 된 일일까?"

1 다음 이야기에 담겨 있는 사회적·역사적 배경을 말해 보자.

제목	사회적 · 역사적 배경
두더지 혼인	
늙은 쥐의 지혜	
원님 쫓아내기	

2 〈늙은 쥐의 지혜〉에서 '늙은 쥐'는 무엇을 의미하는지 말해 보자.

3 〈조신의 꿈〉을 다음처럼 정리해 보자.

구성	조신의 행동과 마음
꿈꾸기 전	
꿈속	
꿈에서 깬 후	
편찬자의 견해	삶은 괴롭고 한바탕 꿈에 불과하다. 그것을 깨닫고 착한 일을 닦아야 한다. 그런데도 사람들은 그것을 알지 못하고 현실의 즐거운 일만 좇는다.

4 〈조신의 꿈〉을 읽고 '꿈'이 가지는 기능을 말해 보자.

5 〈꽃 임금님〉은 꽃을 의인화하여 인간 세계를 풍자하고 있다. 이 이야기에서 '장미'와 '할미꽃'에 대해 다음처럼 정리해 보자.

구성	장미	할미꽃
모습	붉은 얼굴에 하얀 이를 가짐. 화려하게 꾸밈.	
사는 곳		서울 밖 큰길가
상징하는 인간형		

6 〈김현이 호랑이에게 감동하다〉에는 우리 민족이 호랑이에게 갖는 여러 가지 정서가 제시되어 있다. 이에 대하여 말해 보자.

7 〈김현이 호랑이에게 감동하다〉에서 호랑이 처녀가 스스로 죽음을 선택한 이유를 말해 보자.

2장

—

품은 소회를
털어놓다

옛날 무극이 상제께 아뢰었다.

"하늘은 사계절을 가지고 있는데, 사계절의 으뜸은 봄입니다. 땅에는 동서남북이 있는데, 사방의 으뜸이 동방입니다. 동방은 곧 만물을 낳은 곳이라, 임금이 없으면 만물을 교화할 수가 없습니다. 청컨대 동군을 왕으로 삼으소서."

상제가 무극의 말을 옳게 여겼다.

정월 초하룻날, 동군(東君)이 왕위에 올랐다. 나무의 덕으로 왕이 되어 무위(無爲)로써 교화하였다. 나라 이름을 신(新)이라 하고, 스스로 춘신군의 후손이라 하였다.

동군이 왕위에 오른 뒤, 두세 달 동안 바람이 순조롭게 불고 비가 알맞게 내렸다. 바야흐로 이때 만물이 기뻐하였다. 햇빛이 비치고 달빛이 어루만지니, 모양과 기운을 가지고 있는 것은 모두 동군의 덕택을 입었다. 동쪽으로 움직이고 서쪽으로 다다라 모든 곳에 영향을 미쳤다. 그러니 동군이 오고 나서 어느 것이나 되살아나지 않는 것이 없었다.

동군은 위엄이 있고 엄숙한 태도나 차림새를 가지고 있었으며 또한 화려함을 좋아해서 세상을 비단으로 수놓은 듯 아름답게 만들었다. 화단에는 백의낭관(나비)이 향기로운 봄바람 앞에서 춤을 추었고, 휘늘어진 수양버들 가지에서는 금의공자(꾀꼬리)가 태평스러운 세월을 노래했다. 하늘과 땅 사이에서는 만물이 화려한 빛깔로 꾸며져 장관을 이루니, 이처럼 번성한 모양은 견줄 데가 없었다.

아! 하늘이 아무리 크다 하나 동군이 아니고서는 만물의 모양이 바뀌게 할 수 없고, 사물이 비록 많다 하나 동군이 아니고서는 사물이 생겨 이루어지게 할 수 없다. 이로 보건대 곤충이나 푸나무 등 세상의 온갖 사물들이 바뀌고 생겨나게 하는 공은 모두 하늘과 동군이 이룬 것이다.

인간 세상의 임금도 또한 그러하다. 무릇 임금이 위에서 덕을 베풀면 백성이 아래에서 화합하게 된다. 그러므로 공자도, "바람이 불면 풀이 눕는다."라고 한 것이다. 그렇게 된다면 사람은 누구나 제자리를 얻게 된다. 마음이 따르면 기운이 따르게 되고, 기운이 따르면 형체가 따르게 되고, 형체가 따르면 소리가 따르게 되고, 소리가 따르면 천지가 바뀌어 모두 따라 움직인다. 그러므로 백성을 다스려 탈이 없게 하는 것이 왕도의 시작이요, 만물을 떨쳐 일어나게 하는 것이 천도의 시작이다. 이런 식으로 헤아려 하늘로부터 관찰한다면, 하늘과 사람 사이에 무슨 다름이 있겠는가?

이에 동군의 덕이 지극하다는 것을 알겠으니, 상제의 빛남이 넓고도 높아 이름 붙일 수가 없다. 그러나 사계절은 골고루 나뉘어, 한 기운이 한 해를 다 맡기 어렵다. 하늘의 운행은 돌고 철마다 하는 일은 어긋나지 않으니, 사물이 성하고 쇠하는 것이 이치라 하겠다. 그러므로 자리를 넘겨주고 떠나며, 늙으면 정치를 맡지 않는 것이다.

나이 아흔에 청제(靑帝)는 적제(赤帝)에게, 적제는 백제(白帝)에게, 백제는 흑제(黑帝)에게 임금 자리를 넘겨주었다.* 이것은 요임금이 순임금에게, 순임금이 우임금에게, 우임금이 탕임금에게, 탕임금이 주나라 문왕과 무왕에게 임금 자리를 넘겨준 것과 다르지 않다.

동군은 임금 자리에 있은 지 석 달 동안 연호를 세 번 바꾸었는데, 그 이름은 초봄·가운뎃봄·늦봄*이다.

봄이 저무는 날, 봄이 가는 것을 슬프고 아깝게 여기는 사람이 쓴다.

출전_ 백호전집

원제_ 전동군서餞東君序

- **나이 아흔에 ~ 자리를 넘겨주었다.** 청제는 봄을 맡은 동쪽의 신, 적제는 여름을 맡은 남쪽의 신, 백제는 가을을 맡은 서쪽의 신, 흑제는 겨울을 맡은 북쪽의 신이다.
- **초봄·가운뎃봄·늦봄** 원문은 '맹춘(孟春)·중춘(仲春)·계춘(季春)'인데, 각각 '초봄·가운뎃봄·늦봄' 또는 '음력 1월·음력 2월·음력 3월'을 가리킨다.

■ ─ 동양 사상에서 자연 현상과 인간 생활을 설명할 때 기본이 되는 것이 오행설(五行說)이다. 이 글을 읽는 데는 오행에 대한 이해가 필요하다. 오행을 각 항목과 관련시키면 다음과 같다.

오행	방위	계절	색깔	오상(五常)	맛
나무	동	봄	푸른색	인(仁)	신맛
불	남	여름	붉은색	예(禮)	쓴맛
흙	중앙	늦여름	누른색	신(信)	단맛
쇠	서	가을	하얀색	의(義)	매운맛
물	북	겨울	검은색	지(智)	짠맛

글쓴이는 봄을 보낸다. 봄은 방위로는 동쪽을, 오행으로는 나무를, 색으로는 푸른색과 대응된다. 동군(東君)이 왕위에 올랐다는 것은 봄이 되었다는 말이고, 봄은 오행에서 나무에 해당하기 때문에 나무의 덕으로 세상을 교화하고, 봄은 해의 시작이기 때문에 나라 이름을 처음과 새로움을 뜻하는 신(新)이라 한 것이다.

그다음은 봄의 덕을 칭송한다. 겨울이 지나 봄이 되니 동군의 덕으로 만물이 새롭게 생겨난다. 나비가 춤을 추고 꾀꼬리가 노래한다. 그러나 이런 아름다운 봄이 영원할 수는 없다. 나이 아흔은 봄 석 달 동안을 말하고, 청제는 적제에게, 적제는 백제에게, 백제는 흑제에게 임금 자리를 넘겨주었다는 것은 봄이 가고 여름이 오고, 여름이 가고 가을이 오고, 가을이 가고 겨울이 오는 것을 말한다.

글쓴이는 봄이 저무는 것을 슬퍼하고 아깝게 여기지만 무작정 슬퍼하지만은 않는다. 계절의 변화는 자연의 순리이기 때문이다.

밤이 되면 솔바람 소리 들리고

박세가

세상에서 지극한 벗으로는 가난하고 어려울 때 사귄 벗을 말하고, 벗에게 가장 하기 힘든 말로는 가난을 상의하는 것을 꼽습니다. 아! 높은 벼슬에 오른 사람이 혹 가난한 사람의 집을 찾아오는 일도 있으며, 벼슬하지 않은 선비가 높은 벼슬아치의 집을 소매를 끌고 찾기도 합니다. 이렇듯 처지가 다른 사이에서도 벗을 찾아 사귀지만, 서로 마음을 터놓기는 어렵습니다. 왜 그럴까요?

벗이란 술을 마시고 친밀하게 대하며 손을 잡고 무릎을 가까이하는 사람만을 가리키지는 않습니다. 말하고 싶은 것이 있어도 말이 나오지 않는 벗이 있고, 말하고 싶지 않은 것이 있어도 말이 나오는 벗이 있습니다. 이 두 벗을 통해 사귐의 깊고 얕음을 알 수 있습니다.

무릇 사람들마다 아끼는 물건이 있기 마련이지만, 누구나 자신이 가진 재물을 가장 아낍니다. 또한 누구나 다른 사람에게 부탁할 일이 생기는데, 재물에 관한 부탁을 가장 꺼립니다. 그러니 재물에 대한 부탁을 할 수 있는 벗이라면 다른 것이야 더 말할 필요가 있겠습니까?

《시경》에서 "가난한 내 처지. 아는 사람이 없네."라고 하였습니다. 내가 가난해도 다른 사람은 조금도 마음을 기울이지 않습니다. 이로 인해 고마워하는 마음과 원망하는 마음이 일어나는 것입니다.

가난을 꺼려 말하지 않는 사람이 있다 하더라도, 그가 어찌 남에게 구하는 바가 전혀 없겠습니까? 그는 문을 나서면 억지로 웃고 말하지만 차마 먹을거리를 구한다는 말을 입에 담을 수 없겠지요. 이런저런 이야기를 하면서도 가까이 있는 뒤주의 열쇠에 대해서는 묻지도 못합니다. 어름어름하는 사이에 말하기 아주 어려운 것이 숨어 있는 것이지요. 마지못하여 말을 떼어 막 이야기하려는 순간 상대방의 미간에 좋지 못한 기색이 나타나면 말하고 싶어도 말하지 못합니다. 비록 말한다 하더라도 실제로는 말하지 않는 것과 같게 됩니다.

재물이 많은 사람은 남이 구걸하는 것을 싫어해 지레 재물이 없다고 말합니다. 다른 사람의 기대를 끊어 버리려 재물이 있음을 드러내지 않는 것이지요. 술을 마시고 친밀하게 대하며 손을 잡고 무릎을 가까이하는 벗이라 해도 대개는 서글픔을 이기지 못해 머뭇거리다 비감해져 의욕을 잃고 제 집으로 돌아가게 됩니다. 그렇지 않은 사람은 드물겠지요.

이것으로 나는 알았습니다. 가난을 상의하는 일이 얼마나 어렵고 힘든지를. 그것은 대개 마음이 격하게 움직여 그러했던 것입니다.

무릇 가난할 때 사귄 벗을 진정한 벗이라고 말합니다. 이것이 어찌 자질구레하고 뜻밖에 얻었다고 그러겠습니까. 이것은 처한 바가 같아 형상과 자취를 돌아보지 않아서 그런 것입니다. 또한 걱정하는 바가 같아 어려운 사정을 알아서 그러하다고 말하는 것입니다.

손을 잡고 괴로움을 이야기할 때는 반드시 배고픔과 배부름, 더위와 추위를 먼저 묻고 살아가는 형편을 묻습니다. 그러면 말하고 싶지 않아도 저절로 말이 되어 나옵니다. 이는 벗이 진정으로 슬퍼해주어 감격해서 그런 것입니다. 지난번 다른 사람에게 말하지 못했던 것이 이제는 벗 앞에서 곧바로 쏟아져 나와 막을 수가 없습니다. 어떤 때는 벗의 집을 찾아가 종일토록 말이 없이 베개를 베고 자다가 오기도 합니다. 그래도 다른 사람과 십 년 동안 만나면서 나눈 대화보다 낫지 않겠습니까?

그 이유는 다른 데 있지 않습니다. 벗과의 사귐이 들어맞지 않는다면, 말을 하더라도 말을 하지 않은 것과 다름이 없기 때문입니다. 또 벗과의 사귐에 틈이 벌어지지 않는다면, 비록 말을 하지 않더라도 좋은 것입니다. 옛말에 "머리가 흰데 낯설고, 길에서 잠깐 만나 쉬었는데 오랜 친구와 같다."라고 한 것도 이를 두고 한 말입니다.

내 벗인 백영숙은 재주 있는 기질을 자부하며 세상에 노닌 지 30년이 되었습니다. 그러나 삶이 곤궁하고 자신을 알아주는 사람을 만나지 못해 이제 부모님을 모시고 끼니를 해결하려 깊은 골짜기로 들어가려 합니다. 아! 나와 영숙은 곤궁함으로써 사귀고 가난함으로써 말을 나누었으니, 나는 이것이 몹시 슬픕니다. 비록 그러하나 나와 영숙의 사귐이 어찌 곤궁할 때만이었겠습니까? 집에 이틀의 끼닛거리가 있지 않은데도 서로 만나면 칼을 끌러서 맡기고 술을 마셨고, 술이 거나해지면 큰소리로 노래 부르며 업신여겨 꾸짖고 장난치며 웃곤 했습니다. 세상살이의 슬픔과 기쁨, 세상 인정의 너그러움과 엷음, 인생의 달고 씀이 모두 그 안에 있었습니다. 아! 그러니 영숙이 어찌 곤궁할 때만의 벗이겠습니까? 어찌 그렇게 자주 나와 서로 따랐겠습니까?

영숙은 일찍부터 세상에 이름이 알려져 사귐을 맺은 사람이 나라 안에 두루 퍼져 있었습니다. 위로는 정승과 판서, 목사와 관찰사, 또 덕이 있고 이름난 선비에 이르기까지 모두가 영숙을 받들고 사귐을 허락하였습니다. 친척이나 마을 사람들, 혼인으로 사귐을 이룬 사람이 한둘이 아니었습니다. 말 달리고 활을 쏘며 칼로 치고 주먹을 휘두르는 사람들과 글씨와 그림, 도장, 바둑, 거문고, 의술, 풍수, 방기의 무리로부터 저자의 가마꾼, 농부, 어부, 백정, 장사꾼 같은 천한 사람들에 이르기까지 하루도 길에서 만나 다정하게 대하지 않은 적이 없었습니다. 그리고 집으로 찾아오는 사람과도 서로 사귀었습니다. 영숙은 그 사람 됨됨이를 따라 태도를 달리하여 모든 사람에게 환심을 얻었습니다. 또 영숙은 산천, 풍속, 이름난 물건, 고적과 관리의 다스림, 백성의 고충, 군정(軍政), 수리(水利)를 모두 잘 알아 뛰어났습니다. 이로써 영숙이 사귀던 많은 사람과 노닐었는데 어찌 영숙을 따를 사람이 하나도 없겠습니까? 그럼에도 영숙은 때때로 나의 집 문만을 두드렸습니다. 물어보면 달리 갈 데가 없다는 것이었습니다.

영숙은 나보다 일곱 살이 많습니다. 나와 같은 마을에서 살던 때를 떠올려 보니 그때 어렸던 내가 이제 수염이 났습니다. 십 년을 손 꼽아 보니 얼굴 모습이 변한 것이 이와 같습니다. 그런데도 우리 두 사람에게는 하루같이 느껴지니 그 사귐을 알 수 있을 것입니다.

아! 영숙은 평생 훌륭한 마음을 중히 여겼습니다. 일찍이 천금을 흩어 남을 도운 것이 여러 번이었지만, 마침내 곤궁하여 세상을 만나지 못하고 사방을 돌아보아 풀칠도 하지 못하게 되었습니다. 비록 활을 잘 쏘아 과거에 급제하기도 하였지만 그 뜻을 녹록하게 세상과 맞추지 않아 공명을 얻지 못하였습니다.

이제 영숙이 집안 식구들을 이끌고 기린협*으로 가려 합니다. 내들으니 기린협은 옛날 예맥의 땅으로 험준하기가 동해에서 으뜸이라고 합니다. 그곳은 수백 리가 큰 고개와 깊은 골짜기로, 나뭇가지를 더위잡고서야 통할 수 있다고 합니다. 그곳 사람들은 화전을 일구고, 너와로 지붕을 이어 살고, 사대부들은 살지 않는다고 합니다. 소식은 일 년에 한 번쯤이나 서울에 이를 것입니다. 낮에 나서면 오직 손가락이 무지러진 나무꾼과 머리가 헙수룩하게 흐트러진 숯쟁이들이 화로 주위에 서로 앉아 있을 뿐일 것입니다. 밤이 되면 솔바람소리가 집을 둘러 스쳐 가고, 외로운 산새와 슬픈 짐승 들이 울어 그소리가 울려 퍼질 것입니다. 옷을 입고 일어나 이리저리 돌아다니며 사방을 둘러보면 눈물이 흘러 옷깃을 적시리니, 구슬피 서울을 그리워하지 않겠습니까?

---

* **기린협** 오늘날의 강원도 인제군.

아! 영숙은 그곳에서 무엇을 할 수 있겠습니까? 한 해가 저물어 싸라기눈이 흩어져 내리면 산이 깊어 여우와 토끼가 살쪄 있으리니, 활을 당기고 말을 달려 한번 쏘아 잡을 것입니다. 안장에 앉아 웃으면 악착같이 매달리던 마음이 풀어지고 적막한 바닷가에 있는 것도 잊게 될 것입니다. 그러니 나아가고 물러나는 갈림길에 마음을 쓰고 헤어지는 즈음에 마음을 아파하겠습니까? 또 서울 안에서 먹다 남은 밥을 찾다가 다른 사람의 싸늘한 눈치나 만나고, 다른 사람과 말 못 할 처지에 있으면서 말하고 싶어도 말하지 못하는 처지에 놓이겠습니까?

영숙이여, 떠나십시오. 나는 지난날 곤궁했을 때 벗의 도리를 얻었습니다. 비록 그러하나 영숙에게 있어 내가 어찌 다만 곤궁했을 때의 사귐에 불과하겠습니까?

출전_ 정유각집

원제_ 송백영숙기린협서 送白永叔基麟峽序

■ ― 1773년, 박제가의 지기(知己)인 백영숙(1743~1816)이 궁벽한 산골로 떠난다. 영숙은 백동수의 자(字)로 이덕무의 처남이기도 하다. 백영숙이 떠나는 이유를 '과거에 급제하기도 하였지만 그 뜻을 녹록하게 세상과 맞추지 않아서'라고 박제가는 말한다. 실제로 백영숙은 무과에 급제했지만 서얼이라는 신분 때문에 벼슬을 얻지 못했다. 그런 친구가 세상에 뜻을 버리고 강원도 산골로 들어간다고 한다.

친구를 떠나보내며 먼저 박제가는 벗의 사귐을 이야기한다. 박제가에게 영숙은 '세상살이의 슬픔과 기쁨, 세상 인정의 너그러움과 옅음, 인생의 달고 씀'을 모두 알게 해 준 사람이었다. 박제가는 새삼 가난할 때 사귄 벗이 진정한 벗이라고 말한다. 그런 다음 백영숙이 가는 기린협 산골을 묘사한다. 그곳은 큰 고개와 깊은 골짜기로 험준하기가 동해에서 으뜸이라는 말 속에는 떠나는 친구가 마주해야 할 삶에 대한 안타까움이 배어 있다. 그곳에서 친구가 만날 사람들―화전민, 나무꾼, 숯쟁이―의 모습은 바로 친구의 모습이다. 그리고 사방을 둘러보며 눈물로 옷깃을 적시는 친구의 모습은 박제가 자신의 모습이다.

박제가는 친구에게 떠나라고 말한다. 그것은 서울에 살면서 버둥거리고 싸늘한 눈치나 살펴야 하는 자신과 친구의 모습에 대한 울분과 저항의 표현이다. 백영숙을 떠나보내며 쓴 박지원의 글에도 이런 마음이 오롯이 담겨 있다.

"그러나 나(박지원)는 갈림길 사이를 서성이면서 여태도 거취를 결정하지 못하고 있으니, 하물며 감히 영숙이 떠나는 것을 막을 수 있겠는가? 나는 그 뜻을 장히 여길지언정 그 궁함을 슬퍼하지 않으련다."

― 박지원, 〈기린협으로 가는 백영숙에게 주다〉

나는 붕새를 부러워하지 않는다

조수삼

뱁새는 새 가운데 가장 작다. 아침에 나와 날아간다 하더라도 언덕 하나를 벗어나지 않고, 저물녘에 돌아와 쉬더라도 나뭇가지 하나면 충분하다. 붕새는 회오리바람을 타고 구만 리를 올라가서 여섯 달을 살면서 힘을 쌓아 멀리 도모한다. 이 붕새와 견주어 보면, 뱁새는 정말 편안하지 않은가?

우리네 소인은 먹을 것을 구하러 평생 이리저리 떠돌아다니다가, 집에 돌아와 보면 무너져 가는 두어 칸 집에 평상 하나와 깔개 하나가 있을 뿐이다. 그러하니 뱁새가 쉬는 나뭇가지 하나와 무엇이 다르랴? 반면에 크고 높다랗게 지은 집에 아름다운 자리와 평상을 갖추고 사는 것은 구하기도 고달프고 얻기도 어렵다. 그러하니 이것이 대붕의 모습과 무엇이 다르랴?

어느 곳엔들 나무가 없으며, 어느 나문들 가지가 없으랴? 뱁새가 이 나뭇가지를 편안히 여기듯, 나 또한 이 초라한 집을 편안히 여긴다. 그래서 내가 사는 집 이름을 '일지서(一枝棲, 한 나뭇가지 집)'라고 하였다.

　뱁새는 한곳에 머물며 집을 떠나지 않고 살지만, 나는 먹고 쉬며 사는 데 일정한 곳이 없어 하루도 초라한 집에서조차 편안하게 지내지 못한다. 이에 뱁새를 보고 붕새의 원대한 모습을 부러워하지 않게 되었다.

출전_ 추재집

원제_ 일지서기 一枝棲記

■ ─ 조수삼은 조선 후기 중인 출신의 여항 시인이다. 문학에 조예가 깊어 수행원으로 여섯 차례나 중국을 다녀오고, 한미한 출신이었음에도 박지원, 박제가, 김정희 등 당대의 이름 있는 문인들과 사귀었다.

글쓴이는 새 가운데 가장 작은 뱁새의 삶을 편안하다고 여긴다. 자신의 삶을 돌아보면, 먹을 것을 구하러 평생 이리저리 떠돌아다니고, 집에 돌아와 보면 무너져 가는 두어 칸 집에 평상 하나와 깔개 하나가 있을 뿐이다. 그런 자신의 삶은 아침에 나와 날아간다 하더라도 언덕 하나를 벗어나지 않고, 저물녘에 돌아와 쉬더라도 나뭇가지 하나면 충분한 뱁새의 모습과 다르지 않다.

뱁새와 대비되는 붕새는 《장자》〈소요유〉에 나온다.

"북쪽 바다에 물고기가 있으니 이름이 곤(鯤)이다. 곤은 그 크기가 몇천 리인지 모른다. 곤이 변해 새가 되는데 이름이 붕(鵬)이다. 그 붕의 등은 몇천 리가 되는지 모른다. 붕이 한번 기운을 떨쳐 날면 날개가 마치 하늘에 구름을 드리운 것과 같다. 붕은 바다 기운이 한번 크게 움직일 때에 남쪽 바다로 옮겨 가려고 하는데, 남쪽 바다는 곧 천지(天池)이다. 괴상한 일을 적은 《제해》라는 책에, '붕이 남쪽 바다로 옮겨 가려 할 때에는 물결을 치면서 삼천리를 난 다음 회오리바람을 타고 구만 리를 올라가서 여섯 달을 쉰다.'라고 하였다."

글쓴이는 원대한 붕새의 모습과 나뭇가지 하나를 편안히 여기는 뱁새의 모습을 대비하면서 자신의 초라한 집을 편히 여긴다고 한다. 글쓴이는 〈내가 가진 것〉이라는 연작시에서 자신이 가진 것을 "열 폭의 이불, 백 번 닦은 거울, 천년 묵은 소나무, 만 권의 책"이라고 표현했다. 이 시에는 초라한 집에서도 자신의 내면을 탐구하던 글쓴이의 모습이 잘 드러나 있다.

푸른 바다같이, 긴 하늘같이

김정희

임인년(1842) 11월 13일, 부인이 예산 집에서 일생을 마쳤는데, 12월 15일 저녁에 비로소 귀양지 제주도에 부고가 전해졌습니다. 그래서 지아비 김정희는 제위를 갖추고 곡을 하였습니다. 살아서 떨어지고 죽어서 영영 이별한 것을 슬퍼하면서, 당신이 영원히 저승으로 간 것을 따를 수 없어 두어 줄 글을 적어 당신이 누워 있는 집에 보냅니다. 이 글이 도착하면 당신의 영전에 고할 것입니다.

아! 죄인이 되어 벌을 받고 이 제주도에 귀양 올 때에도 내 마음이 흔들리지 않았습니다. 그런데 지금 당신의 죽음 앞에서 마음이 놀랍고 흐트러지고 혼이 빠지고 떨어져 나갑니다. 내가 그 마음을 붙잡으려 해도 그러질 못하니 이 어찌 된 까닭입니까?

아아! 무릇 사람으로 죽음을 피할 수는 없지만, 당신만은 죽어서는 안 될 몸이었습니다. 죽어서 안 될 당신이 죽었으니, 당신의 그 죽음은 지극한 슬픔을 품고 더없이 큰 원통함을 머금었습니다. 그 슬품과 원통함을 뿜으면 무지개가 되고, 그 슬픔과 원통함을 맺으면 우박이 될 것입니다. 당신이 내 마음을 움직이는 슬픔이 내가 벌을 받고 이 제주도에 귀양 올 때의 슬픔보다 더 크겠지요.

아아, 슬프구나! 지난 30년 동안 당신의 효도와 덕성을 집안 일가가 모두 칭찬하였습니다. 더하여 친구와 다른 사람들도 모두 당신을 칭송하였습니다. 그러나 이는 사람의 도리로 당연한 일이라 하여 당신은 받고자 하지 않았습니다. 그러나 당신의 그 마음을 내가 잊을 수 있겠습니까?

당신 살아 있을 때 내가 농담 삼아 말한 적이 있습니다.

"내가 당신보다 먼저 죽는 것이 낫겠지요?"

이 말이 내 입에서 나오자 당신은 크게 놀라면서 곧바로 귀를 막고는 멀리 달아나서 들으려고 하지 않았습니다. 이런 말은 세상의 여자들이 크게 꺼리는 말이지만, 실상이 바로 그러해서 내 말이 농담만은 아니었던 것이었습니다.

마침내 이제 당신이 먼저 죽고 말았습니다. 먼저 죽는 것이 무에 그리 좋아서 내가 두 눈을 뜨고 홀아비로 살아가게 한단 말씀입니까? 이내 한은 푸른 바다같이, 긴 하늘같이 끝이 없을 것입니다.

출전_ 완당집

원제_ 부인예안이씨애서문 夫人禮安李氏哀逝文

■ ─ 김정희는 윤상도의 사건에 연루되어 1840년부터 1848년까지 8년간 제주도에 유배된다. 그 와중에 1842년 후취 부인 예안 이씨가 죽는다. 김정희는 한 달이 지나서야 부인의 소식을 제주도에서 들었다. 그 아픔과 슬픔이 어떠한지 이 글은 잘 보여 준다.

'아! 죄인이 되어 벌을 받고 이 제주도에 귀양 올 때에도 내 마음이 흔들리지 않았습니다. 그런데 지금 당신의 죽음 앞에서 마음이 놀랍고 흐트러지고 혼이 빠지고 떨어져 나갑니다. 내가 그 마음을 붙잡으려 해도 그러질 못하니 이 어찌 된 까닭입니까?'

아내의 죽음을 듣고 쓴 다음 시도 그런 김정희의 마음을 잘 보여 주고 있다.

那將月姥訟冥司　언젠가 저승에 가면 월로(月老)에게 하소연해
來世夫妻易地爲　다음 세상에는 우리 부부의 처지를 바꾸리라.
我死君生千里外　내가 죽고 당신 천 리 밖에서 살아간다면
使君知我此心悲　이내 슬픈 마음을 당신이 알 것이네.

　　　　　　　　　　　　　　　　　─〈아내를 잃고(悼亡)〉

다음에 다시 태어나서 내가 먼저 죽는다면 내 마음을 알 것이라는 가정은, 부인을 잃은 슬픔의 크기가 어떠한지 잘 보여 준다. 절해고도 제주의 유배지에서 겪는 한스러움과 부인의 죽음이 겹치면서 김정희가 느꼈을 비통함이 이 글에 배어 있다.

박시원

《한서》이불과 《논어》병풍

○ 지난 경진년(1760)·신사년(1761) 겨울, 내 작은 초가가 너무 추워서 입김이 서려 성에가 되고 이불깃에서 바삭바삭 소리가 났다. 게으른 성격이지만 나는 어쩔 수 없이 한밤중에 일어나 《한서(漢書)》한 질(帙)을 이불 위에 죽 덮어서 그나마 추위를 막았다. 그렇게 하지 않았다면 나는 아마도 얼어 죽었을 것이다. 어젯밤에 집 서북 구석에서 매서운 바람이 불어 들어와 등불이 몹시 흔들렸다. 한참을 생각하다가 《논어(論語)》한 권을 뽑아서 바람을 막아 놓고는 임시로 변통하는 재주를 자랑스러워했다. 옛사람은 갈대꽃으로 이불을 만들었는데 이것은 특별한 경우이고, 또 금과 은으로 상서로운 짐승을 수놓아 병풍을 만든 사람도 있는데, 이 또한 너무 사치스러워 본받기에는 부족하다. 이것이 어찌 내 《한서》이불과 《논어》병풍만 하겠는가? 이는 또한 왕장(王章)이 소가죽을 덮은 것이나, 두보(杜甫)가 말언치(말이나 소의 안장 밑에 까는 깔개)를 덮은 것보다 낫다. 을유년(1765)

겨울 11월 28일에 적는다.

◦ 어린 아우 정대가 이제 바야흐로 아홉 살인데 타고난 성품이 굼떴
다. 정대가 문득 말했다.

"귓속에서 쟁쟁 우는 소리가 나요."

"그 소리가 무슨 물건 같니?"

"그 소리가 별처럼 둥근데, 볼 수도 있고 주울 수도 있을 것 같아요."

내가 웃으며 말했다.

"소리를 모양에 빗대 표현하다니, 이는 어린아이에게 하늘이 준 슬기
가 있다는 것이다. 예전에 어떤 아이가 별을 보고는, '저건 달의 가루
야.'라고 했단다. 이런 말은 예쁘고 고와서 속된 기운을 벗어났으니
때 묻은 세속의 사람이 할 수 있는 말이 아니다."

◦ 이웃의 늙은이가 쌀을 찧어 가루를 만드는 것을 보았다. 내가 그것
을 가만히 보면서 이렇게 생각했다.

'쇠로 만든 절굿공이는 세상에서 지극히 강한 것이고, 물에 불은 쌀
은 세상에서 지극히 부드러운 것이다. 지극히 강한 것으로 지극히
부드러운 것을 치니 금방 작은 가루가 되는 것은 당연한 형세이다.
그러나 쇠 절굿공이도 오래되면 닳아서 줄어든다. 이것으로 다른 것
을 이기는 것도 남모르게 손실되는 것이 있음을 알 수 있다. 지극히
강한 것도 극에 달하면 또한 믿을 수 없다.'

○ 예로부터 앎과 실천을 아우르기는 아주 어려웠다. 왜 그런가? 영리하고 뛰어난 사람은 뿌리가 깊지 못하고, 굳고 강한 사람은 빼어나고 날카롭지 못하다. 그래서 둘 다 단점이 있다. 그러나 굳고 강한 사람의 확고함이 영리하고 뛰어난 사람의 공허함보다는 더 낫고, 굳고 확실한 자의 고집과 과단이 민첩하고 빠른 자의 공허와 쓸쓸함보다는 낫다. 석공(石公)이 이렇게 말했다.

"총명하나 용기가 없으면 일을 맡기 어렵고, 용기가 있으나 총명하지 않으면 깨달음에 통할 수 없다. 담력 있는 사람은 5의 지식도 10으로 쓸 수 있지만, 담력 없는 사람은 10의 지식도 5밖에 쓸 수 없다."

○ 섣달 그믐날이 되면, 누구나 그리움과 애처로움에 휩싸인다. 마치 가까이 지내던 친구와 멀리 이별하며 헤어지기 어려워하는 것과 같다. 헤어지는 그때가 되어, 그 친구의 수염, 눈썹, 마음, 노랫소리, 웃는 모습, 옷차림, 걸음걸이 등을 자세히 살피는 것은, 그 친구의 모습을 잊지 않기 위해서다. 또 아이가 관례를 치르려는 날이 닥치면, 마음속에 '이제 갓을 쓰게 되면 어린 시절과는 이별이로구나.' 하는 생각에 손으로 자꾸 땋은 머리를 어루만지는 것도 인정상 당연히 그러한 것이다. 섣달 그믐날 석양이 지려 할 때, 마음이 애틋하여 석양을 자세히 바라보는 것도 올해의 햇빛이 지금뿐이기 때문이다. 잠깐 사이에 해가 지면 서글픔을 이기지 못한다. 밤이 되면 정신을 가다듬고 북두칠성을 보면서, '올해의 밤도 얼마 남지 않았구나.' 하다 보면 문득 새벽닭이 운다. 그러나 이도 어찌할 수가 없는 일이다.

○ 망상(妄想)이 일어날 때, 구름 한 점 없는 하늘을 쳐다보면 모든 잡념이 일시에 사라진다. 이것은 기운이 바르게 되기 때문이다. 또한 정신이 맑을 때 꽃 한 송이, 풀 한 포기, 돌 한 개, 물 한 그릇, 새 한 마리, 물고기 한 마리를 고요히 관찰하면, 가슴속에 연기가 이는 듯 구름이 피어오르는 듯 마음속에 흔연히 저절로 깨닫게 된다. 다시 깨달은 곳을 만나려 하면 도리어 아득해진다.

○ 옛사람들은 자기의 재주를 부릴 수 있었으나 뒷사람들은 다만 자기 재주의 부림을 받는다. 자기 재주를 부리는 사람은 그 재주를 마땅히 써야 하는 데 쓰고 또한 그쳐야 할 때 그칠 줄을 안다. 자기 재주의 부림을 받는 사람은 마음이 점점 어지러워져서 하지 말아야 할 일도 서슴없이 하니, 두려운 일이다.

○ 헌칠한 장부가 나에게 말했다.
"욕심을 버려라."
내가 말했다.
"감히 따르지 않겠습니까?"
"성냄을 버려라."
"감히 따르지 않겠습니까?"
"시기심을 버려라."
"감히 따르지 않겠습니까?"
"자만심을 버려라."

"감히 따르지 않겠습니까?"

"조급함을 버려라."

"감히 따르지 않겠습니까?"

"게으름을 버려라."

"감히 따르지 않겠습니까?"

"명예욕을 버려라."

"감히 따르지 않겠습니까?"

"책을 좋아하는 습관을 버려라."

내가 놀라서 눈을 휘둥그레 하고 뚫어지게 보고는 말했다.

"책을 좋아하지 말라니, 그럼 무엇을 하란 말입니까? 저를 귀머거리와 장님으로 만들려는 것입니까?"

장부가 웃으면서 등을 어루만지고 말했다.

"애오라지 너를 한번 시험해 보았던 것뿐이다."

○ 가장 뛰어난 사람은 가난을 편안히 여기고, 그다음 사람은 가난을 잊어버린다. 그다음 사람은 가난을 (부끄러워서) 감추고, 가난을 호소하다 가난에 짓눌리고 가난에 부림을 당한다. 가장 못한 사람은 가난을 원수처럼 여기다가 그 가난 속에서 죽어 간다.

○ 높은 지조는 서리처럼 늠름하고, 우아한 도량은 봄처럼 따뜻하다.

○ 스승과 벗은 현재의 경서(經書)요, 경서는 과거의 스승과 벗이다. 오

직 내가 살아가면서 이 두 가지에 의지하면 나의 본성을 찾을 수 있을 것이다. 그러나 이 두 가지와 친근하지 않는 사람은 이것을 소홀히 하여 짐승과 같은 사람이 되고 만다. 생각이 여기에 이르면 나도 모르게 두려워진다.

○ 선비가 일이 없어 한가로이 지낼 때, 책을 읽지 않고 다시 무엇을 하겠는가? 책을 읽지 않으면, 작게는 잠이나 자고 잡기에 빠지게 되고, 크게는 남을 비방하거나 돈벌이, 여색에 힘쓰게 된다. 아! 내가 무엇을 할 것인가? 책을 읽을 뿐이다.

○ 요즘 날마다 독서를 하면서 네 가지 유익한 것이 있음을 알았다. 옛일에 넓고도 자세하게 통달하고, 뜻과 재주에 도움 되는 것은 포함되지 않는다. 첫째, 배고플 때 책을 읽으면, 소리가 더욱 맑아 글의 뜻을 맛보게 되어 배고픔도 잊게 된다. 둘째, 조금 추울 때 책을 읽으면, 기운이 소리를 따라 돌아 마음이 편안하여 추위를 잊게 된다. 셋째, 마음이 괴로울 때 글자에 눈을 두고 내용에 마음을 집중하여 책을 읽으면, 온갖 근심과 걱정이 모두 사라지게 된다. 넷째, 기침병을 앓을 때에 책을 읽으면, 기운이 막힘없이 통하여 기침 소리가 갑자기 그친다.

출전_ 이목구심서

■ ─ 이 글은 1765~1766년, 즉 이덕무가 스물대여섯 살 때 쓴 《이목구심서(耳目口心書)》에서 가려 뽑은 것이다. 서자이면서 가난한 이덕무가 할 수 있었던 일은 독서와 글쓰기였으며, 《이목구심서》는 그의 가장 자유로운 글쓰기가 구현된 것이다.

이덕무의 방대한 저술은 《청장관전서》로 정리되어 있다. 청장관(靑莊館)은 이덕무의 호인데, 이 이름은 이덕무의 맑고 깨끗한 삶을 가장 잘 보여 준다. '청장(靑莊)'은 신천옹(信天翁)이라고도 불리며, 우리가 흔히 앨버트로스라고 부르는 새를 일컫는다. 청장은 흔히 도하(淘河)라는 새와 대비되는데, 도하는 하루 종일 뻘밭을 뒤지고 다녀도 늘 배가 고프다고 한다. 반면에 청장은 맑고 깨끗한 물가에 가만히 서 있다가 자기 앞에 오는 고기만 잡아먹고도 배가 부르기 때문에 청렴을 상징하는 것으로 알려진다. 이런 이름을 고집한 이덕무였으니 가난이 그를 따라 다닌 것은 어쩌면 당연해 보인다. 스무 살 나이에 독서에 열중한 가난한 선비 이덕무가 《한서》를 이불 삼아 덮고 《논어》를 병풍 삼아 겨울 추위와 바람을 막았다는 이야기는 가난한 독서인의 모습을 잘 보여 준다.

"예쁘고 고와서 속된 기운을 벗어났으니 때 묻은 세속의 사람이 할 수 있는 말이 아니다."라는 말은 그의 〈영처고 서문〉(1760년 3월)이라는 글을 떠올려 준다. "아이가 장난치며 즐기는 것은 순수한 마음이 그대로 나타난 것이며, 처녀가 부끄러워하며 감추는 것은 순수한 진정이 자연스럽게 드러난 것이다. 이것이 어찌 억지로 힘써서 하는 것이겠는가?" 이처럼 진실한 마음을 버리고 아름답게 꾸미는 글쓰기를 비판하는 이덕무의 모습이 《이목구심서》에 오롯이 담겨 있다.

1 〈봄을 보내며〉에서 봄을 나타낸 표현과 그렇게 표현한 뜻을 말해 보자.

봄을 나타낸 표현	표현한 뜻
동방	봄은 오행에서 동방을 나타낸다.
나무의 덕으로 왕이 됨.	
나라 이름을 신(新)이라고 함.	
백의낭관이 춤추고, 금의공자가 노래함.	봄이 되어 나비가 날고 꾀꼬리가 우는 정경을 표현한 것이다.
나이 아흔	
청제	봄은 오행에서 푸른색을 나타낸다.
연호	

2 다음 글은 백영숙을 보내며 박지원이 쓴 글이다. 〈밤이 되면 솔바람 소리 들리고〉와의 공통점을 말해 보자.

영숙은 장수 집안의 자손이다. 그 조상 가운데 나라를 위해 충성으로 죽은 이가 있어 지금도 사대부들이 그것을 슬퍼한다. 영숙은 전서와 예서에 능하고 관례에도 밝다. 젊어서 말타기와 활쏘기에 뛰어나 무과에 급제하였다. 비록 벼슬은 운수에 매어 못 했으나, 임금에게 충성하고 나라를 위해 죽으려는 뜻만은 선조의 뜻을 잇기에 족했으니 사대부에게도 부끄럽지가 않다.

아아! 그런 영숙이 어찌하여 가족을 이끌고서 예맥 땅으로 들어가는가? 영숙이 일찍이 나를 위해 금천(金川)의 연암 골짜기에 거처를 잡아 준 일이 있었다. 산이 깊고 길이 막혀 종일을 가도 사람 하나 만날 수 없었다. 영숙이 갈대 숲 가운데에 말을 세우고 채찍으로 높은 언덕배기를 가리키면서 말했다.

"저기는 울타리를 치고 뽕나무를 심을 수 있겠군. 갈대에 불을 질러 밭을 갈면, 한 해에 조를 천 석은 거둘 수 있겠네."

시험 삼아 쇠를 쳐서 바람을 타고 불을 놓으니, 꿩이 깍깍 대며 놀라 날고, 새끼 노루가 앞으로 달아났다. 팔뚝을 부르걷고 이를 쫓다가 시내에 막혀 돌아왔다. 이에 서로 보고 웃으며 말하였다.

"인생은 백 년도 못 되는데, 어찌 답답하게 목석같이 살면서 조나 꿩, 토끼를 먹으며 지낼 수 있겠는가?"

이제 영숙이 기린협으로 가서 살겠다고 한다. 송아지를 지고 들어가 키워서 밭을 갈게 하겠다고 한다. 소금도 된장도 없는지라 산아가위와 돌배로 장을 담그리라고 한다. 그 험하고 가로막혀 궁벽한 것이 연암 골짜기보다도 더 심하니, 어찌 견주어 같다 하겠는가?

그러나 나는 갈림길 사이를 서성이면서 여태도 거취를 결정하지 못하고 있으니, 하물며 감히 영숙이 떠나는 것을 막을 수 있겠는가? 나는 그 뜻을 장히 여길지언정 그 궁함을 슬퍼하지 않으련다.

　　　　　　　　　　　　　　　　－박지원, 〈기린협으로 가는 백영숙에게 주다〉

3 〈밤이 되면 솔바람 소리 들리고〉의 글쓴이가 '벗을 깊이 사귀고자 하나 서로 마음 맞기가 어려운 이유'를 무엇이라 했는지 말해 보자.

4 〈밤이 되면 솔바람 소리 들리고〉에서 '가난할 때 사귄 벗이 진정한 벗'이라고 한 이유를 말해 보자.

5 〈나는 봉새를 부러워하지 않는다〉의 글쓴이가 뱁새의 삶을 편안하게 여기는 이유는 무엇인지 말해 보자.

6 다음 글을 읽고, 〈푸른 바다같이, 긴 하늘같이〉와의 공통점과 차이점을 말해 보자.

> 견우직녀도 이날만은 만나게 하는 칠석날
> 나는 당신을 땅에 묻고 돌아오네
> 안개꽃 몇 송이 함께 묻고 돌아오네
> 살아평생 당신께 옷 한 벌 못 해 주고
> 당신 죽어 처음으로 베옷 한 벌 해 입혔네
> 당신 손수 베틀로 짠 옷가지 몇 벌 이웃께 나눠 주고
> 옥수수밭 옆에 당신을 묻고 돌아오네
> 은하 건너 구름 건너 한 해 한 번 만나게 하는 이 밤
> 은핫물 동쪽 서쪽 그 멀고 먼 거리가
> 하늘과 땅의 거리인 걸 알게 하네
> 당신 나중 흙이 되고 내가 훗날 바람 되어
> 다시 만나지는 길임을 알게 하네
> 내 남아 밭 갈고 씨 뿌리고 땀 흘리며 살아야
> 한 해 한 번 당신 만나는 길임을 알게 하네.
> ─ 도종환, 〈옥수수밭 옆에 당신을 묻고〉

7 《한서》 이불과 《논어》 병풍〉을 읽고, 제목과 관련하여 글쓴이의 처지를 말해 보자.

8 《한서》 이불과 《논어》 병풍〉의 다음 부분에 담겨 있는 글쓴이의 태도를 '함께 읽기'의 내용을 참고하여 설명해 보자.

> 옛사람들은 자기의 재주를 부릴 수 있었으나 뒷사람들은 다만 자기 재주의 부림을 받는다.

함께 읽기
- 뛰어난 솜씨는 마치 서툰 듯하고, 잘하는 말은 마치 더듬는 듯하다. − 《노자》
- 공자께서 말씀하셨다. "옛날 공부하는 사람들은 자신의 충실함을 위해 했으나 지금 공부하는 사람들은 남에게 보이기 위해서 한다." − 《논어》

3장

—

역사적
자부심을 가지다

단군왕검

일연

《위서(魏書)》에 다음과 같이 적혀 있다.

"지금으로부터 2000년 전에 단군왕검이 있었다. 그는 아사달*에 도읍을 정하고 새로 나라를 세워 나라 이름을 조선이라고 하였는데, 이것은 중국 요임금과 같은 때이다."

또 옛 책에는 다음과 같이 적혀 있다.

"옛날에 환인(桓因)의 아들 환웅(桓雄)이 자주 천하에 뜻을 두어 사람이 사는 세상을 얻고자 하였다. 환인이 아들의 뜻을 알고 삼위 태백산을 내려다보니 인간 세상을 널리 이롭게 할 만했다. 이에 환인은 천부인* 세 개를 환웅에게 주어 인간 세계를 다스리게 했다. 환웅은 무리 3000명을 거느리고 태백산 꼭대기(태백산은 지금의 묘향산)에

• **아사달**(阿斯達) '아사'는 아침, '달'은 땅이라는 뜻이다.
• **천부인**(天符印) 신의 위엄과 영험의 상징물. 무당이 굿을 할 때 사용하는 거울, 칼, 방울이라고도 한다.

있는 신단수 밑에 내려왔다. 이곳을 신시(神市)라 하고, 이분을 환웅
천왕이라 했다. 그는 풍백(風伯)·우사(雨師)·운사(雲師)를 거느리고 •
곡식, 수명, 질병, 형벌, 선악 등 세상의 360여 가지 일을 맡아 책임
지고 세상을 다스리며 교화했다.

이때 범 한 마리와 곰 한 마리가 같은 굴속에서 살고 있었는데, 그
들은 항상 환웅에게 빌어 사람이 되기를 원했다. 이때 환웅이 신령
스러운 쑥 한 줌과 마늘 스무 개를 주면서, "너희들이 이것을 먹고
100일 동안 햇빛을 보지 않으면 곧 사람이 될 것이다."라고 했다.

이에 곰과 범이 이것을 먹고 삼칠일(21일) • 동안 조심했더니 곰은
여자의 몸으로 변했으나 범은 지키지 못해서 사람의 몸으로 변하지
못했다. 웅녀는 혼인해서 같이 살 사람이 없으므로 날마다 신단수
밑에서 아이를 배게 해 달라고 빌었다. 이에 환웅이 잠시 사람으로
변하여 웅녀와 혼인했다. 웅녀가 아들을 낳았는데 이름을 '단군왕
검'이라 하였다.

단군왕검은 중국 요임금이 즉위한 지 50년인 경인년에 평양성에
도읍하여 비로소 조선이라고 불렀다. 또 도읍을 백악산 아사달로 옮
겼는데, 궁홀산이라고도 하고 금미달이라고도 한다. 단군은 1500
년 동안 나라를 다스렸다. 주나라 무왕이 즉위한 기묘년에 기자를

• **그는~거느리고** 바람, 비, 구름을 다스리는 신하를 거느렸다는 것은 당시 농경 생활이 이루어졌음
을 알려 준다.

• **삼칠일** 앞에서 '100일 동안'이라고 했는데, 21일 만에 사람이 되었다는 것은 모순처럼 보인다. 그것
은 '100일 동안'이라는 말을 '오랫동안'이라는 의미로 읽으면 문제가 사라진다. 100의 옛말이 '온'이
다. '온'은 '전부, 많다'는 뜻이다.

조선의 왕으로 삼았다. 이에 단군은 장당경으로 옮겼다가 뒤에 돌아와서 아사달에 숨어서 산신이 되니, 나이는 1908세였다."

당나라 〈배구의 전기〉에는 이렇게 적혀 있다.
"고려는 원래 고죽국이었다. 주나라에서 기자를 조선 왕으로 삼았다. 한나라에서는 이곳을 나누어 세 군을 설치하였는데 곧 현도, 낙랑, 대방이다."
《통전(通典)》에도 역시 이 말과 같다(《한서》에는 진번, 임둔, 낙랑, 현도의 네 군으로 되어 있다. 그런데 여기에는 세 군으로 되어 있고, 그 이름도 같지 않으니 어찌 된 것일까?).

출전_ 삼국유사

원제_ 고조선왕검조선 古朝鮮王儉朝鮮

▣ — 《삼국유사》에 있는 이 글은 우리나라의 시조인 단군왕검에 대한 현전하는 가장 오래된 기록이다. 몽고의 지배하에 있던 13세기 말, 일연 스님은 단군왕검에 대해 서술함으로써 우리 민족의 연원이 중국과 대등하다는 자부심을 보여 준다.

환인(桓因)은 '환하다', '밝다'와 관련이 있는 것으로 추정할 수 있다.(최래옥 외, 《설화와 역사》, 집문당, 2000) 《규원사화》에서는 환인(桓因)과 환웅(桓雄)의 '환(桓)'은 광명, 곧 환하게 빛나는 것으로, 그 형체를 말하는 것이며, '인(因)'은 본원이니 곧 근본으로, 만물이 이로 말미암아 나는 것을 뜻한다고 설명하고 있다. 이를 통해 볼 때, 환인은 태양의 의인화요, 그의 아들 환웅은 태양 빛을 의인화한 것으로 짐작해 볼 수 있다. 또한 단군왕검(檀君王儉)에서 단군은 제사장, 왕검은 정치적 지배자로, 단군왕검은 당시 고조선이 제정일치 사회임을 알려 준다. 단군왕검이란 이름 또한 한 개인의 이름이라기보다는 고조선 군장을 가리키는 일반 명사에 해당한다고 보는 것이 합리적이다. 단군에 대한 표기는 두 가지가 있다. 《삼국유사》에는 '壇君'으로, 《제왕운기》와 《세종실록지리지》에는 '檀君'이라 되어 있다. 최남선은 이 단군이란 이름이 무당을 뜻하는 몽고어 '텡그리(tengri)'와 관련이 있다고 보았다.

곰과 호랑이는 토템 신앙의 흔적이라고 해석할 수 있다. 특히 곰은 유라시아 북부 지역이나 아메리카 북방 지역에서 널리 신성시된다. 중국에서도 신성시된 흔적이 곳곳에 보이는데, 황제가 유웅족(有熊族) 출신이라든지, 하나라 우 임금과 그의 아버지 곤(鯀)이 곰으로 변했다든지 하는 것을 볼 때 이러한 사실을 확인할 수 있다.

아! 국강상광개토경평안호태왕

아! 옛날 시조 추모왕께서 고구려를 여셨다. 추모왕께서는 북부여에서 나셨는데 하느님의 아들이요, 어머니는 하백의 따님이시다. 알을 깨고 세상에 나셨는데, 태어나면서부터 성스러운 덕을 지니셨다. 추모왕께서 북부여에서 도망하여 남쪽으로 가시다가 엄리대수에 이르러 말씀하셨다. "나는 하느님의 아들이요, 어머니는 하백의 따님이시다. 나를 위해 갈대를 잇고 거북은 뜬다리를 만들어라." 그러자 그 말씀대로 갈대가 이어지고 거북이 떠올라 뜬다리를 만들어 강을 건너실 수 있었다.

비류곡 홀본 서쪽 산 위에 성을 쌓으시고 나라를 여셨다. 인간 세상의 임금 자리를 즐거워하시지 않아, 하늘이 황룡을 보내시어 추모왕을 맞이하셨다. 이에 추모왕께서 홀본의 동쪽 언덕에서 용의 머리를 밟고 하늘로 올라가셨다.

추모왕께서 세자 유류왕에게 올바른 도리로 나라를 다스리라 유언하셨다. 유류왕의 아드님이신 대주류왕께서 왕위를 물려받아 나

라의 기틀을 닦으셨다. 대주류왕의 17세손이신 국강상광개토경평
안호태왕께서 열여덟 살에 왕위에 오르시니 이름을 영락태왕이라
하셨다. 백성에게 은혜와 덕택을 미치심이 하늘과 같았고, 위엄을
온 누리에 떨치셨다. 나쁜 무리를 쓸어 없애 나라를 편안하게 하셨
다. 나라를 부강하게 하시고 백성들의 살림을 넉넉하게 하시니 오곡
이 풍성했다. 하늘이 백성들을 돕지 않으셔서 서른아홉에 세상을
버리고 떠나셨다. 갑인년(414) 9월 29일에 산릉에 모시고, 이에 비석
을 세워 공적을 새겨 후세에 보인다. 그 말씀은 다음과 같다.

영락 5년 을미년(395), 비려*가 잡아간 고구려 사람을 돌려보내지
않아 대왕께서 몸소 군사를 거느리고 가서 치셨다. 부산(富山)과 부
산(負山)을 지나 염수에 이르러 비려 세 부족의 육칠백 곳을 공격하
여 수많은 소와 말과 양을 빼앗았다. 그러고는 군사를 돌려 양평도
를 지나 동쪽으로 가서 ☐성, 역성, 북풍에서 사냥하시며 나라를 둘
러보고 돌아오셨다.
백제와 신라는 옛날부터 우리 고구려의 지배를 받아 조공을 바쳤
다. 그런데 신묘년(391) 이후 조공을 바치지 않아 백제, ☐☐, 신라를
쳐서 신하로 삼았다.*
영락 6년 병신년(396), 대왕께서 몸소 수군을 이끌고 백제를 치셨
다. 고구려군이 백제의 남쪽에 이르러 일팔성, 구모로성, 각모로성,

---

* **비려**(碑麗) 거란 부족의 하나.

간저리성, ㅁㅁ성, 각미성, 모로성, 미사성, 고사조성, 아단성, 고리성, ㅁ리성, 잡미성, 오리성, 구노성, 고모야라성, 혈ㅁ성, ㅁㅁ성, ㅁ이야라성, 전성, 어리성, 농매성, 두노성, 비성, 비리성, 미추성, 야리성, 대산한성, 소가성, 돈발성, ㅁㅁㅁ성, 누매성, 산나성, 나단성, 세성, 모루성, 우루성, 소회성, 연루성, 석지리성, 암문종성, 임성, ㅁㅁㅁ, ㅁㅁㅁ, ㅁ리성, 취추성, ㅁ발성, 고모루성, 윤노성, 관노성, 삼양성, 증발성, 종고로성, 구천성, ㅁㅁㅁ성을 공격하여 **빼앗고**, 백제의 서울에 다다랐다.

백제가 복종하지 않고 감히 나와서 싸우려 했다. 대왕께서 크게 노하여 아리수(한강)를 건너 군사를 보내 위례성에 다다랐다. 백제군이 도망치자 성을 포위했다. 백제왕이 형세가 절박함을 알고는 남녀 1000명과 베 1000필을 바치며, 무릎을 꿇고 이후로는 영원히 신하가 되겠다고 맹세했다. 대왕께서 은혜를 베풀어 백제왕의 잘못을 용서하고 정성을 받아들였다. 이에 백제의 성 58개와 마을 700곳을 **빼앗고**, 백제왕의 아우와 대신 열 명을 데리고 돌아오셨다.

● **그런데 ~ 삼았다.** 이 부분은 한·중·일 사이에서 가장 논란이 되고 있다. 여기서는 "而後以辛卯年不貢因破百殘ㅁㅁ新羅, 以爲臣民."에 따라 해석했다. 일반적으로 전해지는 탁본의 내용은 이러하다. "而倭以辛卯年來渡海破百殘ㅁㅁ新羅, 以爲臣民." 이렇게 두고 해석하면 다음과 같다. (1) "왜가 신묘년에 바다를 건너왔다. 이에 고구려가 백제, ㅁㅁ, 신라를 쳐서 신하로 삼았다." (2) "왜가 신묘년에 바다를 건너와 백제, ㅁㅁ, 신라를 쳐서 신하로 삼았다." 여기서 영락 5년의 내용이 끝난다. 이 비문은 국강상광개토경평안호태왕의 영토 확장을 기록하기 위한 것인데, 왜가 백제와 신라를 쳐서 신하로 삼았다는 것으로 끝맺는 것은 자연스럽지 않다. 그러므로 위 본문처럼 해석하거나, (1)로 해석하는 데는 무리가 없으나, (2)로 해석하기는 어렵다. 위당 정인보는 비워진 곳의 글자를 '連侵(연침)'으로 보고 다음처럼 해석했다. "而倭以辛卯年來, 渡海破. 百殘連侵新羅以爲臣民."(왜가 신묘년에 쳐들어오자, 고구려는 바다를 건너 왜를 쳐부수었다. 그런데 백제가 왜와 연합하여 신라를 쳐서 신하로 삼았다.)

영락 8년 무술년(398), 군사를 보내어 식신토곡*을 살피셨다. 이때 막사라성과 가태라곡을 쳐서 남녀 300여 명을 얻었다. 이후로 (숙신이 또는 백제가) 조공하였다.

영락 9년 기해년(399), 백제가 이전에 한 맹세를 어기고 왜와 가까이 지내며 통하였다. 대왕께서 평양으로 가셔서 나라를 살피셨다. 그때 신라가 사신을 보내 대왕께 아뢰었다. "왜가 신라에 쳐들어와 성을 깨뜨리고 신라왕을 신하로 삼으려 합니다. 청컨대 대왕께 의지하고자 합니다." 대왕께서 은혜롭고 자비로워 신라의 충성을 칭찬하시고, 신라 사신으로 하여금 대왕의 계획을 돌아가 알리게 했다.

영락 10년 경자년(400), 대왕께서 보병과 기병 오만 명을 보내 신라를 구원하도록 하셨다. 남거성에서 신라성에 이르기까지 왜병이 가득하였다. 고구려군이 이르자 왜병이 물러갔다. 고구려군이 왜를 뒤쫓아 임나가라의 종발성에 이르니 왜가 항복하여 신라군으로 하여금 성을 지키게 했다. 신라성과 염성을 쳐서 빼앗으니 왜구가 흩어져 없어졌다. … (글자를 판독하기 어려움) … 나머지 왜병이 흩어져 도망쳤다. 이에 신라군으로 하여금 성을 지키게 했다. 예로부터 신라 매금(이사금, 곧 왕)이 직접 와서 일을 의논한 적이 없었는데, 국강상광개토경호태왕에 이르러 신라 매금이 직접 와서 조공하였다.

영락 14년 갑진년(404), 왜가 법도를 어기고 대방의 경계(오늘날의 황해도 지방)를 침입하였다. 대왕께서 몸소 군사를 거느리고 평양을

---

* **식신토곡**(息愼土谷) 숙신 또는 한강 부근으로 본다.

거쳐 … (글자를 판독하기 어려움) … 왜를 만나 쳐부수었다. 고구려군이 길을 끊고 공격하니 왜구가 패하여 죽은 자가 무수히 많았다.

영락 17년 정미년(407), 대왕께서 보병과 기병 오만 명을 보내 … (글자를 판독하기 어려움) … 사방에서 포위하여 싸워 적을 모두 죽였다. 빼앗은 갑옷이 일만여 벌이었고, 그 밖에 빼앗은 군수 물자는 셀 수가 없었다. 돌아오면서 사구성, 누성, 우주성, ㅁ성, ㅁㅁㅁ성, ㅁㅁ성을 쳐서 깨뜨렸다.•

영락 20년 경술년(410), 동부여는 옛날 추모왕의 백성이었는데, 중간에 배반하여 조공하지 않아, 대왕께서 몸소 군사를 이끌고 가서 쳤다. 고구려군이 동부여성에 이르자 동부여가 놀라 항복하였다. 대왕의 은혜가 두루 미치자 서울로 돌아오셨다. 대왕을 우러러 따라온 자는 미구루압로, 비사마압로, 타사루압로, 숙사사압로, ㅁㅁㅁ압로• 등이었다. 이때 대왕께서 64개의 성과 1400곳의 마을을 쳐서 깨뜨렸다.

대왕의 능을 지키는 사람은 다음과 같다. 매구여 백성은 국연• 2가, 간연• 3가로 한다. 동해가는 국연 3가, 간연 5가로 한다. 돈성의 백성 4가는 간연으로 한다. 우성의 1가도 간연으로 한다. 비리성의 2가는 국연으로 한다. 평양성의 백성은 국연 1가, 간연 10가로 한다. ㅁ련의 2가는 간연으로 한다. 배루인은 국연 1가, 간연 43가로 한다.

• **영락 ~ 깨뜨렸다.** 사학자 천관우는 이 내용이 후연과의 싸움이라고 보았다.
• **압로(鴨盧)** 동부여 각 지역을 대표하는 귀족으로 보기도 하고, 부족을 뜻하는 것으로 보기도 한다.
• **국연, 간연** '국연(國烟)'은 국강상의 광개토왕릉을 지키는 백성이고, '간연(看烟)'은 국연 중에서 결원이 있을 경우 대체하는 백성일 가능성이 높다.

양곡의 2가는 간연으로 한다. 양성의 2가도 간연으로 한다. 안부련의 22가도 간연으로 한다. 개곡의 3가도 간연으로 한다. 신성의 3가도 간연으로 한다. 남소성의 1가는 국연으로 한다.

　새로 온 한과 예의 사람은 다음과 같이 정한다. 사수성은 국연 1가, 간연 1가로 한다. 모루성의 2가는 간연으로 한다. 두차압잠한의 5가도 간연으로 한다. 구모객두의 2가도 간연으로 한다. 구저한의 1가도 간연으로 한다. 사조성한예는 국연 3가, 간연 21가로 한다. 고모야라성의 1가는 간연으로 한다. 경고성은 국연 1가, 간연 3가로 한다. 객현한의 1가는 간연으로 한다. 아단성과 잡진성의 10가는 간연으로 한다. 파노성한의 9가도 간연으로 한다. 구모로성의 4가도 간연으로 한다. 각모로성의 2가도 간연으로 한다. 모수성의 3가도 간연으로 한다. 간저리성은 국연 1가, 간연 3가로 한다. 미추성은 국연 1가, 간연 7가로 한다. 야리성의 3가는 간연으로 한다. 두노성은 국연 1가, 간연 2가로 한다. 오리성은 국연 2가, 간연 8가로 한다. 수추성은 국연 2가, 간연 5가로 한다. 백잔남거한은 국연 1가, 간연 5가로 한다. 대산한성의 6가는 간연으로 한다. 농매성은 국연 1가, 간연 7가로 한다. 윤노성은 국연 1가, 간연 22가로 한다. 고모루성은 국연 2가, 간연 8가로 한다. 전성은 국연 1가, 간연 8가로 한다. 미성의 6가는 간연으로 한다. 취자성의 5가도 간연으로 한다. 삼양성의 24가도 간연으로 한다. 산나성의 1가는 국연으로 한다. 나단성의 1가는 간연으로 한다. 구모성의 1가도 간연으로 한다. 오리성의 8가도 간연으로 한다. 비리성의 3가도 간연으로 한다. 세성의 3가도 간연으로 한다.

국강상광개토경호태왕께서 생전에 이렇게 말씀하셨다.

"선대 대왕들께서는 다만 원근의 백성들로 하여금 능을 보살피도록 하셨으나, 내가 생각해 보니 백성들이 그 일을 하지 못할까 염려스럽다. 내가 죽은 뒤에 능을 지키는 사람은 내가 몸소 데려온 한인(韓人)과 예인(穢人)의 백성들로 하여금 맡게 하라."

말씀이 이와 같았으므로, 명을 받들어 한인과 예인의 백성 220가로 하여금 능을 보살피게 하였다. 또 그들이 그 가르침을 잘 알지 못할까 하여 옛 백성* 110가로 하여금 능을 보살피게 하였다. 이처럼 능을 지키는 백성은 국연 30가, 간연 300가, 모두 330가로 하였다.

선대 대왕들께서는 능 옆에 비석을 두지 않아, 능을 지키는 백성들의 수가 잘못됨이 많았다. 오직 국강상광개토경호태왕께서 선대 대왕들의 능에 비석을 세우시어, 능을 지키는 백성의 수가 잘못됨이 없도록 하시고 다음과 같이 제도를 정하셨다.

"이 이후로 능을 지키는 자들은 서로 사고팔지 못한다. 비록 부유한 자가 있더라도 마음대로 사지 못한다. 만약 이 명령을 어긴다면, 판 사람은 형벌을 받고 산 사람은 제도에 따라 능을 지키게 하라."

출전_ 국강상광개토경평안호태왕비

* **옛 백성** 고구려인이 아니라 광개토대왕 이전에 고구려에 정복된 지역 출신의 백성을 일컫는다.

■ ─ 고구려 제19대 임금인 광개토왕은 이름이 담덕(談德)으로 392년 열여덟 살에 왕위에 올라 재위 22년인 413년 10월에 죽었다. 이듬해 산릉에 모시고 이름을 '국강상광개토경평안호태왕'이라 하였다. '국강상(國岡上)'은 곧 '국원(國原)'으로 능이 위치한 곳 이름이며, '광개토경(廣開土境)'은 널리 영토를 개척했다는 뜻이다. '평안(平安)'은 나라를 평안하게 했다는 뜻이며, '호태왕(好太王)'은 왕을 높여 부르는 말이다.

고구려의 전성기를 구가한 광개토왕의 사적은 《삼국사기》에 짧게 서술되어 있고 《삼국유사》에는 전혀 언급되지 않는다. 《삼국사기》의 내용은 대부분 백제·후연과 싸운 기록들인데, 비문의 웅장한 서술에 비하면 지나치리만큼 간략하다.

비문의 내용은 먼저 고구려를 연 추모왕에 대한 서술로 시작되는데, 고구려가 하느님의 자손임을 밝혀 놓았다. 여기서 고구려의 시조는 일반적으로 일컫는 주몽(朱蒙)이 아니라 추모(鄒牟)라는 사실이 확인된다. 중국인들은 '추모'에 가까운 음을 한자로 쓰면서 의도적으로 고구려와 추모왕을 비하하기 위해 '朱(붉다, 난쟁이)'와 '蒙(어린애, 어리석다)'으로 표기한 것이다. '朱蒙'은 말 그대로 '어린애'라는 정도의 뜻이다(이는 고구려(高句麗)를 하구려(下句麗)라 지칭한 일이나, 발해의 건국 시조인 대조영(大祚榮)을 걸걸조영(乞乞祚榮)이라고 지칭하는 따위에서도 볼 수 있다.). 그리고 난 다음부터 비려, 백제, 왜, 동부여를 정벌한 광개토왕의 공적과 왕의 능을 수호하는 일을 서술했다.

역사상 우리 민족의 가장 광대한 영토를 개척한 광개토왕을 그려 주는 이 글은 반도에 매몰된 우리나라의 역사 속에서 웅혼한 기상을 펼쳐 준다.

성인이 이룩한 나라

이규보

동명왕의 신비로운 일들을 많은 사람들이 이야기한다. 비록 어리석은 사람일지라도 남녀를 막론하고 자못 동명왕의 일들을 자세하게 말한다.

일찍이 내가 그 말을 듣고는 웃으며 말했다.

"사리에 밝으신 공자께서도 이상야릇한 일이나 힘에 관한 일, 그리고 어지러운 일이나 귀신에 관한 일은 입에 올리지 않으셨다. 이 동명왕의 일도 참되지 아니하여 터무니없고 이상야릇한 것이라 나와 같은 사람들이 이야기할 바가 아니다."

그러다가 중국에서 편찬한 《위서(魏書)》와 《통전(通典)》을 읽어 보니 동명왕의 일이 실려 있었다. 그러나 그 내용이 짤막하여 자세하지가 않았다. 이는 자기 나라의 일은 자세하게 기록하고 다른 나라의 일은 짤막하고 간단하게 기록하려는 뜻이 있었기 때문이다.

지난 계축년(1193) 4월, 나는 《구삼국사(舊三國史)》를 보았다. 〈동명왕 본기〉 편을 보니 신비로운 일이 세상에 전해지는 것보다 더 많았다. 그러나 처음에는 허무맹랑하다 여겨 역시 믿을 수가 없었다. 세 번이나 거듭 읽어 그 근원을 살펴보니 터무니없는 이야기가 아니라 성스러운 이야기였으며, 괴상한 이야기가 아니라 신비로운 이야기였다. 국사란 사실을 그대로 적은 글인데 어찌 거짓을 전하겠는가?

김부식이 엮은 《삼국사기》를 보니 동명왕과 관련한 일을 짤막하게 기록하였다. 아마 김부식은 국사란 세상을 바로잡는 것이라 여겨 아주 이상한 일을 기록하여 뒷날 사람들로 하여금 보게 하는 것이 옳지 않다고 여겨 그러한 것이리라.

당나라 〈현종 본기〉와 〈양귀비전〉에는 모두 신선의 술법을 닦는 사람이 하늘과 땅을 오르내린 이야기가 없는데, 당나라 시인 백낙천이 그 사실이 없어질까 두려워 노래로 만들어 그것을 기록해 두었다. 이는 터무니없고 거짓된 일이지만, 백낙천은 그것을 노래로 지어 뒷사람들에게 보여 주었다.

하물며 동명왕의 일은 신비로운 이야기일 뿐 사람들의 정신을 흐리는 것이 아니다. 이는 진실로 나라를 처음 세울 때의 신비로운 자취이다.

지금 이 일을 기록해 두지 않는다면, 뒷사람들이 어찌 이 사실을 알 것인가? 이에 시로 동명왕의 일을 기록하니, 우리나라가 본디 성인이 이룩한 나라라는 것을 세상에 알리려는 것이다.

漢神雀三年　한나라 신작 3년(기원전 59)

孟夏斗立巳　4월 북두성이 동남쪽을 가리킬 때

海東解慕漱	우리나라 해모수는
眞是天之子	하느님의 아들.
初從空中下	처음 하늘에서 내려오는데
身乘五龍軌	해모수는 다섯 용이 끄는 수레를 타고
從者百餘人	따르는 사람 백여 명은
騎鵠紛襂襹	고니를 타고 깃털 옷을 입고
淸樂動鏘洋	맑은 음악 소리 울리며
彩雲浮旖旎	고운 빛깔 구름이 피어올랐다.
自古受命君	예로부터 천명을 받은 임금
何是非天賜	어찌 하늘이 내린 것이 아니랴.
白日下靑冥	대낮에 푸른 하늘에서 내려온 것은
從昔所未視	일찍이 보지 못한 일.
朝居人世中	아침엔 인간 세상에 살고
暮反天宮裡	저녁엔 하늘 궁궐로 돌아갔다.
吾聞於古人	내가 옛사람에게 들으니
蒼穹之去地	하늘에서 땅까지 거리가
二億萬八千	이억 만 팔천
七百八十里	칠백팔십 리라네.
梯棧躡難升	사다리로 오르기도 어렵고
羽翮飛易瘁	날개로 날아오르기도 힘들다.
朝夕恣升降	아침저녁 마음대로 오르내리니
此理復何爾	이것이 무슨 조화인가.

城北有靑河	성 북쪽에 압록강이 있어
河伯三女美	물의 신 하백의 세 딸이 아름다웠다.
	(그 이름은 버들꽃, 원추리꽃, 갈대꽃이다.)
擘出鴨頭波	세 여자가 물결을 헤치고 나와
往遊熊心湀	웅심연 못가에서 노는데,
鏘琅佩玉鳴	쟁그랑 옥이 울리고
綽約顔花媚	아리따운 모습 꽃 같았다.
初疑漢皐濱	처음엔 한수의 여신인가 의심하고
復想洛水沚	다시 낙수의 여신인가 생각했다.
王因出獵見	왕이 나가서 사냥하다 보고는
目送頗留意	첫눈에 마음을 두었다.
玆非悅紛華	아름다움을 좋아한 것이 아니라
誠急生繼嗣	왕자를 얻고 싶어서였다.
三女見君來	세 여자는 왕이 오는 것을 보고
入水尋相避	연못으로 들어가 숨어 버렸다.
擬將作宮殿	신하들이 말하기를, "궁궐을 지어
潛候同來戱	함께 와서 놀도록 하고 기다리소서."
馬撾一畫地	왕이 채찍으로 땅을 그으니
銅室欻然峙	문득 구리 궁궐이 세워졌다.
錦席鋪絢明	비단 자리 눈부시고
金罇置淳旨	금 술잔엔 향기로운 술.
蹁躚果自入	과연 세 여자가 들어와

對酌還徑醉	술을 마시곤 이내 취했다.
王時出橫遮	왕이 이들을 가로막지
驚走僅顚躓	세 여자가 놀라 넘어지는데
長女曰柳花	맏딸 버들꽃이
是爲王所止	왕에게 잡혔다.
河伯大怒嗔	하백이 크게 노하여
遣使急且馳	사람을 급히 보내 말하기를,
告云渠何人	"너는 어떤 사람이기에
乃敢放輕肆	감히 이렇듯 거리낌이 없느냐?"
報云天帝子	왕이 말하기를, "나는 하느님의 아들이오.
高族請相累	그대와 인연을 맺고 싶소."
指天降龍馭	하늘을 가리키자 용 수레가 내려와
徑到海宮邃	물속 깊은 궁궐에 이르렀다.
河伯乃謂王	하백이 말하기를,
婚姻是大事	"혼인은 큰일로
媒贄有通法	중매와 예물이 있어야 하거늘
胡奈得自恣	어찌 이렇듯 거리낌이 없느냐?
君是上帝胤	그대가 하느님의 아들이라니
神變請可試	신비로운 변화를 시험해 보자."
漣漪碧波中	잔잔한 푸른 물결 속에서
河伯化作鯉	하백이 잉어로 변하자
王尋變爲獺	왕이 곧 수달로 바꿔어

立捕不待踦　곧 잉어를 사로잡았다.

又復生兩翼　또 하백이 날개가 돋쳐

翩然化爲雉　꿩이 되어 날아가자

王又化神鷹　왕이 신비로운 매가 되니

搏擊何大驚　어찌 그리 용맹스러운가?

彼爲鹿而走　이번엔 하백이 사슴으로 변하여 달아나니

我爲豺而趣　왕이 승냥이가 되어 쫓았다.

河伯知有神　하백은 왕의 신비로움을 알고

置酒相燕喜　잔치를 벌이며 기뻐하였다.

伺醉載革輿　하백은 왕이 취한 틈을 타서 가죽 수레에 태우고

并置女於輢　버들꽃도 함께 수레에 태웠는데

意令與其女　그것은 자신의 딸도

天上同騰巒　하늘에 올라가게 하려는 뜻이었다.

其車未出水　수레가 물 밖에 나오기도 전에

酒醒忽驚起　왕은 술이 깨어 놀라 일어나

取女黃金釵　버들꽃의 황금 비녀로

刺革從竅出　가죽 구멍을 뚫고 나와

獨乘赤霄上　홀로 하늘 위로 올라가

寂寞不廻騎　다시 돌아오지 않았다.

河伯責厥女　하백이 버들꽃을 꾸짖어

挽吻三尺弛　입술을 당겨 세 자나 늘여 놓고

乃貶優渤中　우발수로 내쫓으며

唯與婢僕二	종 두 명을 딸려 보냈다.
漁師觀波中	어부가 물속을 보니
奇獸行駥駭	이상한 짐승이 다녀
乃告王金蛙	금와왕에게 아뢰니
鐵網投濮濮	쇠 그물을 물속에 던져
引得坐石女	끌어당겨 돌에 앉히니
姿貌甚堪畏	모습이 이상했다.
脣長不能言	입술이 길어 말을 못 하더니
三截乃啓齒	세 번 자르니 입을 열었다.
王知慕漱妃	금와왕이 그 여자가 해모수의 아내인 줄 알고
仍以別宮置	데려다 궁궐에 두었다.

懷日生朱蒙	해를 품고는 주몽을 낳으니
是歲歲在癸	계해년(기원전 58)이었다.
骨表諒最奇	얼굴 생김새가 참으로 기이하고
啼聲亦甚偉	울음소리가 컸다.
初生卵如升	처음 되만 한 알을 낳으니
觀者皆驚悸	보는 사람마다 놀라고 이상히 여겼다.
王以爲不祥	금와왕이 상서롭지 않다 하여
此豈人之類	이것이 어찌 사람이랴 하고는
置之馬牧中	알을 마구간에 두니
群馬皆不履	뭇 말들이 밟지를 않고,

棄之深山中	깊은 산속에 버리니
百獸皆擁衛	온갖 짐승이 보호했다.
母姑擧而養	버들꽃이 거두어 기르니
經月言語始	한 달이 지나 말을 하였다.
自言蠅噆目	"어머니, 파리가 눈에 앉아
臥不能安睡	편안히 잠을 잘 수 없어요."
母爲作弓矢	버들꽃이 활과 화살을 만들어 주어
其弓不虛掎	주몽이 쏘니 빗나가는 적이 없었다.
年至漸長大	주몽이 점점 자라
才能日漸備	재주가 날로 늘었다.
扶余王太子	금와왕의 태자가
	(이름은 대소이다.)
其心生妬忌	주몽을 시기하여
乃言朱蒙者	말하기를, "주몽은
此必非常士	보통 사람이 아닙니다.
若不早自圖	빨리 대책을 세우지 않으면
其患誠未已	걱정거리가 될 것입니다."

(금와왕의 일곱 아들이 주몽과 사냥을 갔는데, 주몽이 사냥한 것이 훨씬 많았다. 왕자들이 주몽을 시샘하여 주몽이 사냥한 것을 모두 빼앗고는 나무에 묶어 두었다. 주몽이 나무를 뽑아 돌아오자 대소가 주몽을 두려워했다.)

| 王令往牧馬 | 금와왕이 주몽에게 말을 돌보게 하여 |

欲以試厥志	주몽의 뜻을 시험하고자 하였다.
自思天之孫	주몽이 생각하기를, '하느님의 손자가
廝牧良可恥	천하게 말을 기르니 부끄럽구나.'
捫心常竊導	가슴을 어루만지며 탄식하기를
吾生不如死	"사는 것이 죽느니만 못하구나.
意將往南土	장차 남쪽으로 가
立國立城市	나라를 세우리라.
爲緣慈母在	그러나 어머니가 계시니
離別誠未易	떠나기도 쉽지 않구나."
其母聞此言	버들꽃이 이 말을 듣고는
潸然抆淸淚	흐르는 눈물을 닦고 말했다.
汝幸勿爲念	"내 걱정은 하지 마라.
我亦常痛痞	나 또한 가슴이 메는구나.
士之涉長途	사내가 먼 길을 가려면
須必憑騄駬	좋은 말이 있어야 한단다."
相將往馬閑	주몽과 버들꽃이 함께 마구간으로 가
卽以長鞭捶	긴 채찍으로 말들을 때리니
群馬皆突走	뭇 말들이 달아나는데
一馬騂色斐	붉은 빛깔의 말 한 마리가
跳過二丈欄	두 길 울타리를 뛰어넘어서
始覺是駿驥	좋은 말인 것을 알았다.
潛以針刺舌	몰래 말 혓바닥에 바늘을 꽂아 두니

酸痛不受飼	말이 아파 먹을 수가 없어
不日形甚癯	며칠 만에 여위어
却與駑駘似	도리어 나쁜 말이 되었다.
爾後王巡觀	금와왕이 와서 보고는
予馬此卽是	여윈 말을 주몽에게 주었다.
得之始抽針	주몽이 여윈 말의 바늘을 뽑고
日夜屢加餧	밤낮으로 잘 먹여 길렀다.
暗結三賢友	남몰래 어진 세 사람과 사귀는데
	(이름은 오이, 마리, 협보이다.)
其人共多智	모두들 슬기로웠다.

南行至淹滯	주몽이 남쪽으로 가다 엄체수에 이르러
欲渡無舟艤	강을 건너려니 배가 없었다.
秉策指彼蒼	채찍을 잡고 하늘을 가리키며
慨然發長喟	분하여 길게 탄식했다.
天孫河伯甥	"저는 하느님의 손자요, 하백의 외손으로
避難至於此	어려움을 피해 여기 이르렀습니다.
哀哀孤子心	불쌍하구나, 내 마음.
天地其忍棄	천지신명은 저를 버리시렵니까?"
操弓打河水	활을 잡고 물을 치니
魚鼈騈首尾	물고기와 자라가 이어져
屹然成橋梯	높이 다리를 이루니

始乃得渡矣	비로소 건널 수 있었다.
雙鳩含麥飛	또 한 쌍의 비둘기가 보리 씨앗을 물고 날아오니
來作神母使	이는 버들꽃이 보낸 것이었다.

(주몽이 나라를 떠나면서 어머니가 준 오곡 씨앗을 잊어버리고 챙기지 못했다. 그래서 어머니가 비둘기를 보내 보리 씨앗을 전해 주었다. 주몽이 활로 쏘아 떨어뜨려 비둘기 목구멍에서 보리 씨앗을 꺼내고는 물을 뿜자 비둘기가 되살아나 날아갔다.)

形勝開王都	형세 좋은 땅에 나라를 세우니
山川鬱嵂嶵	산세가 우뚝했다.
自坐茀蕝上	주몽이 띠 자리에 앉아
略定君臣位	군신의 자리를 정하였다.

咄哉沸流王	아! 비류왕은
何奈不自揆	어찌 스스로 헤아리지 못하고
苦矜仙人後	선인의 후손임을 자부하며
未識帝孫貴	하느님의 손자 높음을 알지 못하였나?
徒欲爲附庸	헛되게도 동명왕을 지배하려 하여
出語不愼葸	말하는 데 주저함이 없었다.
未中畫鹿臍	비류왕은 사슴의 배꼽도 맞히지 못했는데
驚我倒玉指	동명왕은 옥가락지를 맞히었다.
來觀鼓角變	동명왕이 북과 나팔을 오래된 것처럼 꾸미니
不敢稱我器	비류왕이 자기 물건이라 말하지 못했다.

來觀屋柱故　동명왕의 궁궐 기둥이 오래된 것을 보고는

咋舌還自愧　비류왕은 부끄러워하며 돌아갔다.

(동명왕이 나라를 세웠으나 북과 나팔이 없었다. 신하 부분노가
비류국의 북과 나팔을 가져왔는데, 빛깔이 변하여 오래된 것으
로 보여서 비류왕이 자기 것이라고 말하지 못하였다.)

東明西狩時　동명왕이 서쪽으로 가 나라를 살피다가

偶獲雪色麀　뜻밖에 흰 고라니를 잡았다.

倒懸蟹原上　해원에 거꾸로 매달고는

敢自呪而謂　소원을 빌었다.

天不雨沸流　"하늘이 비류국에 비를 내려

漂沒其都鄙　온 나라가 잠기지 않는다면

我固不汝放　너를 놓아주지 않겠다.

汝可助我憤　네가 나의 바람을 도와 다오."

鹿鳴聲甚哀　고라니의 울음소리가 하도 구슬퍼

上徹天之耳　하느님의 귀에까지 들렸다.

霖雨注七日　장맛비가 이레나 계속되어

霈若傾淮泗　억수같이 쏟아졌다.

松讓甚憂懼　비류왕이 매우 두려워서

沿流謾橫葦　물줄기를 따라 부질없이 밧줄을 늘여 놓으니

士民競來攀　백성들이 앞다투어 매달리며

流汗相目眙　서로 쳐다보며 허덕였다.

東明即以鞭　동명왕이 곧 채찍으로

畫水水停沸　물을 가르니 흐름이 멈추었다.

松讓擧國降　비류왕이 항복하고는

是後莫予訾　동명왕을 헐뜯지 못하였다.

玄雲羃鶻嶺　검은 구름이 골령을 덮어

不見山邐迤　산줄기는 보이지 않고

有人數千許　수천 명이

斲木聲髣髴　나무 베는 소리만 어렴풋이 들렸다.

王曰天爲我　동명왕이 말하기를, "하늘이 나를 위해

築城於其趾　그곳에 성을 쌓는 것이다."

忽然雲霧散　어느새 구름이 흩어지니

宮闕高嵽嵬　궁궐이 우뚝하였다.

在位十九年　왕위에 오른 지 십구 년에

升天不下莅　하늘에 올라가 내려오지 않았다.

출전_ 동국이상국집

원제_ 동명왕편 東明王篇

◼ ─ 이 글은 고구려 건국 시조인 동명왕에 대한 기록이다. 이규보는 이미 이전의 《삼국사기》(1145)에도 기록된 일을 새삼스레 다시 기록하는 뜻을 네 가지로 밝히고 난 후 동명왕과 관련된 이야기를 시로 서술했다. 실제 이규보의 〈동명왕편〉은 《삼국사기》〈본기─동명성왕〉보다 글자 수만 하더라도 2.5배가 넘는 분량이다. 이후에 기록된 《삼국유사》의 기록은 《삼국사기》의 기록보다 더 간단하다. 이렇게 비교해 보면, 이규보의 〈동명왕편〉은 그 자료적 가치가 더욱 높다고 할 수 있다.

세 글을 비교하여 표로 보이면 다음과 같다. (공통 내용은 생략)

동명왕편	삼국사기	삼국유사
해모수	자칭 천제자 해모수 (自言天帝子解慕漱)	자칭 천제자 해모수 (自言天帝子解慕漱)
하백의 세 딸 이름	유화만 나옴	유화만 나옴
해모수와 유화의 만남	사통함(私之)	사통함(私之)
해모수와 하백의 대결	없음	없음
주몽의 사냥 실력	간단하게 서술	없음
오이, 마리, 협보 이름	오이, 마리, 협보	오이 등이라고만 언급
오곡 씨앗을 얻음	없음	없음
없음	재사, 무골, 묵거를 얻음	없음
동명왕, 비류왕의 대결	간단하게 서술	없음
해원의 고라니	없음	없음
궁궐 축조	궁궐 축조	없음
없음	없음	영품리왕 시비 이야기

모란꽃은
향기가
없다

일연

제27대 덕만의 시호는 선덕여대왕인데, 성은 김씨이고, 아버지는 진평왕이다. 정관 6년(632) 임진에 왕위에 올랐다. 16년 동안 나라를 다스렸는데, 미리 알아차린 일이 세 가지 있다.

첫 번째 일이다. 당나라 태종이 붉은색, 자주색, 흰색 세 가지 색으로 그린 모란 그림과 씨 석 되를 보냈다. 왕이 모란꽃 그림을 보고 말했다.

"이 꽃은 분명 향기가 없을 것이다."

이에 궁궐 뜰에 씨를 뿌려 꽃이 피었다 질 때까지 기다렸는데, 과연 그 말과 같았다.

두 번째 일이다. 영묘사라는 절의 옥문지(玉門池)라는 연못에서 겨울인데도 개구리 떼가 사나흘이나 울었다. 사람들이 이상히 여겨 왕에게 아뢰었다. 왕이 급히 각간 알천과 필탄에게 명령하였다.

"강한 군사 2000명을 이끌고 서쪽 여근곡(女根谷)을 찾아가면 그곳에 적군이 있을 것이니 공격하여 죽이시오."

알천과 필탄이 각각 군사 1000명씩 거느리고 성 밖 서쪽으로 가서 물어보니, 과연 부산 아래 여근곡이라는 곳이 있었다. 백제 군사 500명이 와서 그곳에 숨어 있었는데, 신라 군사들이 모두 쳐서 죽였다. 백제 장군 우소가 남산 고개 바위에 숨어 있었는데, 신라 군사들이 에워싸 활을 쏘아 죽였다. 또 뒤이어 백제 군사 1300명이 오는데 모두 죽였다.

세 번째 일이다. 왕이 아무 병도 없었는데, 여러 신하들에게 말했다.

"내가 아무 해 아무 달 아무 날에 죽으면, 나를 도리천 안에 장사지내라."

여러 신하들이 도리천이 어디 있는지 알지 못하여 왕에게 물었다.

"도리천이 어디 있습니까?"

"낭산의 남쪽이다."

과연 왕이 앞에서 말한 날 죽었다. 신하들이 낭산의 남쪽에 왕을 장사지냈다. 10여 년이 지나서 문무대왕이 선덕여대왕의 무덤 아래쪽에 사천왕사라는 절을 세웠다.* 불경에 '사천왕천 위에 도리천이 있다.'라고 했으므로, 사람들은 선덕여대왕이 신령스럽고 성스럽다는 것을 알았다.

일이 있었을 때, 신하들이 왕에게 물었다.

---

* **10여 년이 ~ 세웠다.** 선덕여대왕은 647년에 죽었고, 사천왕사는 679년에 창건되었다.

"모란꽃과 개구리와 관련한 두 가지 일을 어떻게 아셨습니까?"

"모란꽃 그림에 나비가 없는 것을 보고 향기가 없다는 것을 알았다. 이것은 당나라 임금이 내가 짝이 없는 것을 놀린 것이다. 개구리의 성난 모양은 곧 군사들의 모습이다. 옥문은 곧 여근이다.* 여자는 음(陰)이고 그 빛깔은 흰색이다. 흰색은 곧 서쪽 방향을 가리킨다. 그래서 적의 군사들이 서쪽 방향에 있다는 것을 알았다. 남근이 여근에 들어가면 반드시 죽기 때문에 적군을 쉽게 잡을 수 있다는 것을 알았다."

이에 여러 신하들이 왕의 성스러운 지혜에 감탄했다. 당나라 임금이 세 가지 빛깔의 꽃을 보낸 것은 신라에 선덕, 진덕, 진성 등 세 사람의 여왕이 있을 줄 알고 그러한 것일까? 당나라 임금도 미리 앞을 내다보는 지혜가 있었던 것이다. 왕이 영묘사라는 절을 세운 것은 〈양지 스님의 전기〉에 자세히 실려 있다. 다른 책에는 이때 돌을 다듬어 첨성대를 쌓았다고 적혀 있다.

출전_ 삼국유사

원제_ 선덕왕지기삼사 善德王知幾三事

• **옥문**(玉門), **여근**(女根) 모두 여자의 음부를 가리킨다.

◨ ― 《삼국유사》에 실려 있는 이 세 가지 이야기 가운데 앞의 두 가지는 《삼국사기》에도 기록되어 있다. 선덕여대왕은 아버지 진평왕이 죽고 아들이 없어 나라 사람들이 추대하여 왕이 되었다. 신라의 첫 여왕으로 '성조황고(聖祖皇姑)'라는 칭호를 받을 만큼 인자하고 밝고 민첩하였다. 그러나 김부식은 "신라가 여자를 추대하여 왕위에 앉힌 것은 진실로 난세의 일이니, 그러고도 나라가 망하지 않은 것은 요행이다."라고 혹평했다.

선덕여대왕이 재위한 16년 동안 신라는 백제, 고구려와의 전쟁에 시달렸고, 당나라로부터 업신여김을 받아야 했다. 《삼국사기》 선덕여대왕 12년 기록에 따르면, 고구려와 백제의 침입에 시달리던 신라가 당나라에 사신을 보내 구원을 요청하자, 당 태종은 신라의 왕이 여자이기 때문에 황제의 친족을 보내어 왕으로 삼으면 이웃 나라의 침입을 막을 수 있다고 하기도 했다. 이것이 선덕여대왕이 겪어야 했던 현실이었다.

이 세 가지 이야기는 모두 선덕여대왕의 슬기로움을 보여 준다. 모란꽃을 통해 당나라에 못지않은 지혜를 가진 신라 사람의 슬기를 보여 주고, 여근곡 이야기를 통해 강한 백제에 맞선 신라 사람들의 의지를 드러낸다. 도리천에 묻힌 선덕여대왕의 이야기는 죽음까지도 넘어선 슬기로움과 성스러움을 담고 있다.

《삼국유사》를 쓴 일연 스님이 보기에도 이상한 일로 여겨졌는지 이 이야기들을 〈이상한 이야기(紀異)〉 편에 실었다. 내우외환으로 힘든 시기를 보낸 여왕에 대한 신라 사람들의 사랑이 이 이야기를 통해 전해진다.

1 〈단군왕검〉을 읽고, 토템 신앙의 관점에서 곰과 호랑이가 뜻하는 것을 말해 보자.

2 〈단군왕검〉의 다음 내용에 담긴 의미를 말해 보자.

  1) 환인이 천부인 세 개를 환웅에게 주어 인간 세계를 다스리게 함.

  2) 환웅이 풍백·우사·운사를 거느리고 곡식, 수명, 질병, 형벌, 선악 등 세상일을 책임지고 다스리며 교화함.

  3) 곰이 웅녀가 되어 환웅과 혼인함.

  4) 쑥과 마늘을 먹고 100일 동안 햇빛을 보지 않은 것.

3 〈단군왕검〉에서 고조선이 제정일치 사회였음을 보여 주는 말을 찾고 설명해 보자.

4 〈아! 국강상광개토경평안호태왕〉을 보면, 흔히 광개토대왕이라 부르는 왕의 정식 칭호는 '국강상광개토경평안호태왕'이다. 이 칭호의 뜻을 말해 보자.

5 〈아! 국강상광개토경평안호태왕〉을 읽고, 광개토대왕 비문의 내용을 요약해 보자.

6 〈성인이 이룩한 나라〉의 글쓴이가 동명왕 이야기를 기록한 까닭을 찾아보자.

7 단군과 동명왕 이야기의 공통점과 차이점을 말해 보자.

8 〈모란꽃은 향기가 없다〉에 나오는 세 이야기는 모두 선덕여대왕의 슬기로움을 말해 준다. 다음 기록을 보고, 신라 사람들은 왜 이런 이야기를 남겼을지 말해 보자.

> **《삼국사기》 신라 본기 제5 선덕왕**
> 2년 8월, 백제가 서쪽 변방을 침범하였다.
> 3년 3월, 밤알 같은 큰 우박이 쏟아졌다.
> 8년 7월, 동해 바닷물이 갑자기 붉게 되고 또 더워져서 물고기들이 죽었다.
> 11년 7월, 백제 의자왕이 군사를 일으켜 서쪽 40여 성을 쳐서 빼앗았다.
> 12년 9월, 당나라에 사신을 보내 군사를 청하자, 당 황제가 말했다. "그대의
> 임금이 여자이기 때문에 이웃 나라들이 가볍게 여겨 해마다 편할
> 날이 없다. 내가 나의 친족 한 사람을 보내 그대 나라의 임금으로
> 삼고 군사를 보내면 안정될 것이다."
> 14년 5월, 백제가 서쪽 7개 성을 습격하여 빼앗았다.
> 16년 1월, 비담 · 염종 등이 여왕이 정치를 잘못한다 하여 반역을 도모하여
> 군사를 일으켜 대궐로 쳐들어왔다.

4장

—

인상적인
일상을 담다

구 정승 신 정승

서거정

고령군 신숙주(申叔舟)가 영의정으로 있었고, 능성군 구치관(具致寬)이 새로 우의정이 되었다. 세조가 두 정승을 급히 궁궐로 불러들여 말했다.

"오늘 내가 경들에게 물을 것이 있소. 대답을 잘하면 괜찮겠지만, 대답을 제대로 못 하면 벌을 면하기 어려울 텐데, 경들은 어떠하시오?"

두 정승이 공손히 대답했다.

"삼가 조심하여 벌을 받지 않도록 하겠나이다."

세조가 곧 불렀다.

"신 정승?"

신숙주가 대답하자, 세조가 말했다.

"내가 신(新, 새) 정승을 불렀는데, 그대가 잘못 대답하였소."

그러고는 벌로 큰 술잔에 술을 내렸다. 세조가 불렀다.

"구 정승?"

그러자 구치관이 대답했다. 세조가 말했다.

"내가 구(舊, 옛) 정승을 불렀는데, 그대가 잘못 대답하였구려."

그러고는 벌로 큰 술잔에 술을 내렸다. 세조가 불렀다.

"구 정승?"

신숙주가 대답하자, 세조가 말했다.

"내가 구(具) 정승을 불렀는데, 그대가 잘못 대답하였소."

또 신숙주에게 벌주를 내렸다. 세조가 불렀다.

"신 정승?"

구치관이 대답하자, 세조가 말했다.

"내가 신(申) 정승을 불렀는데, 그대가 잘못 대답하였구려."

또 구치관에게 벌주를 내렸다. 세조가 불렀다.

"신 정승?"

그러자 신숙주와 구치관이 모두 대답하지 않았다. 또 세조가 불렀다.

"구 정승?"

이번에도 둘 다 대답하지 않았다. 세조가 말했다.

"임금이 신하를 부르는데 신하가 대답하지 않으니 예의가 아니오."

또 벌주를 내렸다.

이렇게 종일 하니, 두 정승이 벌주를 마시고 크게 취하였다. 세조가 크게 웃었다.

출전_ 대동야승

■―1453년, 수양 대군은 정변을 일으켜 영의정 황보인, 좌의정 김종서, 병조 판서 조극관 등을 죽이고 권력을 장악하고, 2년 뒤에 조카 단종을 몰아내고 왕위에 오른다. 1456년 집현전 학사 출신을 중심으로 하여 단종 복위 사건이 일어나지만 성공하지 못한다. 단종은 상왕에서 노산군으로 그리고 마지막에는 서인으로 떨어지고 숙부 세조에게 죽임을 당한다. 그때 단종의 나이는 열일곱이었다.

조카를 몰아내고 왕위에 오른 세조는 긍정적인 평가와 부정적인 평가를 동시에 받고 있다. 권력을 장악하는 과정에서 보인 수양 대군의 행적은 권력욕에 물든 부정적인 이미지로 남는다. 그러나 왕위에 오른 후 세조가 보인 정치력은 단연 돋보인다. 6조 직계제를 통한 왕권의 강화, 북방 개척, 과전법을 폐지하고 직전법을 실시해 국가의 재정을 확충한 것 등은 세조의 치적으로 꼽힌다.

두 정승을 불러서 말장난(일종의 언어유희)을 하는 모습에는 세조 만년의 인간적인 소탈함이 묻어난다. 신숙주의 '신(申)'은 '신(新)'과 음이 같고, 구치관의 '구(具)'는 '구(舊)'와 음이 같다. 새로 정승으로 임명된 구치관이 신(新) 정승이고, 신숙주는 구(舊) 정승이라는 사실과 묘하게 엮인다. 이러한 예는 〈춘향전〉에서도 찾아볼 수 있다.

> "져 농군 여봅시. 검은 소로 밧츨 가니 컴컴ᄒ지 아니ᄒ지?"
> 농뷔 디답ᄒ디, "그러키의 밝으라고 볏 다랏지오."
> "볏 다라시면 응당 더우려니?"
> "덥기의 셩이장 붓쳐지오."
> "셩이장 붓쳐시니 응당 ᄎ지?"
> "ᄎ기의 쇠게 양지머리 잇지오."

저자 풍경

이옥

내가 머물고 있는 집이 저자와 가까웠다. 2일과 7일에 장이 서면 저자에서 왁자지껄하는 소리가 들려왔다. 저자 북쪽은 내가 거처하는 집의 남쪽 벽 아래다. 그전에는 벽에 바라지*가 없었는데, 내가 햇빛을 들일 수 있도록 구멍을 내고 종이로 창을 만들어 두었다. 창 바깥 열 걸음도 되지 않는 곳에 낮은 둑이 있어 저자에 갈 때면 드나드는 곳이었다. 창에는 겨우 한쪽 눈으로 내다볼 수 있는 정도의 구멍이 있었다.

1799년 12월 27일 장날, 나는 아주 심심하고 지루해서 창구멍으로 밖을 내다보았다. 금방이라도 눈이 내릴 것만 같았다. 구름 그림자가 짙어 밖이 잘 보이지도 않았다. 시간은 어림잡아 정오를 넘기고 있었다.

어미 소와 송아지를 몰고 오는 사람, 소 두 마리를 몰고 오는 사람,

---

* **바라지** 방에 햇빛을 들게 하려고 벽의 위쪽에 낸 작은 창.

닭을 안고 오는 사람, 문어를 들고 오는 사람, 돼지 네 다리를 묶어 짊어지고 오는 사람, 칭어를 묶어 들고 오는 사람, 청어 두름을 늘어 뜨리고 오는 사람, 북어를 안고 오는 사람, 대구를 가지고 오는 사람, 북어를 안고 대구와 문어를 들고 오는 사람, 잎담배를 끼고 오는 사람, 미역을 끌고 오는 사람, 땔나무를 짊어지고 오는 사람, 누룩을 이거나 지고 오는 사람, 쌀자루를 짊어지고 오는 사람, 곶감을 안고 오는 사람, 종이 한 두루마리를 끼고 오는 사람, 접은 종이 한 폭을 들고 오는 사람, 대나무 광주리에 무를 담아 오는 사람, 짚신을 들고 오는 사람, 미투리를 가지고 오는 사람, 굵은 끈을 끌고 오는 사람, 목면 포 휘장을 묶어서 오는 사람, 자기 그릇을 안고 오는 사람, 동이와 시루를 짊어지고 오는 사람, 돗자리를 끼고 오는 사람, 나무에 돼지고기를 꿰어서 오는 사람, 오른손에 엿과 떡을 들고 먹는 아이를 업고 오는 사람, 병 주둥이를 묶어 들고 오는 사람, 짚으로 물건을 묶어 오는 사람, 버들고리를 지고 오는 사람, 광주리를 이고 오는 사람, 바가지에 두부를 담아 오는 사람, 사발에 술과 국을 담아 조심스레 오는 사람, 머리에 임*을 이고 등에는 짐을 지고 오는 여자, 어깨에 무언가를 메고는 아이를 머리 위에 앉혀 오는 남자, 머리에 무언가 이고 왼쪽에 물건을 끼고 오는 사람, 치마에 물건을 넣고 옷섶을 잡고 오는 여자, 서로 만나 허리를 굽혀 절하는 사람, 서로 이야기하는 사람, 서로 화를 내며 발끈하는 사람, 손을 당기며 서로 장난치는

• **임** 머리에 일 만한 정도의 짐.

남녀, 갔다가 다시 오는 사람, 왔다가 다시 가고 갔다가 또다시 바삐 오는 사람, 넓은 소매에 자락이 긴 옷을 입은 사람, 저고리와 치마를 입은 사람, 좁은 소매에 자락이 긴 옷을 입은 사람, 소매가 좁고 짧으며 자락이 없는 옷을 입은 사람, 방갓에 상복을 입은 사람, 가사를 입고 고깔을 쓴 중, 패랭이를 쓴 사람 들이 보였다.

여자는 모두 흰색 치마를 입었는데 간혹 푸른색 치마를 입은 사람도 있었다. 아이들은 옷차림을 잘 갖추었다. 남자들은 모자를 썼는데 자줏빛 모자를 쓴 사람이 열에 여덟아홉이었고, 목도리를 두른 사람도 열에 두셋이었다. 아이들은 패도를 차고 있었다. 서른 살 넘는 여자는 검은 모자를 썼는데, 흰 모자를 쓴 여자는 상중에 있는 사람이었다. 늙은이는 지팡이를 짚었고, 아이들은 어른을 붙잡고 있었다. 술에 취한 사람들이 많아 가다가 쓰러지기도 급하게 달려가기도 했다.

아직 다 보지 못했는데, 나무 한 짐을 진 사람이 창밖에서 담장을 마주하여 쉬고 있었다. 나 또한 궤안에 기대어 누웠다. 세밑이라 저자가 더욱 붐볐다.

출전_ 이옥 전집
원제_ 시기 市記

■ — 이 글을 쓴 이옥(1760∼1815)에 대해서는 아직까지 불분명한 것이 많다. 《조선왕조실록》에는 1792년 이옥이 성균관 유생으로 있으면서 응제문에서 소설 문체를 써서 정조로부터 '불경(不經)하고 괴이한 문체'를 고치라는 명을 받았다고 기록되어 있다. 이것이 이른바 정조의 '문체 반정'이다. 정조의 이 문체 반정에서 가장 큰 피해자가 바로 이옥이었다고 할 수 있다.

그 후로도 이옥은 문체로 인해 군대에 편입되는 일을 겪기도 했다. 1796년 이옥은 별시 초시(初試)에 일등을 했지만 문체가 문제가 돼 꼴찌에 붙여졌다. 그 이후 1799년에 경상도 삼가현으로 쫓겨 가 군대에 편입되어 넉 달 동안 머물렀다. 이 글은 이옥이 삼가현에 유배당해 있을 때 쓴 것이다.

당시에는 일반적인 글쓰기 형식이었던 유가 경전에 기반한 고전적이고 격식을 추구하는 당송(唐宋)의 시와 고문(古文)이 주를 이루었다. 이러한 권위에 도전하여 나타난 글쓰기 형태가 소설 문체라고 할 수 있는데, 이 소설 문체는 시속과 개인의 서정을 진솔하게 표현하는 개성적이고 주체적인 글쓰기였다고 할 수 있다.

이옥은 단지 심심하고 지루해서 창의 구멍으로 시장을 관찰한다. 다른 이야기는 없다. 이야기 끝에 논평도 없다. 이옥은 경세를 논하지도 사회의식을 드러내지도 않았다. 중심 되는 인물도 사건도 없이 그저 시장을 오가는 사람들만 무수히 나열된다. 이처럼 다른 사람들이 가치 없다고 판단하는 생활 영역을 주목하고 그것을 세밀하게 그려 낸다. 이 글은 그의 소품 문학의 결정체라고 할 수 있다.

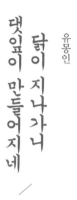

닭이 지나가니
댓잎이 만들어지네

유몽인

채수에게 손자가 있었는데 이름이 무일이다. 무일의 나이가 겨우 대여섯일 때, 채수가 무일을 안고 누워 시 한 구를 지었다.

孫子夜夜讀書不　손자가 밤마다 책을 읽지 않는구나.

채수가 무일에게 대구를 만들라고 시키니, 무일이 대답했다.

祖父朝朝飮酒猛　할아버지께서는 아침마다 약주가 과하시네.

눈이 내릴 때, 채수가 무일을 업고 가다가 시 한 구를 지었다.

犬走梅花落　개가 달리니 매화 꽃잎 떨어진다.

말이 끝나자마자 무일이 대구를 만들었다.

鷄行竹葉成　닭이 지나가니 댓잎이 만들어지네.

출전_ 어우야담

◙ — 송강 정철이 강릉 사람 전의민에게 이렇게 읊었다. "地名藥水難醫疾(땅 이름은 약수인데 병 고치기 어렵구나.)" 그러자 전의민이 이렇게 말했다. "驛號餘糧未救飢(역 이름은 여량인데 굶주림 구하지 못하네.)" 두 사람 모두 지명으로 뜻을 풀어 말재주를 나타낸 것인데 또한 짝을 이루면서 그 속에는 풍자를 담고 있다.

채수와 손자 무일의 시는 한시가 어떻게 짝을 이루는지를 선명하게 보여 준다. '孫子(손자) ↔ 祖父(조부), 夜夜(밤마다) ↔ 朝朝(아침마다), 讀書(독서) ↔ 飮酒(음주), 不(아니하다) ↔ 猛(심하다)'은 한 글자도 빠지지 않고 짝을 이룬다. 두 번째 시구도 마찬가지이다. '犬(개) ↔ 鷄(닭), 走(달리다) ↔ 行(가다), 梅花(매화) ↔ 竹葉(댓잎), 落(떨어지다) ↔ 成(이루어지다)'도 적확하게 짝을 이룬다.

고려 말에 문장으로 이름난 이색이 중국 어느 절에 가서 스님을 만났다. 조금 뒤에 어떤 사람이 떡을 가지고 와서 대접하자 스님이 글 한 구절을 지었다. "僧笑小來僧笑小(승소가 적게 오니 승소가 적구나.)" 앞의 '승소'는 '떡'을, 뒤의 '승소'는 '스님의 웃음'을 뜻한다. 스님이 이색에게 짝을 맞추어 글을 짓도록 했지만 이색은 짝이 되는 구절을 선뜻 지을 수가 없었다. 이색이 물러 나오면서 약속했다. "언젠가 다시 와서 짝을 채우겠습니다." 그 후 이색이 여러 곳을 두루 돌아다녔다. 어느 집에 들어갔는데 집주인이 병을 가지고 들어왔다. 이색이 그것이 무엇인지 주인에게 물어보았다. 그러자 주인이 '객담'이라고 대답하는 것이 아닌가. 객담은 술을 일컫는 다른 말이다. 이색이 드디어 지난날 그 구절의 짝을 찾았다. 반년 뒤에 이색이 그 스님을 찾아가 이렇게 들려주었다고 한다. "客談多至客談多(객담이 많이 오니 객담이 많도다.)" 여기서 앞의 '객담'은 '술'을, 뒤의 '객담'은 '손님의 말'을 뜻한다.

선비가 가을을 슬퍼하는 이유

이옥

선비가 가을을 슬퍼하는 것은 서리가 내리기 때문일까? 그러나 선비는 초목이 아니다. 그럼 장차 추워지기 때문일까? 그러나 선비는 기러기나 벌레가 아니다. 때를 만나지 못해 물러난 사람이나 고향을 떠나 있는 나그네라면 하필 가을을 기다려 슬퍼하겠는가? 이상하기도 하구나. 가을바람을 맞아 탄식하며 즐거워하지 못하고, 달을 보고 슬퍼하며 눈물을 흘릴 정도이다. 이토록 슬퍼하니 무슨 까닭인가? 슬퍼하는 사람에게 물으니 슬퍼하는 사람 또한 슬퍼할 줄만 알 뿐, 슬퍼하는 까닭을 알지 못한다.

아! 나는 알겠구나. 하늘은 남자이고 땅은 여자이다. 남자는 양의 기운이고 여자는 음의 기운이다. 양의 기운은 11월에 생겨나서 3·4월에 가장 강하니, 4월은 양의 기운이 있을 뿐이다. 무릇 하늘의 도는 성하면 쇠하는 법이니, 4월이 지나면 음의 기운이 생겨나고 양의 기운이 점차 약해진다. 그리하여 서너 달이 지나면 양의 기운이 완전히 사라진다. 옛사람은 그때를 일러 가을이라고 했다. 그러므로 가을은 음의 기운이 강하고 양의 기운은 없는 때이다. 동산(銅山)이 무너지매 낙양의 종이 울었고, 자석(磁石)이 가리키는 대로 바늘이 향하는 것처럼 사물 또한 그러한 것이다. 그러하니 양의 기운을 타고난 사람이 어찌 가을을 슬퍼하지 않겠는가?

사람들이 말하기를, "봄이 되면 여자들이 그리워하고, 가을이 되면 선비들이 슬퍼한다."라고들 하는데, 이는 본래부터 그러한 자연의 이치인 것이다.

어떤 사람이 말했다.

"당신의 말처럼 선비가 양의 기운이 쇠하여 슬퍼하는 것이라면, 세상의 모든 남자들이 다 가을을 슬퍼해야 하는데, 어찌 선비만이 가을을 슬퍼한단 말인가?"

내가 대답했다.

"그렇다. 가을 기운이 성하면 바람이 세고 새가 멀리 날아간다. 물이 울고 꽃이 활짝 피고 달이 밝게 비춘다. 그때 양의 기운이 사그라지는 조짐이 넘치는데, 그 기운을 접하고 만나는 사람이라면 어느 누가 슬퍼하지 않겠는가?

아! 선비 아래에 있는 사람은 바야흐로 일하느라 알지 못하고, 세속에 탐닉한 사람은 흐리멍덩하여 알지 못하는데, 선비만은 그렇지 않다. 선비의 식견은 애상을 분별하고, 선비의 마음은 사물을 깊이 느낀다. 선비는 술로, 검으로, 혹은 등불을 켜고 책을 읽음으로써 혹은 새와 벌레의 소리를 들음으로써 혹은 국화를 따면서 능히 고요히 살피고 마음을 비우고 받아들인다.

그래서 선비는 천지의 작용을 마음에서 느끼고, 천지의 변화를 몸에서 느끼는 것이다. 그러니 이 가을을 슬퍼하는 사람이 선비가 아니라면 누구이겠는가? 선비가 비록 슬퍼하지 않으려고 해도 슬퍼하지 않을 수 있겠는가? 송옥은 '슬프다. 가을의 기운이여!'라고 했고, 구양수는 '이것은 가을의 소리이다.'라고 말하면서 가을을 슬퍼했다. 이 사람들은 가히 선비라 하지 않겠는가?"

나는 말한다.

"내가 저녁을 슬퍼하면서, 가을은 슬퍼하지 말라고 해도 슬퍼지는 이유를 알겠다. 날이 저물어, 산은 붉어지고 뜰의 잎은 숨고 나는 새는 처마를 엿보고 어둑한 빛이 먼 마을에서 이르면, 그 광경을 보는 사람은 반드시 쓸쓸해하며 즐거움을 잃을 것이다. 그것은 해를 아까워해서가 아니라 그 기운을 슬퍼하기 때문이다. 하루의 저녁도 이렇게 슬픈데, 한 해의 저녁이 어찌 슬프지 않겠는가?

일찍이 사람들이 늙고 쇠약해지는 것을 슬퍼하는 것을 보니, 마흔이나 쉰 살이 되면 머리털이 희어지고 원기가 말라 가, 슬퍼하는 것이 이미 늙고 쇠약한 일흔이나 여든 살의 노인보다 갑절이 되었다. 그것은 일흔이나 여든 살의 노인은 쇠약함을 다시 어찌할 수 없기 때문에 슬퍼하지 않는 것이지만, 마흔이나 쉰 살의 사람은 비로소 쇠약해지니 유독 슬퍼하는 것이었다. 사람이 밤은 슬퍼하지 않으면서 저녁은 슬퍼하고, 겨울은 슬퍼하지 않으면서 유독 가을을 슬퍼한다. 이것이 또한 마흔이나 쉰 살의 사람들이 그 쇠약해짐을 슬퍼하는 것과 같지 않겠는가?

아! 하늘과 땅은 한 몸이며, 열두 달이 일 년이다. 내가 천지의 돌고 돎을 알지 못하니, 이미 가을인가 아닌가? 아니면 벌써 지나가 버렸는가?

나는 가만히 이것을 슬퍼한다."

출전_ 완역 이옥 전집

원제_ 사비추해士悲秋解

■ ─ 계절 가운데 문학 작품에서 가장 빈번하게 노래되는 것이 가을이다. 그런 가을의 정서는 무엇일까? 1970~1980년대 고등학교를 다닌 사람이라면, "울음 우는 아이들은 우리를 슬프게 한다. 정원 한편 구석에서 발견된 작은 새의 시체 위에 초추(初秋)의 양광(陽光)이 떨어져 있을 때, 대체로 가을은 우리를 슬프게 한다."로 시작되는 안톤 슈낙(Anton Schnack)의 〈우리를 슬프게 하는 것들〉이라는 산문을 기억할 것이다. 이국적인 정서가 담긴 글이지만, 가을이 우리 인간을 슬프게 한다는 것은 쉽게 다가오는 부분이다. "한 잔의 술을 마시고 / 우리는 버지니아 울프의 생애와 / 목마를 타고 떠난 숙녀의 옷자락을 이야기한다"로 시작되는 박인환의 〈목마와 숙녀〉라는 시 또한 '가을 속으로 떠났다'로 이어지며, '버리다. 상심하다. 떨어지다. 부서지다. 죽다' 등의 시어를 통해 1950년대 전후 상실감과 허무주의의 냄새를 짙게 풍긴다.

글쓴이는 선비가 가을을 슬퍼하는 이유를 감상적으로 서술한다. 글쓴이는 양의 기운이 사그라지는 가을을 하루의 저녁을 넘어서 한 해의 저녁에 비유한다. 그것은 또한 사람살이에서 볼 때, 일흔이나 여든 살의 노인이 아니라 머리털이 희어지고 원기가 말라 가는 마흔이나 쉰 살의 사람에 해당되므로 슬픔이 더하다고 말한다. 아무것도 보이지 않는 캄캄한 밤보다 밤이 오기 전의 저녁이 더 무섭고(노천명은 시 〈장날〉에서 "건너편 성황당 사시나무 그림자가 무시무시한 저녁"이라고 이미 써 두었다.), 차가움을 극복할 수 없어 체념하고 받아들여야만 하는 겨울보다 가을의 추위가 더 차갑게 느껴지는 것과 비슷할 것이다. 오늘날의 시인도 마흔 살을 이렇게 노래한다.

"그래 마흔 살부터는 눈물의 나이 / 물길밖에 안 보이는 눈물의 나이"
― 유안진, 〈마흔 살〉

"숫자가 내 기를 시든 풀처럼 / 팍 꺾어 놓는구나"
― 문정희, 〈마흔 살의 시〉

박
지
원

한바탕 울 만한 자리

7월 8일 갑신일, 날이 맑았다. 정사 박명원과 함께 가마를 타고 삼류하(三流河)를 건너 냉정(冷井)에서 아침을 먹었다. 10여 리를 가 한 줄기 산기슭을 돌아 나서니 태복이가 허리를 굽히고 말 앞으로 달려와 땅에 머리를 조아리고 큰 소리로 외친다.

"백탑이 보인다고 아룁니다."

산기슭에 가려 백탑은 보이지 않는다. 말을 채찍질해 수십 걸음을 채 가지 못해 겨우 산기슭을 벗어나자 눈앞이 아찔하고 문득 눈에 헛것이 오르락내리락한다. 나는 오늘에야 비로소 사람살이가 본디 의지하는 데 없이 다만 하늘을 이고 땅을 밟으며 떠도는 것임을 알았다. 말을 멈추고 사방을 돌아보다가 나도 모르게 손을 이마에 대고 말했다.

"좋은 울음 터로구나. 한바탕 울 만하다."

정 진사가 말했다.

"이런 넓은 세계를 만나서 홀연 울 만하다니 무슨 말씀이오?"

"그렇겠군. 그러나 그게 아니지. 천고에 영웅은 잘 울고 미인은 눈물이 많다지만, 겨우 두어 줄기 소리 없는 눈물이 옷깃에 떨어졌을 뿐 그 울음소리가 쇠나 돌에서 나온 듯이 천지에 가득 찼다는 말은 들어 보지 못했네. 사람들은 단지 칠정 가운데 오직 슬픔(哀)만이 울음을 자아내는 줄 알고 칠정이 모두 울음을 자아내는 줄은 모르고 있다네. 기쁨이 사무치면 울게 되고, 노여움이 사무치면 울게 되고, 즐거움이 사무치면 울게 되고, 사랑이 사무치면 울게 되고, 미움이 사무치면 울게 되고, 하고픔이 사무치면 울게 되니, 맺힌 감정을 푸는 데 우는 것보다 빠른 방법이 없네.

울음은 천지간에 우레와도 같다네. 사무치는 감정이 이치에 맞게 나오는 것이니 웃음과 무엇이 다르겠는가? 사람들은 이런 사무치는 감정을 겪어 보지 못해 공연히 칠정을 늘어놓고 슬픔을 울음과 짝 맞춘 것이지. 그래서 사람이 죽어 초상을 치를 때 억지로라도 '아이고!' 하는 것이라네. 그러나 진실로 칠정의 지극하고 참다운 소리는 참고 억눌려 천지 사이에 쌓이고 맺혀 감히 드러날 수 없는 법이네. 저 한나라의 가생(賈生)은 그 울음 터를 얻지 못해서 참지 못하고 문득 임금을 향해 크게 한 번 울부짖었으니 어찌 사람들이 놀라고 이상하게 여기지 않았겠는가?"

"지금 울 만한 자리가 저토록 넓으니 나도 선생을 따라 한바탕 통곡해야 할 터인데, 칠정 가운데 어느 것을 구해 울어야겠소?"

"그것은 갓난아이에게 물을 일이지. 아이가 처음 배 밖으로 나올 때 느끼는 것이 어떤 감정이었겠나? 처음에는 밝음을 보고, 다음에는 부모와 친척이 가득 차 있는 것을 볼 것이니, 기쁘고 즐겁지 않을 수 없을 것이네. 이런 기쁨과 즐거움은 늙을 때까지 두 번 다시 없을 터이니 슬프고 성날 까닭이 없을 것이네. 그러니 아이의 감정으로는 응당 즐겁게 웃어야 할 것이지만 도리어 분하고 서러운 감정이 가슴에 북받친 것처럼 울부짖기만 한다네. 이것을 보고 '사람은 잘나든 못나든 죽기는 매일반이고, 살아가면서 수많은 근심과 걱정을 하게 되니, 아이가 태어난 것을 후회해서 스스로 먼저 조상(弔喪)하는 것이다.'라고 한다면, 이는 갓난아이의 본뜻과는 다를 것이네. 갓난아이가 어머니 배 속에 있을 때, 어둡고 막히고 감기고 비좁게 지내다가, 하루아침에 툭 트인 곳으로 나와 손을 펴고 다리를 뻗으니 마음이 시원해질 것이니, 어찌 마음이 다하도록 참된 감정이 흘러나오지 않겠는가? 그러니 마땅히 갓난아이의 울음소리에 거짓이 없다는 것을 본받아야 할 것이네.

금강산 비로봉 꼭대기에 올라 동쪽 바다를 굽어보면 한바탕 울 만한 자리가 될 것이고, 황해도 장연의 바닷가에 가면 한바탕 울 만한 자리가 될 것이네. 오늘 요동 벌에 이르러 이로부터 산해관까지 1천 2백 리 사이에는 사방에 한 점 산이 없어 하늘과 땅 끝을 풀로 붙이고 실로 꿰맨 듯하고, 옛날과 지금의 비와 구름만 아득할 뿐이니 또한 한바탕 울 만한 자리가 될 것이네."

출전_ 열하일기

원제_ 도강록 渡江錄

◼ ― 1780년 6월 24일, 마흔네 살의 박지원은 삼종형(8촌 형) 박명원을 따라 북경으로 가기 위해 압록강을 건넌다. 4개월에 걸친 중국 여행이 시작된 것이다. 그렇지만 사실 박지원은 아무런 공직도 갖지 못한 채였다. 그저 삼종형 박명원의 사설 수행원이었다. 그가 가진 것은 벼루, 석경, 붓 두 자루, 먹 한 장, 공책 네 권, 그리고 이정록(里程錄. 노정을 적은 기록) 한 축이 전부였다. 그리고 그 4개월의 여정을 글로 남긴 것이 《열하일기》이다.

《열하일기》는 제목만 보면 얼핏 일기라는 갈래로 여기기 쉽지만 실제로 이 책은 우리가 알고 있는 일기나 기행문으로만 한정되지 않는다. 박지원은 일기라는 기본 형식에 정치, 경제, 사회, 철학, 과학, 기술, 연극, 음악 등 다양한 갈래를 망라하고 있다. 박지원은 4개월간의 여행을 통해서 바라본 청나라의 선진 문물을 상세히 기술하면서 이를 적극적으로 도입해 백성들의 생활에 적용할 것을 역설한다.

여기 수록한 글은 광활한 요동 벌판을 보고 느낀 것을 서술한 것이다. 그곳에 서서 연암은 '한바탕 울 만한 자리'라고 하면서 그 이유를 논리적으로 설명한다. 연암은 칠정 가운데 슬픔만이 울음을 자아낸다는 일반적인 견해를 제시하고 그것을 부정한다. 다시 말해 슬픔만이 아니라 칠정 모두가 사무치면 울음을 자아낸다는 자신의 견해를 세운다. 이는 대상을 바라보는 연암의 독특한 인식이 드러난 것이다. 그것은 연암의 치밀한 분석과 적절한 비유를 통해 우리에게 공감을 불러일으킨다.

시는 자하에게서 망했고, 산문은 연암에게서 망했으며, 글씨는 추사에게서 망했다는 말이 있다. 우리 산문이 연암에 와서 그 정점에 이르렀다는 말이다. 박지원의 글은 이 말이 거짓이 아님을 증거한다.

1 〈구 정승 신 정승〉의 해설 부분에 나오는 〈춘향전〉의 언어유희를 설명해 보자.

2 〈저자 풍경〉에는 많은 사람들이 나온다. 글쓴이가 이들을 제시만 하고 다른 말을 덧붙이지 않은 의도가 무엇일지 말해 보자.

3 〈닭이 지나가니 댓잎이 만들어지네〉를 참고하여, 다음 시에서 대구를 찾아보자.

> 林亭秋已晚 숲 속 정자에 가을이 깊으니
> 騷客意無窮 시인의 생각 끝이 없구나.
> 遠水連天碧 먼 강물은 푸른 하늘에 잇닿았고
> 霜楓向日紅 시든 단풍은 붉은 해를 마주했네.
> 山吐孤輪月 산은 외로운 달을 토하고
> 江含萬里風 강은 만 리 바람을 머금었네.
> 塞鴻何處去 북쪽의 기러기는 어디로 가는지
> 聲斷暮雲中 저녁 구름 속으로 울면서 사라지네.
>
> — 이이, 〈화석정〉

4 〈선비가 가을을 슬퍼하는 이유〉에서, 글쓴이가 말한 '선비가 가을을 슬퍼하는 이유'를 찾아보자.

5 〈한바탕 울 만한 자리〉의 글쓴이가 요동 벌을 보고 다른 사람들과 다르게 인식한 것을 말해 보자.

6 다음 글을 참고하여, 〈한바탕 울 만한 자리〉의 글쓴이가 갓난아이를 이야기한 속뜻을 생각해 보자.

박지원의 실학사상은 청나라의 선진 문물 수용을 통한 부국책(富國策)이라고 할 수 있다. 그런데 당시 조선의 양반들은 경제보다 도덕을 중시하는 유교 사상으로 인해 상공업이나 농업의 실무에 무지하고 무관심했다. 또한 청나라는 오랑캐요, 조선은 소중화(小中華)라는 의식이 골수에 박혀 청나라의 선진 문물조차 싸잡아 배격했다. 그러므로 실학사상을 받아들이도록 하기 위해서는 이러한 양반들의 고루한 사고방식부터 근본적으로 바꾸어 놓을 필요가 있었다. 《열하일기》에서 박지원이 사물을 새롭게 인식할 것을 역설하고 있음은 바로 그 때문이다. (중략)

그러면 이른바 세계화 시대인 21세기에 살고 있는 우리에게《열하일기》는 어떤 현대적 의미를 지닐 수 있을까? 이 글을 시작하기에 앞서 필자는《열하일기》〈도강록〉 7월 8일자 일기 중의 일부를 소개해 두었다. 광활한 요동 벌판을 처음 대면하고 감격한 박지원이 이곳이야말로 '통곡하기에 좋은 장소'라고 외친 대목이다. 당시 조선의 선비들은 태어나서 죽을 때까지 좁은 국토를 벗어날 수 없었으며 이를 숙명으로 알고 살았다. 그런 실정에서 더욱이 박지원은 일찍부터 조선의 낙후된 현실을 개혁하기 위해 청나라의 선진 문물을 연구해 왔던 만큼, 꿈에도 그리던 중국 여행이 실현되었을 때 그 감격이 어떠했겠는가? 저 요동 벌판과 같이 한없이 드넓은 세계로 나선 해방의 기쁨은 통곡으로밖에는 표현될 수가 없었을 것이다.

－ 김명호(성균관대학교 한문학과 교수)

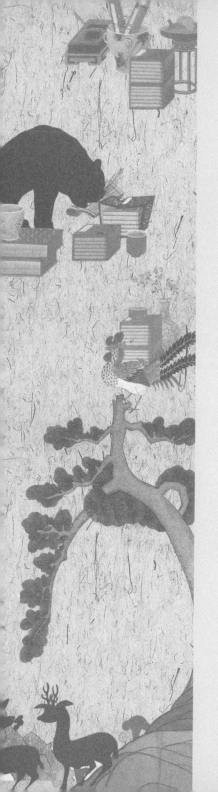

5장

—

생활과 정서를
노래하다

상춘곡(賞春曲)

정극인

홍진*에 묻힌 사람들아, 이내 생애 어떠한고
옛사람 풍류를 미칠까 못 미칠까
천지간 남자 몸이 나만 한 이 많건마는
산림에 묻혀 있어 지락*을 모르는가
수간모옥*을 벽계수 앞에 두고
소나무 숲 울창한 속에 풍월주인 되었어라

엊그제 겨울 지나 새봄이 돌아오니
도화 행화*는 석양 속에 피어 있고
녹양방초*는 가랑비 속에 푸르도다

- **홍진**(紅塵) 붉은 먼지로, 번거롭고 속된 세상을 비유적으로 이르는 말.
- **지락**(至樂) 지극한 즐거움.
- **수간모옥**(數間茅屋) 몇 칸 안 되는 작은 초가.
- **도화 행화**(桃花杏花) 복숭아꽃과 살구꽃.
- **녹양방초**(綠楊芳草) 푸른 버드나무와 향기로운 풀.

칼로 마름질했나 붓으로 그려 냈나

조물주의 솜씨가 물물마다 대단하다

수풀에 우는 새는 춘기를 못내 겨워 소리마다 교태로다

물아일체이거니 흥이야 다를쏘냐

사립문 앞을 걸어 보고 정자에 앉아 보니

소요음영*하여 산속 하루가 적적한데

한중진미*를 알 이 없어 혼자로다

여보소 이웃들아 산수 구경 가자꾸나

답청*일랑 오늘 하고 욕기*란 내일 하세

아침에 나물 캐고 저녁에 낚시하세

갓 괴어 익은 술을 칡베로 받아 놓고

꽃나무 가지 꺾어 수 놓고* 먹으리라

봄바람이 건듯 불어 녹수를 건너오니

청향은 잔에 지고 낙홍은 옷에 진다

술병이 비었거든 나에게 알리어라

작은 아이에게 주막에 술이 있는지를 물어

• **소요음영**(逍遙吟詠) 자유롭게 이리저리 슬슬 거닐며 나지막이 시를 읊조림.
• **한중진미**(閑中眞味) 한가한 가운데 깃드는 참다운 맛.
• **답청**(踏靑) 봄에 파랗게 난 풀을 밟으며 자연을 즐기던 일.
• **욕기**(浴沂) 기수(沂水)에서 목욕한다는 뜻으로, 명리를 잊고 유유자적함을 이르는 말.
• **수 놓고** 수를 세고.

어른은 막대 짚고 아이는 술을 메고
미음완보˙하여 시냇가에 혼지 앉아
맑은 모래 깨끗한 물에 잔 씻어 부어 들고
청류를 굽어보니 떠오는 것이 도화로다
무릉이 가깝도다 저 들이 그곳인가
소나무 숲 가는 길에 두견화를 붙들고
봉우리에 급히 올라 구름 속에 앉아 보니
수많은 마을이 곳곳에 벌여 있네
연하일휘˙는 비단을 펼쳤는 듯
엊그제 검은 들이 봄빛도 유여하구나

공명도 날 꺼리고 부귀도 날 꺼리니
청풍명월 외에 어떤 벗이 있으리오
단표누항˙에 허튼 생각 아니 하네
아모타˙ 백년행락˙이 이만한들 어떠하리

출전_ 불우헌집

• **미음완보**(微吟緩步) 작은 소리로 읊으며 천천히 거닒.
• **연하일휘**(煙霞日輝) 안개와 노을과 빛나는 햇살, 아름다운 자연 경치를 비유적으로 이르는 말.
• **단표누항**(簞瓢陋巷) 《논어》〈옹야〉 편에서 공자가 제자 안회를 가리켜 한 말로, 선비의 청빈한 생활
  을 이르는 말.
• **아모타** 뜻이 불분명함. 문맥상 '아무튼, 아무렴' 등으로 볼 수 있음.
• **백년행락**(百年行樂) 한평생 잘 놀고 즐겁게 지냄.

▣ ― 이 작품은 작가가 벼슬에서 물러나 처가가 있는 전북 태인에 돌아가 자연에 묻혀 살면서 지은 가사(歌辭)이다. 작가는 이 노래에서 속세를 떠나 자연에 묻혀 봄을 완상하며 안빈낙도(安貧樂道)하는 삶을 예찬하고 있다.

이 작품은 조선 시대 초기 가사의 대표적인 작품으로, 무엇보다 작자의 자연관이 어떠했는가를 뚜렷하게 보여 준다. 그것은 한마디로 자연과 사람, 사물과 자아, 객관과 주관, 또는 물질계와 정신계가 어울려 하나가 되는 '물아일체(物我一體)'의 자세라고 할 수 있다.

먼저 작가는 맑은 바람과 밝은 달을 즐기는 사람(풍월주인)이 되어 살아가는 기쁨을 노래한다. 그리고 이어서 작가는 봄의 아름다움을 그려 낸다. 석양 속에 피어 있는 '도화 행화'는 동양적 이상 세계인 무릉도원을 떠올리게 하고, 가랑비 속의 '녹양방초'는 한 폭의 동양화를 떠올리게 한다. 그 속에서 작가는 이리저리 거닐며 나지막이 시를 읊조리고 산을 올라가 구름 속에 앉는다.

작품의 전개는 작가의 위치에 따라 공간의 이동으로 나타난다. 먼저 '홍진(속세)'에 묻혀 사는 사람들로부터 작가가 위치한 '수간모옥'으로 시선이 이동한다. 이는 속세에서 자연으로 화자의 시선이 곧 위치가 바뀌었음을 보여 준다. 이어서 작가의 위치는 사립문, 정자, 산속, 시냇가, 봉우리, 구름 속으로 이동한다. 이는 작가가 속세로부터 벗어나 탈속적인 자연으로 들어가고 있음을 나타낸다.

이러한 탈속의 공간에서 작가는 공명과 부귀를 버리고 맑은 바람과 밝은 달과 같은 자연을 벗으로 삼는다. 그 속에서 작가는 안분지족(安分知足)의 소박한 삶을 꿈꾼다. 자연 속에 묻혀 청빈한 삶을 살아가는 모습이 바로 작가가 꿈꾸는 유교적 이상 사회일 것이다.

면앙정가(俛仰亭歌)

무등산 한 줄기 산이 동쪽으로 뻗어 있어

멀리 떨치고 와 제월봉이 되었거늘

끝없는 들판에 무슨 생각 하느라

일곱 굽이 한데 멈춰 무덕무덕 벌여 논 듯

가운데 굽이는 구멍에 든 늙은 용이

선잠을 갓 깨어 머리를 앉혔으니

너럭바위 위에 송죽(松竹)을 헤치고 정자를 얹혔으니

구름 탄 청학이 천 리를 가려고 두 날개 벌렸는 듯

옥천산 용천산 내리는 물이

정자 앞 넓은 들에 올올이 펴진 듯이

넓거든 길지 말거나 푸르거든 희지나 말지

쌍룡이 뒤트는 듯 긴 깁을 치폈는 듯

어디로 가느라고 무슨 일이 바빠서

닫는 듯 따르는 듯 밤낮으로 흐르는 듯
물을 따른 모래톱은 눈같이 펼쳤거든
어지러운 기러기는 무엇을 어르느라
앉았다가 내렸다가 모였다가 흩어졌다가
갈대꽃을 사이 두고 울면서 쫓는가
넓은 길 밖이요 긴 하늘 아래
두르고 꽂은 것은
산인가 병풍인가 그림인가 아닌가
높은 듯 낮은 듯 긋는 듯 잇는 듯
숨거니 보이거니 가거니 머물거니
어지러운 가운데 이름난 듯하여
하늘도 저어하지 않고
우뚝 섰는 것이 추월산이 머리 짓고●
용귀산 봉선산 불대산 어정산
용진산 금성산이 허공에 벌였거든
원근의 푸른 언덕에 머문 것도 많고 많다

흰 구름 부연 안개 푸른 것은 아지랑이라
많은 바위 골짜기를 제 집을 삼아 두고
나면서 들면서 아양도 떠는구나

● **우뚝~짓고** 우뚝 선 것이 여러 개인데, 추월산이 머리를 이루고.

오르거니 내리거니 공중에 떠나거니 광야로 건너거니

푸르다가 붉다가 옅다가 짙다가

석양과 섞이어 가랑비조차 뿌리누나

가마를 재촉해 타고 솔 아래 굽은 길로

오며 가며 하는 적에

푸른 버들에 우는 꾀꼬리 교태 겨워 하는구나

나무 사이 우거져 녹음이 짙은 적에

백 척 난간에 긴 졸음 내어 펴니

물 위의 서늘한 바람 그칠 줄을 모르누나

된서리 빠진 후에 산 빛이 비단이로다

황운(黃雲)*은 또 어찌 넓은 들에 퍼졌는가

어부의 피리도 흥에 겨워 달을 따라 부는구나

초목이 다 진 후에 강산이 묻혔거늘

조물주가 야단스러워 빙설(氷雪)로 꾸며 내니

경궁요대*와 옥해은산*이 눈 아래 벌였구나

천지도 넉넉하여 간 데마다 경치로구나

인간 세상을 떠나와도 내 몸이 겨를 없다

* **황운** ①누런 구름. ②누렇게 익은 벼. 여기서는 ②의 뜻.
* **경궁요대(瓊宮瑤臺)** 옥으로 장식한 궁전과 누대(樓臺)라는 뜻으로, 여기서는 눈이 쌓인 아름다운 자연을 이름.
* **옥해은산(玉海銀山)** 맑은 바다와 은빛 산. 여기서는 눈이 쌓인 아름다운 산천을 이름.

이것도 보려 하고 저것도 들으려 하고

바람도 쐬려 하고 달도 맞으려 하니

밤일랑 언제 줍고 고길랑 언제 낚고

사립문일랑 뉘 닫으며 진 꽃일랑 뉘 쓸려나

아침이 모자란데 저녁이라 싫을쏘냐

오늘이 부족한데 내일이라 넉넉하랴

이 산에 앉아 보고 저 산에 걸어 보니

번거로운 마음에 버릴 일이 아주 없다

쉴 사이 없거든 길이나 전하리야

다만 한 청려장*이 다 무디어 가는구나

술이 익었거니 벗이라 없을쏘냐

부르게 하며 타게 하며 켜게 하며 흔들며

온갖 소리로 취흥을 재촉하니

근심이라 있으며 시름이라 붙었으랴

누웠다가 앉았다가 굽혔다가 젖혔다가

읊었다가 파람 불다 마음 놓고 놀거니

천지도 넓고 넓고 일월*도 한가하다

희황(羲皇)을 몰랐더니 지금이야 그때로구나*

- **청려장**(青藜杖) 명아줏대로 만든 지팡이.
- **일월**(日月) '날과 달'이란 뜻으로, '세월'을 이름.
- **희황을 ~ 그때로구나** '희황'은 중국 복희씨(의 태평성대)를 말함. 복희씨의 태평성대가 어딘지 몰랐는데, 지금이 바로 복희씨 시대의 태평성대라는 것을 알았다는 말이다.

신선이 어떤지 이 몸이야 그로구나*

강산풍월을 거느리고 내 백 년을 다 누리면

악양루 위의 이태백이 살아와도

호탕한 정회야 이에서 더할쏘냐

이 몸이 이러함도 또한 임금님의 은혜로다

출전_ 면앙집

* 신선이~그로구나 신선이 어떤 사람인지 몰랐는데, 화자가 바로 신선이라는 말이다.

▣ ─ 이 작품은 전남 담양의 면앙정(俛仰亭)을 노래한 것이다. 면앙정은 송순을 중심으로 당대 시인들이 교류하던 호남 제일의 가단을 이루었던 곳이다. 지금 남아 있는 면앙정에는 "굽어보면(俛) 땅이요, 우러러보면(仰) 하늘이라. 그 가운데 정자(亭)를 지으니 자연을 노래하리(歌)."라는 글이 남아 정자를 마련한 작가 송순의 마음을 알려 준다.

작품은 먼저 담양 면앙정의 모습을 원경에서 근경으로 서술하고 있다. 즉, 무등산에서 뻗은 줄기인 제월봉과 들판을 지나 야트막한 산줄기에 자리한 면앙정으로 시선이 이동한다. 작가는 제월봉을 늙은 용으로 비유해 제시하고, 소나무와 대나무 숲 사이에 자리한 면앙정을 구름을 탄 청학이 날개를 펼치고 있는 모습에 비유해 그려 주고 있다.

다음으로 면앙정 주변의 아름다운 경치를 묘사하고, 봄·여름·가을·겨울 사시의 계절 변화에 따라 면앙정의 아름다운 경치를 노래하고 있다.(이와 같은 사계절의 변화에 따른 서술은 정철의 〈사미인곡〉에도 잘 나타나 있다.) 마지막 부분에는 이러한 면앙정에서 아름다운 자연에 묻혀 살아가는 작가의 호방한 정회와 임금의 은혜에 감사하는 작가의 도가적·유가적 태도가 그려져 있다. 즉, 인간과 자연의 일체를 지향하는 도가적 삶의 태도를 보여 주면서도 동시에 '이 몸이 이러함도 또한 임금님의 은혜로다'라고 함으로써 유가적 질서를 저버릴 수 없음을 보여 준다.

이러한 강호가도(江湖歌道)의 주제 못지않게 이 작품의 뛰어난 점은 작품 곳곳에 보이는 우리말의 빼어난 구사 솜씨 때문이다. 비록 한자어가 보이기는 하지만 그것은 율격을 살리기 위해 최소한에 그치고 있다. 동시대의 문인이자 관료였던 심수경(1516~1599)은 《견한잡록(遣閑雜錄)》에서 이 작품을 두고 이렇게 평했다. "우리말에 한자를 써서 그 변화를 지극히 하였으니, 진실로 볼 만하고 들을 만하다."

사미인곡(思美人曲)

정철

이 몸 생기게 할 제 임을 쫓아 생기게 하니
한평생 연분이며 하늘이 모를 일이던가
나 하나 젊어 있고 임 하나 날 사랑하시니
이 마음 이 사랑 견줄 데 전혀 없다
평생에 원하기를 함께 살자 하였더니
늙어서 무슨 일로 외로이 두고 그리는가
엊그제 임을 모셔 광한전*에 올랐더니
그사이 어찌하여 속세에 내려왔느냐
올 적에 빗은 머리 헝클어진 지 삼 년이라
연지분 있지마는 누굴 위해 고이 할까
마음에 맺힌 시름 첩첩이 쌓여 있어
짓는 것이 한숨이요 흐르는 것이 눈물이라
인생은 유한한데 시름도 그지없다
무심한 세월은 물 흐르듯 하는구나

염량*이 때를 알아 가는 듯 다시 오니
듣거니 보거니 느낄 일도 많기도 많구나

동풍이 건듯 불어 적설을 헤쳐 내니
창밖에 심은 매화 두세 가지 피었구나
가뜩 냉담한데 암향*은 무슨 일인가
황혼에 달이 쫓아 베갯머리에 비치니
느껴 우는 듯 반기는 듯, 임이신가 아니신가
저 매화 꺾어 내어 임 계신 데 보내고 싶다
임이 너를 보고 어떻다 여기실까
꽃 지고 새 잎 나니 녹음이 깔렸는데
나위* 적막하고 수막*이 비어 있다
부용*을 걷어 놓고 공작*을 둘러 두니
가뜩 시름 많은데 날은 어찌 길던가
원앙 비단 베어 놓고 오색실 풀어 내어
금 자로 겨누어서 임의 옷 지어 내니
솜씨는 말할 것 없고 격식도 갖추었구나

- **염량**(炎凉) 더위와 서늘함.
- **암향**(暗香) 그윽이 풍기는 매화의 향기.
- **나위**(羅幃) 얇은 비단으로 만든 장막.
- **수막**(繡幕) 수를 놓아 장식한 장막.
- **부용**(芙蓉) 여기서는 부용을 수놓은 방장. 방장은 방문이나 창문에 치거나 두르는 휘장.
- **공작** 여기서는 공작을 수놓은 병풍.

산호수 지게 위에 백옥함에 담아 두고
임에게 보내려 임 계신 데 바라보니
산인가 구름인가 험하기도 험하구나
천리만리 길을 뉘라서 찾아갈까
이르거든 열어 두고 나인가 반기실까
하룻밤 서리 기운에 기러기 울며 갈 제
누각에 혼자 올라 수정 발 걷으니
동산에 달이 나고 북극에 별이 보이니
임인가 반기니 눈물이 절로 난다
청광[●]을 피워 내어 봉황루[●]에 부치고 싶네
누각 위에 걸어 두고 온 세상에 다 비추어
깊은 산 깊은 골짜기를 대낮같이 만드소서
천지가 얼어붙어 백설이 한빛인 제
사람은 커니와 날새도 그쳐 있다
소상 남반[●]도 추움이 이렇거든
옥루 고처[●]야 일러 무엇하리
양춘[●]을 부쳐 내어 임 계신 데 쏘이고자
처마에 비친 해를 옥루에 올리고 싶다

● **청광**(清光) 맑은 햇빛.
● **봉황루** 임이나 임금이 계신 곳을 아름답게 이르는 말.
● **소상 남반** 소상은 중국 소수와 상강. 남반은 남쪽 기슭. 여기서는 화자가 있는 곳.
● **옥루 고처** 옥으로 지은 높은 누각. 여기서는 임이 있는 곳.
● **양춘**(陽春) 따뜻한 봄.

다홍치마를 여미어 입고 취수*를 반만 걷어

일모수죽*에 생각 가림도 많기도 많구나

짧은 해 쉬 지어 긴 밤을 곧추 앉아

청등 건 곁에 전공후 놓아두고

꿈에나 임을 보려 턱 받치고 기댔으니

원앙 이불 차기도 차구나 이 밤은 언제 샐까

하루도 열두 때 한 달도 서른 날

잠깐도 생각 마라 이 시름 잊자 하니

마음에 맺혀 있어 골수에 사무치니

편작*이 열이라도 이 병을 어찌하리

아아! 내 병이야 이 임의 탓이로다

차라리 죽어서 범나비 되오리라

꽃나무 가지마다 간 데 족족 앉았다가

향 묻은 나래로 임의 옷에 옮으리라

임이야 나인 줄 모르셔도 내 임 좇으려 하노라

출전_ 송강가사

• **취수**(翠袖) 푸른 소매.
• **일모수죽**(日暮脩竹) 두보의 〈가인(佳人)〉 '天寒翠袖薄 日暮倚脩竹'에서 따옴. 해 저물 무렵 긴 대나무.
• **편작** 중국 전국 시대의 이름난 의사.

■─정철은 쉰 살인 1585년, 사헌부와 사간원의 탄핵을 받고 전남 창평에 은 거한다. 이 작품은 창평에 은거하던 1588년에 지은 것이다. 작가는 임금을 사 모하는 마음을 한 여인이 그 남편을 이별하고 연모하는 마음에 빗대어 자신 의 충절을 담아내고 있다.

제목에 나타난 '미인(美人)'을 용모가 아름다운 여인으로 보는 것은 적절하지 않다. 그것은 작품 안에 설정된 화자가 여성이고, 미인은 '임'으로 그려지고 있 기 때문이다. 즉, 미인은 여성 화자가 그리워하는 존재로, 작가 정철을 통해 볼 때 임금으로 읽는 것이 적절하다. 정철은 신하와 임금의 관계를 남녀 간의 사랑 이야기로 빗대면서 공감의 폭을 확장시켜 준 것이다.

내용은 서사, 본사, 결사로 나눌 수 있다. 다시 본사는 계절적 배경에 따라 네 부분으로 나눌 수 있다. 각 부분과 중심 내용을 표로 보이면 다음과 같다.

서사		이 몸 ~ 많기도 많구나	임과의 인연과 이별 뒤의 그리움
본사	봄	동풍이 ~ 여기실까	매화를 꺾어 임에게 보내려 함
	여름	꽃 지고 ~ 반기실까	임의 옷을 지어 임에게 보내려 함
	가을	하룻밤 ~ 만드소서	햇빛을 임에게 보내려 함
	겨울	천지가 ~ 언제 샐까	임에게 봄볕을 보내고 싶음
결사		하루도 ~ 하노라	임에 대한, 죽음을 넘어선 사랑

서사에는 작가가 탄핵을 받아 창평에 은거하면서 임을 그리워하는 마음을 나 타내고 있다. 중심을 이루고 있는 것은 물론 사계절에 따라 임에 대한 그리움 을 노래한 본사이다. 봄이 되어 핀 매화를 임에게 보내려 하는 것에는 작가의 충절이 담겨 있다. 낮이 긴 여름날의 쓸쓸함에도 옷을 지어 임에게 보내는 작 가의 모습에는 한결같은 절조가 나타난다. 가을날의 맑은 햇빛을 임에게 보내

어 온 세상에 다 비추어 대낮같이 만들고 싶다는 소망에는 임의 선정을 비는 화자의 마음이 드러나 있다. 추운 겨울날 봄볕을 임에게 보내 드리고자 하는 마음에도 한결같이 임에 대한 염려가 들어 있다. 결사에서는 살아서 임의 곁에 갈 수 없어 차라리 죽어서 범나비가 되어 꽃나무에 앉았다가 향기를 묻혀 임에게 가리라 한다.

한 여성 화자의 독백체로 되어 있는 이 작품은 여성적인 정조가 사계절의 소재와 접맥되면서 뛰어나게 형상화되었다. 특히 구어체에 가까운 표현과 순우리말의 사용은 매우 참신하다. 뒤에 김만중은 이 작품과 〈속미인곡〉, 〈관동별곡〉을 '동방의 이소(離騷)'라고 하면서 "우리나라의 참된 문장은 이 세 편뿐이다."라고 극찬했고, 홍만종은 이 작품을 제갈량의 〈출사표〉에 비기기도 했다.

허난설헌

규원가(閨怨歌)

엊그제 젊었더니 하마 어이 다 늙었네

소년 행락 생각하니 일러도 속절없다

늙어야 설운 말씀 하자니 목이 멘다

부생모육° 신고하여° 이내 몸 길러 낼 제

공후 배필은 못 바라도 군자의 짝 원하더니

삼생의 원업°이요 월하의 연분°으로

장안 유협 경박자°를 꿈같이 만나서

당시에 마음 쓰기 살얼음 디디는 듯

삼오이팔° 겨우 지나 천연의 고움 절로 이니

- **부생모육**(父生母育) 부모가 낳고 기름.
- **신고**(辛苦)**하여** 어려운 일을 당하여 몹시 애써.
- **삼생**(三生)**의 원업**(怨業) 전생의 원망스러운 업보.
- **월하의 연분** 부부의 연을 맺어 준다는 전설상의 늙은이인 월하노인이 맺어 준 인연.
- **장안 유협 경박자** 장안의 놀기 좋아하는 경박한 사람.
- **삼오이팔** 열대여섯 살.

이 모습 이 태도로 백년 기약 하였더니

세월이 빨리 가고 조물주가 시기하여

봄바람 가을 물이 베올*에 북* 지나듯

설부화안* 어디 두고 면목가증* 되었구나

내 모습 내 보거니 어느 임이 날 사랑할까

스스로 부끄러우니 누구를 원망하리

삼삼오오 야유원*에 새 사람 났단 말인가

꽃 피고 날 저물 제 정처 없이 나가 있어

금 채찍 좋은 말로 어디어디 머무는가

원근을 모르거니 소식이야 더욱 알랴

인연을 끊었지만 생각이야 없을쏘냐

모습을 못 보거든 그립기나 말련마는

열두 때 길기도 길구나 서른 날은 지루하다

창밖에 심은 매화 몇 번이나 피어 졌나

겨울밤 차고 찬 제 자취눈 섞어 치고

여름날 길고 길 제 궂은비는 무슨 일인가

봄꽃 버들 좋은 시절 경치도 생각 없다

- **베올** 베의 실 가닥.
- **북** 베틀에서, 날실의 틈으로 왔다 갔다 하면서 씨실을 푸는 기구.
- **설부화안(雪膚花顔)** 눈처럼 흰 살갗과 꽃다운 얼굴.
- **면목가증(面目可憎)** 얼굴 생김생김이 남에게 미움을 살 만한 데가 있음.
- **야유원** 기생집 이름.

가을 달 방에 들고 귀뚜라미 침상에서 울 제

긴 한숨 지는 눈물 속절없이 생각만 많다

아마도 모진 목숨 죽기도 어려울사

도로 곰곰히 생각하니 이리하여 어이하리

청등을 둘러 놓고 거문고 비껴 안아

벽련화 한 곡조를 시름 쫓아 섞어 타니

소상강 밤비°에 대 소리 섞여 도는 듯

화표 천 년에 학이 우는 듯°

고운 손 타는 재주 옛 소리 있다마는

연꽃 휘장 적막하니 뉘 귀에 들릴쏘냐

시름 쌓인 마음속 굽이굽이 끊어졌어라

차라리 잠을 들어 꿈에나 보려 하니

바람에 지는 잎과 풀 속에 우는 벌레

무슨 일 원수로서 잠조차 깨우는가

천상의 견우직녀 은하수 막혔어도

칠월 칠석 일 년 한 번 때 놓치지 아니한데

- **소상강 밤비** 소상강은 동정호로 흘러들어가는 소수(瀟水)와 상강(湘江)을 일컫는데, 그곳에 내리는 밤비의 정경이 아름다워 '소상강 밤비'를 '소상 팔경'으로 친다.
- **화표 천 년에 학이 우는 듯** 화표는 묘 앞에 세우는 망주석. 화표학은 중국 한나라 요동 사람 정령위가 신선이 되어 천 년 만에 학이 되어 고향에 돌아와 망주석에 앉았다는 고사.

우리 임 가신 후는 무슨 약수* 가렸기에
오거나 가거나 소식조차 그쳤는가
난간에 비겨 서서 임 가신 데 바라보니
풀잎에 이슬 맺히고 저녁 구름 지나갈 제
대나무 숲 푸른 곳에 새소리 더욱 섧다
세상에 설운 사람 수없다 하려니와
박명한 여자야 나 같은 이 또 있을까
아마도 이 임의 탓으로 살 둥 말 둥 하여라

출전_ 고금가곡

• **약수**(弱水) 신선이 살았다는 중국 서쪽의 전설 속의 강으로, 부력이 매우 약하여 기러기의 털도 가
라앉는다고 함.

▣ — 이 작품에는 조선 중기를 살아간 여성의 사회적 모습의 한 단면이 잘 나타나 있다. 남성 중심의 가부장적 사회 질서 속에서 참담한 삶을 살아가는 화자의 모습이 그려진다. 화자는 젊은 시절을 보내고 이제는 늙어서 빈방을 지키면서 속절없이 지난날을 회상한다.

부모가 낳아 힘들게 화자를 기르면서 좋은 배필을 바랐지만, 화자는 건달 같은 남편을 만나 살얼음 밟듯 조마조마해 하며 세월을 보낸다. 창밖의 매화가 몇 번이나 피고 지며 세월이 물처럼 흘러 화자의 아름다움은 시들어 버리고 이에 남편은 밖으로만 나돌다 떠나 버린다.

남편이 어디 있는지 소식도 끊어지고, 화자는 남편과의 인연을 끊었다고 하지만, 남편에 대한 그리움으로 하루 한 달이 길고도 지루하다. 한숨과 눈물로 보내면서 쓸데없는 생각만 일어난다. 화자는 죽음보다 더 어려운 삶을 살아가는 것이다. 눈 내리는 차가운 겨울밤, 궂은비 내리는 길고 긴 여름날, 꽃이 만발한 봄의 경치, 귀뚜라미 울고 달이 비쳐 드는 가을밤은 모두 화자에게 슬픔만 안겨 준다.

여기서 화자는 슬픔을 이기려고 시도한다. 등불을 켜고 거문고를 타기도 하고, 잠을 청해 꿈속에서라도 임을 만나고자 하는 것이다. 그러나 거문고 소리를 들어 줄 임은 현실에 존재하지 않는다는 사실을 깨닫고, 풀 속에 우는 벌레는 화자의 잠을 깨우고 만다. 결국 현실로 돌아온 화자에게 남는 것은 독수공방의 외로움뿐이다.

남존여비, 여필종부, 칠거지악, 삼종지도라는 낱말에서 보이듯, 조선 사회는 여성들만 가혹하게 옭아매며 여성들로 하여금 운명에 체념하며 살아가도록 요구했다. 이 작품에 보이는 화자의 체념적이고 소극적인 대응 방식은 조선 사회의 남성 중심인 가부장제의 틀이 얼마나 견고했는지를 역설적으로 보여 준다. 이 노래에는 그 속에서 살아간 조선 여인의 한스러움이 애절하게 그려져 있다.

정학유

농가월령가(農家月令歌)

유월령

유월이라 늦여름 되니 소서 대서 절기로다

큰비도 가끔 내리고 더위도 극심하다

초목이 무성하니 파리 모기 모여들고

평지에 물이 괴니 악머구리 소리 난다

봄보리 밀 귀리를 차례로 베어 내고

늦은 콩 팥 조 기장을 베기 전 대우* 들여

땅 힘을 쉬지 말고 극진히 다스리소

젊은이 하는 일이 김매기뿐이로다

논밭을 갈마들어 삼사 차 돌려 맬 제

그중에 면화 밭은 인공이 더 드나니

• **대우** 초봄에 보리, 밀, 조 따위를 심은 밭에서, 심어 놓은 작물 사이에 콩이나 팥 따위를 드문드문 심는 일.

틈틈이 나물 밭도 복돋워 매 가꾸소
집터 울 밑 돌아가며 잡풀을 없게 하소
날 새면 호미 들고 긴긴 해 쉴 새 없이
땀 흘려 흙이 젖고 숨 막혀 기진할 듯
때마침 점심밥이 반갑고 신기하다
정자나무 그늘 밑에 자리 차례 정한 후에
점심 그릇 열어 놓고 보리단술 먼저 먹세
반찬이야 있고 없고 주린 창자 메운 후에
청풍에 취포하니* 잠시간 낙이로다
농부야 근심 마라 수고하는 값이 있네
오조* 이삭 청태콩이 어느 사이 익었구나
일로 보아 짐작하면 양식 걱정 오랠쏘냐
해 진 후 돌아올 제 노래 끝에 웃음이라
자욱한 저녁 내는 산촌에 잠겨 있고
월색은 몽롱하여 발길에 비치었다
늙은이 하는 일도 아주야 없을쏘냐
이슬아적* 외 따기와 뙤약볕에 보리 널기
그늘 곁에 누역* 치기 창문 앞에 노 꼬기라
하다가 고달프면 목침 베고 허리 쉬움

• **취포(醉飽)하니** 취하도록 술을 마시고 배부르도록 음식을 먹으니.
• **오조** 일찍 익는 조.
• **이슬아적** 이슬이 채 마르지 않은 이른 아침.
• **누역** 도롱이(짚, 띠 따위로 엮어 허리나 어깨에 걸쳐 두르는 비옷)의 옛말.

서늘바람 잠이 드니 희황씨 적* 백성이라

잠 깨어 바라보니 급한 비 지나가고

먼 나루에 쓰르라미 석양을 재촉한다

노파의 하는 일은 여러 가지 못 하여도

묵은 솜 틀고 앉아 알뜰히 피워 내니

장마 속의 소일이요 낮잠 자기 잊었도다

삼복은 풍속이요 유두는 명절이라

원두밭에 참외 따고 밀 갈아 국수하여

사당에 천신하고* 한때 음식 즐겨 보세

부녀는 헤피* 마라 밀기울 한데 모아

누룩을 디디어라 유두 누룩 치느니라

호박나물 가지김치 풋고추 양념하고

옥수수 새 맛으로 일 없는 이 먹어 보소

장독을 살펴보아 제 맛을 잃지 말고

맑은 장 따로 모아 익는 족족 떠내어라

비 오면 덮겠은즉 옹기 뚜껑 정히 하소

남북촌 협력하여 삼 구덩이 하여 보세

삼대를 베어 묶어 익게 쪄 벗기리라

고운 삼 길쌈하고 굵은 삼 바* 드리소

- **희황씨 적** 희황은 중국 고대 전설상의 제왕. 태평성대를 이름.
- **천신(薦新)하고** 철 따라 새로 난 과실이나 농산물을 먼저 신위에 올리고.
- **헤피** 물건이나 돈 따위를 아끼지 아니하고 함부로.
- **바** 삼이나 칡 따위로 세 가닥을 지어 굵다랗게 드린 줄.

농가에 요긴키로 곡식과 같이 치네
산밭 메밀 먼저 갈고 강가 밭은 나중 가소

팔월령

팔월이라 중추 되니 백로 추분 절기로다
북두성 자루 돌아 서쪽 하늘 가리키니
선선한 조석 기운 가을 기운 완연하다
귀뚜라미 맑은 소리 벽 틈에서 들리누나
아침에 안개 끼고 밤이면 이슬 내려
온갖 곡식 열매 맺어 만물을 재촉하니
들 구경 돌아보니 힘들인 일 보람 있다
온갖 곡식 이삭 패고 여물어서 고개 숙여
서풍에 익는 빛은 황운이 일어난다
백설 같은 면화 송이 산호 같은 고추 다래*
처마에 널었으니 가을볕이 명랑하다
안팎 마당 닦아 놓고 발채* 망구* 장만하소
면화 따는 다래끼에 수수 이삭 콩 가지요

- **다래** 아직 피지 아니한 목화의 열매.
- **발채** 짐을 싣기 위하여 지게에 얹는 소쿠리 모양의 물건.
- **망구** 농기구의 일종.

나무꾼 돌아올 제 머루 다래 산열매라
뒷동산 밤 대추는 아이들 세상이라
알밤 모아 말리어라 철 대어 쓰게 하소
명주를 끊어 내어 가을볕에 마전하여°
쪽 들이고 잇° 들이니 청홍이 색색이라
부모님 연만하니 수의를 유의하고
그 나머지 마르재어° 자녀의 혼수 하세
집 위의 굳은 박은 요긴한 그릇이라
댑싸리 비를 매어 마당질에 쓰리라
참깨 들깨 거둔 후에 중올벼 타작하고
담배 줄 녹두 말을 아쉬워 작전°하랴
장 구경도 하려니와 흥정할 것 잊지 마소
북어쾌° 젓조기°로 추석 명절 쇠어 보세
햅쌀 술 올벼 송편 박나물 토란국을
선산에 제물하고 이웃집 나눠 먹세
며느리 말미 받아 본집에 근친 갈 제
개 잡아 삶아 건져 떡고리며 술병이라

- **마전하여** 생피륙을 삶거나 빨아 볕에 바래어.
- **잇** 잇꽃의 꽃부리에서 얻은 붉은빛의 물감.
- **마르재어** 옷감이나 재목 따위의 재료를 치수에 맞게 잘라.
- **작전(作錢)** 물건을 팔아서 돈을 마련함.
- **북어쾌** 북어 스무 마리를 한 줄에 꿰어 놓은 것.
- **젓조기** 젓을 담그는 조기.

초록 장옷 반물치마 차림하고 다시 보니
농사지어 지친 얼굴 회복이 되었느냐
가을 보름 밝은 달에 마음 펴고 놀고 오소
금년 할 일 못다 하여 명년 계교 하오리라
밀대 베어 더운갈이° 보리논 가을갈이
끝끝이 못 익어도 급한 대로 걷고 가소
사람 일만 그러할까 하늘도 이러하니
잠시도 쉴 새 없이 마치며 시작하네

출전_ 가사육종

° **더운갈이** 몹시 가물다가 소나기가 내린 뒤, 그 물로 논을 가는 일.

▣ ― 이 작품은 농가에서 1년 동안 해야 할 일과 세시 풍속을 달에 따라 노래한 월령체(月令體) 가사이다. 전체 구성은 머리노래에 이어 정월령부터 12월령까지로 모두 13연이다.

월령체란 달거리라고도 하는데, 한 해 열두 달의 순서에 따라 노래한 시가의 형식을 말한다. 그러므로 〈농가월령가〉에는 열두 달의 순서에 따라 농가에서 해야 할 일과 세시 풍속이 드러나는 것이 일반적이다. 이 작품에는 농촌 생활의 다양한 모습과 함께 오늘날에도 볼 수 있는 세배·널뛰기·윷놀이·달맞이·더위팔기(정월령), 성묘(3월령), 천렵(4월령), 그네뛰기(5월령), 천신(6월령), 벌초(7월령), 동지팥죽(11월령) 등의 세시 풍속이 아주 구체적으로 그려져 있다.

여기에 수록된 부분은 유월령과 팔월령이다. 먼저 유월령에서는 늦여름인 6월의 절기와 대우, 김매기, 보리 널기, 노 꼬기, 장 관리, 삼 수확, 길쌈 등 농가의 일이 나타나 있다. 또한 새참의 모습과 유두의 풍속이 자세하게 묘사되어 있다. 8월령에서는 중추(仲秋)인 8월의 절기와 발채·망구 장만, 명주 물들이기, 부모님 수의 장만, 타작, 가을갈이 등 농가의 일이 그려진다. 무엇보다 이 8월령에는 농촌 생활의 풍성함이 잘 나타나 있다. 추석 명절을 쇠기 위한 장을 보는 모습과 햅쌀로 술과 송편 등을 마련해 이웃과 나누는 모습, 며느리를 근친 보내는 시부모의 마음 등에는 풍성함과 정겨움, 살뜰함이 들어 있다.

이 작품은 작가가 농민이 아닌 양반이라는 한계는 가지고 있지만, 이 작품에 나타난 농촌의 모습은 노동하는 삶의 구체적 현장으로 온전히 그려진다. 작가는 조선 후기의 농촌 생활을 구체적인 농촌 어휘를 통해 생동감 있게 보여 주고 있다.

1 〈상춘곡〉에서 봄을 알려 주는 낱말들을 찾아보자.

2 〈상춘곡〉에서 화자의 생활을 가늠해 볼 수 있는 낱말들을 찾아보고, 주제를 정리해 보자.

3 다음은 〈상춘곡〉의 화자가 이동하는 공간에 따라 정리한 것이다. 표를 완성해 보자.

공간의 이동	화자의 정서나 태도를 나타내는 낱말 또는 소재
수간모옥 ↓	
사립문, 정자 ↓	소요음영, 적적함, 한중진미
시냇가 ↓	술, 낙홍, 도화
봉우리	

4 〈면앙정가〉는 네 부분으로 나누어져 있다. 각 부분의 중심 내용을 말해 보자.

5 〈면앙정가〉의 세 번째 부분을 계절별로 나누고, 계절감을 드러내는 소재를 찾아보자.

계절	부분	계절감을 드러내는 소재
봄		
여름		
가을		
겨울		

6 〈사미인곡〉에서 미인(임)을 상징하는 낱말을 두 개 찾고, 작가의 입장에서 '미인 혹은 임'의 의미가 무엇인지 말해 보자.

7 〈사미인곡〉에서 화자가 거처하는 곳과 임이 거처하는 곳을 찾아보자.

8 〈사미인곡〉에서 임에 대한 화자의 사랑과 정성을 담은 소재를 찾아 계절별로 나열해 보자.

9 아래 글을 참고하여, 〈규원가〉에 나타난 객관적 상관물을 찾아보고, 그 객관적 상관물에 담긴 화자의 정서나 태도를 말해 보자.

> **객관적 상관물(客觀的 相關物, objective correlative)**
>
> 엘리어트가 실생활에 있어서의 정서와, 문학 작품에 구현된 정서의 절대적 차이를 강조하는 입장에서 사용한 말이다. 엘리어트는 "어떤 특별한 정서를 나타낼 공식이 되는 한 떼의 사물, 정황, 일련의 사건으로서, 바로 그 정서를 곧장 환기시키도록 제시된 외부적 사물들"이라고 말했다. 개인의 정서가 예술적 객관화의 과정을 거치지 못하고 그대로 생경하게 노출될 경우, 그것은 문학의 재료를 재료 상태에 그대로 머물게 한 것으로 본다. 김소월의 〈진달래꽃〉은 분명히 김소월의 개인적 정서와 관계가 있으나, 이별하는 남녀 관계에서 버림받는 여자가 혼자 말하는 자가 되어 있는 객관적 정황을 마련하고 있는데, 바로 이 정황이 김소월의 개인적 감정의 객관적 상관물이 된다. 슬픈 감정을 그냥, "아아, 슬프다!"라고 토로하는 것은 객관화되지 못한 것이다.
>
> – 《문학사전》에서

객관적 상관물	화자의 정서나 태도
베올에 북 지나듯	
피고 지는 매화	
궂은비	
지는 잎 우는 벌레	
견우직녀	

10 〈시집살이 노래〉를 찾아 읽고, 〈규원가〉와 내용상의 공통점을 말해 보자.

11 〈농가월령가〉에 나타난 절기와 농가의 일, 세시 풍속을 정리해 보자.

6월령	절기	
	농가의 일	
	세시 풍속	
8월령	절기	
	농가의 일	
	세시 풍속	

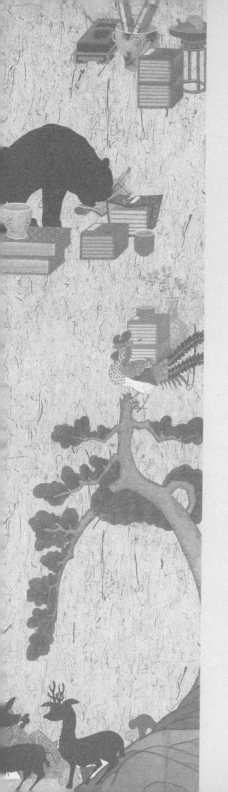

6장

깊이 성찰하고 탐구하다

물을 보려면 그 근원을 보라

이천

강(江), 회(淮), 하(河), 한(漢)은 물줄기 가운데 큰 것을 일컫는다. 사람들은 반총(蟠冢), 동백(桐柏), 곤륜(崑崙), 민산(岷山)에서 물이 시작된 것은 알지만, 이 네 산 앞에 도달하기 전에 물의 근원이 무엇인지는 알지 못한다.

무릇 물의 본성은 아래로 흐르는 것이다. 물은 땅속에 있을 때는 숨어서 쌓여 있지만, 땅 위로 나오면 흘러서 가득 차게 되어 물의 이치를 드러내 준다. 사람이 물을 안다는 것도 이처럼 보이는 것에서 그치고, 보이지 않는 것에 대해서는 어두워 알지 못한다. 그래서 옛날 성인은 땅속 물의 모습을 보고 사괘(師卦)*를 만들고 비괘(比卦)*로 다음을 이어, 사람들에게 물의 근원을 미루어 흐르는 데까지 미친다는 것을 보여 주었다.

- **사괘(師卦)** 《주역》 64괘 중 일곱 번째 괘 이름. 땅속에 물이 모여들어 고인 모습으로, 모여 있는 무리, 즉 군중을 상징한다.
- **비괘(比卦)** 《주역》 64괘 중 여덟 번째 괘 이름으로, 땅 위에 물이 고여 있는 모습을 나타낸다. 이때에 땅과 물 사이에는 간격이 있을 수 없으므로 더할 수 없는 친밀성을 상징한다.

세상 사람들은 과연 물의 근원을 아는가? 축축하게 젖은 습한 땅은 물의 남은 기운이다. 물이 가늘게 흘러 실과 같이 끊어지지 않고 긴 강줄기를 이루어 너른 바다에 이른다. 한없이 넓고 크고 세차게 흘러 막을 수가 없다. 그러니 숨어 있는 것과 밖으로 드러난 것을 아는 사람이 아니라면 누가 그 물을 제대로 살필 수 있겠는가? 이러하기 때문에 사람이 같은 것을 보면서도 알지 못하는 사람이 있는 것이다.

내가 하동에 있을 때, 집 옆에 작은 샘이 있었다. 그런데 샘의 근원이 잡풀에 묻혀 샘이 시작되는 곳을 알지 못했다. 그래서 이웃 사람들이 근거 없이 고집을 부려, 그 샘이 더러운 흙 속에서 나오는 것이라고 하여 마시려고 하지 않았다. 내가 가서 보고는 샘의 근원을 깨끗하게 청소하고 물줄기를 터놓았다. 그리고 동쪽에 돌로 우물 벽을 만들었다. 그 옆에 있는 냉정(冷井)이라는 우물과 땅속 물길이 같고 물맛도 같았다. 두 우물은 한 물줄기에서 갈라져 나왔던 것이다. 이에 마을 노인들이 와서는 다들 축하해 주었다. 사람들이 오고 가며 우물에서 물을 길어 썼지만 마르지 않았다. 이는 내가 지혜를 써서 물을 흐르게 한 것이고 또한 물줄기를 거슬러 샘의 근원을 알아낸 것이다.

아! 사람이 세상에 쓰이고 버림을 받는 것도 이와 비슷하다. 세상에 재주가 있어 임금을 도와 백성에게 혜택이 미치도록 하는 사람이 있다. 그는 곁에 있는 사람이 헐뜯으면 물러나 더러움을 받아들이고 욕된 일을 견디며 때를 기다린다. 그러다가 하루아침에 뛰어난 임금이나 자신을 알아주는 사람을 만나면 올바른 도리를 세상에 행하게 되니 앞에서 이야기한 물과 그 이치가 같은 것이다.

오늘날 윗자리에 있는 사람은 다만 외모와 말주변을 보고서 사람을 골라 쓰며, 그 마음의 옳고 그름을 따지지 않는다. 이는 물이 흐르는 것만 알고 물의 근원은 알지 못하는 것과 같다.

"하늘의 올바른 이치가 이루어질 낌새가 사람에게서 먼저 나타난다"고 하였으니, 지금 내가 물에 대해 이야기하는 것도 또한 그러하다. 맹자께서 "물을 보는 데는 방법이 있으니, 반드시 그 물줄기를 보라." 하셨다. 나 또한 이렇게 말하겠다.

"물을 보는 데는 방법이 있으니, 반드시 그 근원을 바탕으로 하라."●

출전_ 동문선

원제_ 원수 原水

● **물을 ~ 하라.** 원문 '觀水有術 必本其源'은 《맹자》 〈진심〉 편에 나오는 '觀水有術 必觀其瀾'을 변용한 것이다.

▣ ─ 《대학》은 8조목에 대한 설명이 전부다. 그것은 학문의 구체적인 과정으로, '격물(格物), 치지(致知), 성의(誠意), 정심(正心), 수신(修身), 제가(齊家), 치국(治國), 평천하(平天下)'로 단계적으로 제시된다. 이 8조목의 처음에 놓여 있는 것이 바로 격물이다. 그것을 《대학》에서는 '사물에 접해 그 이치를 끝까지 탐구한다.(即物而窮其理)'라고 설명한다. 그러므로 배우는 사람은 사물의 이치를 뿌리까지 탐구하여야 앎에 이를 수 있는 것이다.

글쓴이는 세상 사람들은 과연 물의 근원을 아는지 묻는다. 물의 근원을 안다는 것은 앞에서 말한 것처럼 사물의 궁극적인 이치를 탐구함으로써 가능해진다. 사람이 같은 것을 보면서도 알지 못하는 사람이 있는 것은 바로 사물을 궁구하지 않기 때문이다. 물을 바라보는 데에 물줄기를 보아야 한다는 맹자의 말이나 근원을 바탕으로 하라는 글쓴이의 말은 군자가 도에 뜻을 두고 수양과 학문을 이루어야 한다는 것을 말하는 것이다.

글쓴이는 샘의 근원을 찾아 물을 흘러가게 한 경험을 통해 사람이 세상에 쓰이고 버림을 받는 것을 설명한다. 사람이 세상에 나서 뛰어난 임금이나 자신을 알아주는 사람을 만나면 올바른 도리를 행하는 것이 바로 물과 이치가 같은 것이다.

그러나 세상은 어떠한가? 사람을 판단할 때, 그 마음의 옳고 그름을 보지 않고 다만 외모와 말주변을 보고서 사람을 골라 쓴다. 이것은 물의 겉모습만 보고 물의 근원을 알지 못하는 것과 같다.

대나무

정약용

화산 월등사 서남쪽에 죽루(竹樓)가 있는데, 죽루 서쪽 언덕에 대나무 수천 그루가 솟아서 절 뒤를 둘러싸 숲을 이루고 있다. 주지 스님이 이 대나무 숲을 아주 사랑했다.

하루는 죽루 위에서 손님을 모아 놓고는 주지 스님이 대나무를 가리키며 말했다.

"여러분께서 대나무의 좋은 점을 들려주십시오."

어떤 사람이 이렇게 말했다.

"죽순은 좋은 먹거리지요. 처음 싹이 나오면, 마디는 짧고 속은 살이 올라 꽉 찹니다. 이때 낫으로 잘라 칼로 다듬어 솥에 삶아서 화로에 구우면 향기가 좋고 달고 부드러우며 맛이 좋아, 입에는 기름이 흐르고 배가 부르지요. 쇠고기도 맛이 없어지고, 산짐승 고기도 비교가 되지 않습니다. 늘 먹어도 물리지 않으니, 대나무의 맛이란 바로 이런 것이지요."

어떤 사람은 이렇게 말했다.

"대나무는 강한 듯하면서 강하지만 아니하고, 부드러운 듯하면서 부드럽지만 아니해서 사람이 쓰기가 좋습니다. 휘어서 광주리와 상자를 만들 수 있고, 가늘게 쪼개 엮어서 문에 거는 발을 만들 수 있으며, 잘라서 짜면 마루에 까는 자리를 만들 수 있고, 잘라서 깎으면 옷상자, 도시락, 용수,* 여물통, 구유, 그릇, 조리 따위를 만들 수 있습니다. 이 모두 대나무로부터 나오는 것이니, 대나무의 쓰임이 이러합니다."

어떤 사람은 이렇게 말했다.

"대나무가 돋아날 때, 작고 크고 먼저 나오고 뒤에 나온 것이 줄을 지어 차례를 이룹니다. 처음에는 뾰족하다가 뒤에 미끈해집니다. 그러고는 거북 껍데기 같은 껍질이 벗겨지고 옥 같은 줄기가 자라면, 분가루가 없어지고 하얀 마디가 뚜렷해집니다. 그러면 푸른 대나무에서 바람 소리가 저절로 생겨나지요. 바람이 불어 대나무 숲에서 우는 소리가 나고, 푸른 대나무가 우거져 그늘을 만들고, 저물녘 대나무 그림자는 달빛을 희롱하며, 차가운 대나무는 눈을 맞고 있습니다. 이것이 대나무를 감상하기에 가장 좋은 모습들입니다. 봄부터 섣달까지 날마다 시를 읊을 수 있게 해 주고, 걱정을 물리쳐 주며, 흥을 돋우어 줍니다. 대나무의 운치란 바로 이런 것이지요."

어떤 사람은 이렇게 말했다.

"대나무는 키가 1천 길이 되는 것을 심(篔)이라 하고, 둘레가 두어

* **용수** 싸리나 대오리로 만든 둥글고 긴 통. 술이나 장을 거르는 데 쓴다.

길 되는 것은 불(䈕)이라 하며, 머리에 무늬가 있는 것은 집(䈽)이라 하고, 빛이 검은 것은 유(䈽)라 하며, 가시가 있는 것은 파(笆)라 하며, 털이 있는 것은 공(笻)이라 합니다. 공주에서 나는 공(笻), 기주에서 나는 저(笛), 강한에서 나는 미(䈷), 파유에서 나는 도(䈲), 여포에서 나는 포(笣), 원상에서 나는 반죽(斑竹), 그리고 운당(篔簹)·막야(莫邪)처럼 이름과 모양이 대나무가 나는 지역에 따라 일정하지가 않습니다. 그러나 대나무는 바다가 얼 만큼 추워도 시들지 아니하고, 쇠가 녹을 만큼 더워도 마르지 않습니다. 또한 푸르고 싱그러워 사시에 변하지 않은 것은 한가지입니다. 그러므로 성인은 대나무를 숭상하고, 군자는 대나무를 본받으려 합니다. 땅이나 시절에 따라 그 뜻을 바꾸지 않으니, 대나무의 지조가 그러합니다."

이에 내가 말했다.

"맛이나 쓰임, 운치, 지조로 대나무를 좋아한다면, 이는 대나무의 겉만 얻고 알맹이는 버리는 것입니다. 대나무가 처음 날 때 쑥 자라는 것을 보면, 선천적으로 깨달은 능력이 나아지는 것을 알 수 있습니다. 또 대나무가 늙을수록 더욱 단단해지는 것을 보면, 뒤에 노력하는 힘이 차츰 증진해 나아가는 것을 볼 수 있습니다. 대나무의 속이 빈 것을 가지고 자성*이 없음을 볼 수 있고, 대나무의 곧은 것을 가지고 참모습을 이야기할 수 있습니다. 대나무 뿌리가 용으로 변하는 것은 사람이 모두 부처가 될 수 있다는 것을 보여 주며, 대나무 열

---

* **자성**(自性) '모든 법(法)이 갖추고 있는, 변하지 않는 본성'을 뜻하는 불교 용어. 대승 불교에서는 모든 존재는 자성이 없다는 '공(空) 사상'이 핵심을 이룬다.

매가 봉황의 먹이가 되는 것은 다른 사람을 이롭게 하는 것을 보여
주는 것입니다. 스님께서 대나무를 좋아하시는 것은 저러한 것들에
있지 않고 바로 이런 것에 있을 것입니다."

스님이 말했다.

"자네 말이 맞는 것 같네. 자네야말로 대나무의 좋은 친구로군."

이에 감히 이 일을 적어 뒷날 대나무를 좋아하는 사람의 모범이
되게 하려 한다.

출전_ 동문선

원제_ 월등사죽루죽기 月燈寺竹樓竹記

◙ — 이 글의 제재는 월등사 뒤편을 둘러싸고 있는 대나무이다. 대나무를 소재로 하고 있는 여느 글과 다르게 이 글은 대나무를 통해 불교적인 깨달음의 과정을 말하고 있다.

월등사의 주지 스님이 대나무의 좋은 점이 무엇인지 말해 줄 것을 요청한다. 이에 대해 먼저 네 사람이 대나무의 좋은 점을 말한다. 첫 번째 사람은 향기가 좋고 달고 부드러운 대나무의 맛을 말하고, 두 번째 사람은 광주리뿐만 아니라 자리, 옷상자 등을 만들 수 있는 대나무의 쓰임을 말한다. 세 번째 사람은 대나무 숲의 소리를 비롯해 대나무 그늘과 그림자, 눈 맞는 대나무 등이 가져다주는 운치를 말하고, 네 번째 사람은 추위와 더위에도 싱그러워 변하지 않는 대나무를 통해 지조를 예찬한다.

그러나 대나무에 대한 이러한 해석은 대나무를 표면적으로만 인식한 것에 불과하다. 대나무에 대한 글쓴이의 해석은 앞의 네 사람이 내린 대나무에 대한 해석이 단면에 그친 것임을 말해 준다. 글쓴이가 볼 때, 대나무가 처음 쑥 자라는 모습은 불교에서 말하는 돈오(頓悟, 문득 깨달음)를 보여 주는 것이며, 뒤에 대나무가 단단해지는 모습은 점수(漸修, 점차 수행하여 실천함)를 보여 주는 것이다. 또한 대나무는 모든 사람이 부처가 될 근기를 가지고 있다는 것을 보여 주고, 불교의 가르침인 자비로움을 가지고 있다는 것을 글쓴이는 말한다.

이 글은 대나무를 바라보는 인식의 차이를 통해, 사물을 바라보는 태도와 사람됨의 깊이를 새롭게 깨닫게 하고 있다.

마음을 즐겁게 해야 학문의 진리가

조종도

대책

대답합니다. 집사 선생께서 스승의 풍모를 갖추시고 학교의 법도를 물어 세상의 도리를 바로잡아 일으켜 정치를 잘 다스리려는 뜻이 큽니다. 저는 교육을 받고 있는 사람으로 온 힘을 기울여 집사 선생의 물음에 만분의 일이나마 대답하고자 합니다.

　나라에서 인재를 기르는 것은 필요할 때 쓰기 위해서입니다. 인재를 기르는 방도는 학교에 달려 있고, 학교의 일은 윤리와 착함을 밝히는 데 있을 뿐입니다. 사람의 본성은 착하지만 타고난 기질과 성품이 이것을 구속합니다. 뛰어난 지혜를 갖추지 않았더라도 가르치면 곧 선하게 되고 가르치지 않으면 악하게 됩니다. 그래서 옛날 훌륭한 임금들은 학교를 두고 가르쳤던 것입니다.

　학교에서는 먼저 비로 먼지를 쓸고 물을 뿌리며 물음에 대답하는 것을 가르쳤습니다. 그리고 나서 뜻을 성실히 하고 마음을 바르게 하며 몸을 닦고 집안을 다스리는 것을 가르쳤습니다. 이를 통해 나라를 다스리고 세상을 안정시키기를 바랐던 것입니다. 일상 속에서 사람으로서 떳떳하게 지켜야 할 도리와 어버이에 대한 효도, 형제끼리의 우애, 나라에 대한 충성과 벗 사이의 믿음을 가르친 까닭에 다스림은 두텁고 풍속은 아름다워 학교가 잘 꾸려졌습니다. 그런데 뒷날에 이르러서 가르침이 글을 외우고 읊으며 문장을 다듬어 과거에 응시하여 벼슬을 구하는 것이 되고 말았습니다. 그래서 학교가 쇠퇴하고 무너진 것입니다.

그러므로 학교가 흥하고 쇠퇴하는 것은 오로지 임금에게 달려 있습니다. 몸소 실천하고 마음으로 터득한 것으로 백성들을 교화하고 풍속을 이루는 길로 나아가야 합니다. 그러니 올바른 학문을 강론하고 마음을 바르게 하는 것 밖에 무엇이 있겠습니까?

집사 선생의 물음에 따라 진술하겠습니다. 복희, 신농 이전의 학교 제도는 자세히 알 수 없습니다. 하늘을 본받아 근본을 세우고 임금과 스승을 내어 다스림과 교육을 이룬 것은 멀리 복희·신농 때부터지만 너무 아득하여 밝힐 수가 없습니다. 동쪽에는 교(膠)라는 학교를 두고 서쪽에는 상(庠)이라는 학교를 둔 것은 순임금 때의 일입니다. 요임금 때 학교에 대해서는 제가 들어 보지 못했습니다. 그러나 교육을 맡아보던 벼슬인 사도(司徒)와 음악을 맡아보던 전악(典樂)이라는 벼슬이 요순시대에 있었습니다. 이로 보아 요순 임금이 학교를 설치한 것이 어찌 서로 다르겠습니까? 또 하나라 때는 교(校)라는 학교를 두고, 은나라 때는 서(序)라는 학교를 두었으니 시대마다 학교의 이름은 달랐습니다. 비록 활쏘기를 가르친 뜻은 달랐지만 배우게 하려 한 점에서는 모두 같았습니다. 주나라에서는 학교를 상(庠)이라 하여 성균(成均)과 벽옹(辟雍)이라고 이름하였습니다. 그 이름이 취한 뜻은 예의와 음악을 높이고 세상을 밝게 교화한다는 점에서는 달랐지만, 가르친다는 점에서는 뜻이 같았습니다. 요순시대와 하, 은, 주 세 왕조의 학교 제도는 차례와 내용을 자세히 알 수 없습니다. 그러나 옛날 뛰어난 임금들이 몸소 실천하고 사람들을 가르치고 기른 방법은 뒷사람들이 미칠 수 있는 것이 아니었습니다.

한나라에서 당나라에 이르기까지 학교가 설치되기는 하였지만 성인의 뜻과는 거리가 멀어 성인의 말씀이 거의 사라졌습니다. 입과 귀로만 학문을 익히니 진리를 잃어버렸습니다. 학문을 하는 까닭이 문장을 찾고 글귀만 맞춰 이름을 드러내는 것에만 몰두했으니 지금 말할 바가 못 됩니다. 송나라 초기에 막혔던 운수가 겨우 회복되었지만 학교의 행정은 더욱 무너져 버렸습니다. 서원이 겨우 넷밖에 없었던 것도 당연했습니다. 그 후 주돈이, 정호, 정이, 장재, 주희 같은 진짜 유학자들이 나와 공자와 맹자가 남긴 실마리를 이을 수 있었습니다. 이 어찌 가꾸고 기른 까닭이 아니겠습니까? 하늘의 운수가 돌아 검은 구름이 걷히고 학문의 상서로움이 드러나 기틀이 비로소 마련되었습니다.

우리 조선에 이르러 훌륭한 임금들이 잇달아 나와 학교를 세워 정치를 돕는 근본으로 삼으셨습니다. 서울에는 성균관을 설치해 우수한 인재들을 길렀으니, 이는 옛날 태학을 둔 것과 같은 일입니다. 또

네 곳에 학교를 세워 어린 학생들을 길렀으니, 이는 옛날 소학을 둔 것과 같은 일입니다. 각 고을에는 향교를 설치했으니, 이는 옛날 고을에 서(序)와 상(庠)이라는 학교를 둔 것과 같은 일입니다. 우리 조선의 임금들께서 학교를 세운 뜻은 저 중국의 삼대와 견주어도 나란하여 아름다운 일입니다.

아! 그런데 어찌 된 일인지 근래에 이르러서는 사람들이 그 몸을 위하기만 하고, 선비들은 학문을 하여 사사로운 이익을 꾀합니다. 배우는 학생들도 서울에서는 떼를 지어 나아갔다 물러났다 하며, 시골에서는 서로 바라보기만 하고 게으르게 흩어집니다. 이들이 생각하는 것은 오직 과거 시험으로 이익과 벼슬을 꾀하는 것일 뿐입니다. 독서를 문장과 글귀를 훔쳐 대답하는 밑천으로만 삼으니, 이는 화려한 상자에 정신을 빼앗겨 그 속의 구슬은 돌려주고 빈 상자만 사는 꼴입니다. 거짓된 글을 지어 과거에 빨리 합격하기만 꾀하니, 도리와 이치가 어긋날 뿐입니다. 배우고 묻고 생각하고 밝히는 일에는 아랑곳하지 않고, 예절과 의리와 청렴과 부끄러움에도 아랑곳하지 않습니다.

선비들의 모습이 이와 같으니 나라가 무엇을 믿겠습니까? 교육이 이러한 것을 세상의 탓으로만 돌려야겠습니까? 의자에 기대 가르치지 않는 것을 선생의 탓이라고만 하겠습니까? 집사 선생이 걱정하는 것은 당연합니다.

저는 이런 말을 들었습니다. "학교 행정이 제대로 되지 않는 것은 법과 제도가 서지 않아서가 아니라 학문의 진리가 마음을 즐겁게 하지 못하기 때문이다." 하, 은, 주 세 왕조의 학문은 때에 맞추어 마땅하였습니다. 같고 다른 것이 주는 손해와 이익이 비록 한결같이 않았지만 쇠고기와 돼지고기가 입을 즐겁게 하는 것처럼 학문의 진리가 마음을 즐겁게 하였습니다. 그래서 본성과 직분에 따라 다스리고 가르쳐 그 본성을 되찾게 하였다는 점에서 다를 바가 없었습니다. 어버이를 사랑하고 형을 공경하며 나라에 충성하고 어른을 공경하는 것은 인간 본연의 변하지 않는 도리로 모든 사람이 공통적으로 가지고 있는 것입니다. 가르침은 어버이에 대한 효도, 형제끼리의 우애, 나라에 대한 충성과 벗 사이의 믿음에서 시작하여 자기를 수양하고 다른 사람을 다스리는 데서 마칩니다.

각 과정에는 조리(條理)가 있어 순서에 따라 점점 나아가게 합니다. 몸을 바루어 곧게 하고 올바른 데로 이끌어 줍니다. 또 마음을 한가롭고 편안히 하여 깊이 젖어 들게 합니다. 조정에 등용되면 그에게 나랏일을 맡기니 사람들을 행복하게 만듭니다.

한 나라의 근본은 한 사람에게 있고, 한 사람의 몸은 그 마음이 주인입니다. 임금의 마음이 바르면 온 나라 사람의 마음이 바르게 됩니다. 구중궁궐에서 몸소 실천하고 마음을 터득하면, 바람이 불어 풀을 눕히듯 만물의 기준이 됩니다.

먼저 몸과 마음을 바르게 하지 않고 헛되이 과거로만 선비를 쓰며 벼슬과 녹봉으로 사람을 잡아매면, 어찌 학교가 정돈되고 선비들의 습성이 바르게 되겠습니까? 진실로 몸과 마음을 바르게 하고 교화해야만 위로는 정치가 바르게 되고 아래로는 풍속이 아름다워질 것입니다. 그런 후에 정이와 호원 같은 사람을 얻어 학교를 맡겨야 합니다.

정이는 나라의 젊은이들을 상세하게 심사하면서 관리 선발 제도를 바꾸었습니다. 또 호원은 호주와 소주에서 경의재와 치사재를 두어 생도들을 가르쳤습니다. 이것은 특별하게 행한 것 중 한 가지 일에 불과합니다. 옛날 순임금, 우임금, 탕임금, 문왕처럼 마음으로부터 배움을 구한다면, 오늘에도 요순시대와 하, 은, 주 세 왕조의 학교 제도를 볼 수 있을 것입니다.

집사 선생의 물음에 저는 이와 같이 대강을 추려서 진술했습니다. 이 글을 마치기 전에 한 말씀 더 드리고자 합니다.

하, 은, 주 세 왕조 이전에 선비를 뽑는 방법은 과거 제도가 아니었습니다. 그래서 음악을 맡아보던 악정(樂正)이 이전 임금이 지켜 온 시, 서, 예, 악으로 선비들을 가르쳤습니다. 대사도(大司徒)는 고을에서 세 가지 일, 곧 육덕(六德), 육행(六行), 육예(六藝)로 백성들을 가르치고 뛰어난 인재를 뽑아 빈객으로 추천했습니다. 이처럼 가르치고 기르는 데 대비가 있었고, 사람을 가려 쓰는 데도 법도가 있었습니다. 한나라와 당나라 이후로도 현량(賢良)과 방정(方正) 같은 관리 선발 제도와 효렴(孝廉)과 같은 추천 제도가 있었습니다. 송나라 때는 열 가지 항목으로 관리를 뽑아 쓰는 제도가 있어 이름과 실상이 서로 들어맞았습니다. 비록 자세하게는 알 수 없지만, 사람을 쓰는 방법이 한 가지에만 얽매이지 않았다는 것은 알 수 있습니다.

그러나 지금은 그렇지 않습니다. 재주가 뛰어난지 그렇지 않은지,

또 사람 됨됨이가 어진지 그렇지 않은지를 묻지 않습니다. 많은 사람들을 경쟁하게 하여 사물의 이치를 대충 깨치고 법도에 맞으면 뽑아 쓰고는 의심하지 않습니다. 이것이 과연 예의를 갖추어 서로 양보하게 하는 도리를 가르친 것입니까? 학교가 쇠퇴하여 일어나지 못하는 것은 바로 이것 때문입니다.

여러 해 쌓인 잘못을 한꺼번에 고칠 수는 없습니다. 그러나 근래 뛰어난 선비가 중종 임금을 도와 선비를 뽑는 새로운 방법을 건의했다고 저는 들었습니다. 덕행과 업무 능력, 몸가짐이 평소 사람들의 우러름을 받는 이를 선발하여 과거에 추천하는 것은 하, 은, 주 세 왕조가 악정과 사도를 둔 제도를 본받은 것입니다.

그러나 시기하는 무리들이 기회를 틈타서 철인은 죽고 말았습니다. 그리하여 좋은 법과 아름다운 제도가 또한 없어져 오늘날 다시 행해지지 못하고 말았습니다. 말을 하려니 목이 메고 주먹을 불끈 쥐고 길게 탄식하게 됩니다.

삼가 대답합니다.

출전_ 대소헌일고

원제_ 문대問對

▣ ─ 오늘날 학교가 무너졌다는 이야기에 많은 사람들이 고개를 끄덕인다. 그것은 단지 학습 능력을 두고 하는 말이 아니라는 것쯤은 대한민국 사람이라면 누구든 안다. 2000년 이후 OECD 회원국을 대상으로 중등 학생들의 국제 학업 성취도 비교 평가(PISA)에서 우리나라 학생들의 학습 능력은 최상위에 위치한다. 문제는 우리나라 중등 학생들의 학습에 대한 흥미나 학습 동기, 창의성 등의 부문은 최하위에 놓여 있다는 사실이다.

이러한 불가사의한 현상의 원인은 무엇일까? 유치원부터 고등학교까지 모든 교육이 대학 입학만을 위해서 존재하는 오늘날의 학교 모습은, 조선 시대 선비들이 과거 합격만을 위해서 진리를 잃어버리고 입과 귀로만 학문을 익히는 모습과 다르지 않다. 대학 합격과 좋은 직장을 위해서 공부하는 지금의 학생들은, 과거 시험으로 이익과 벼슬을 꾀하는 조선 시대 선비들과 꼭 닮았다.

글쓴이는 당시 학교와 교육이 안고 있는 문제에 대한 해결책을 간명하게 제시한다. '학교 행정이 제대로 되지 않는 것은 법과 제도가 서지 않아서가 아니라 학문의 진리가 마음을 즐겁게 하지 못하기 때문이다.' 이 처방은 400년 후의 오늘날 우리나라 교육, 학교에도 그대로 적용된다. "배우고 때로 익히면 또한 즐겁지 아니한가?" "아는 것은 좋아하는 것만 못하고, 좋아하는 것은 즐기는 것만 못하다."라는 공자의 말이나, "진리가 너희를 자유롭게 하리라."라는 성경의 글은 다르지 않다. 이 글은 진리에 이르는 과정이 즐겁다는 것은 정말 이상에 불과한 것인지를 묻게 한다.

이기 논쟁

기대승 · 이황

기대승이 이황에게 보낸 편지

자사는 "기쁨, 노여움, 슬픔, 즐거움이 밖으로 드러나지 않은 것을 중
도(中)라 하며, 밖으로 드러나 정도에 알맞으면 조화(和)라 한다."라고
했으며, 맹자는 "불쌍히 여기는 마음은 어짊(仁)의 실마리요, 옳지
못함을 부끄러워하고 착하지 못함을 미워하는 마음은 의로움(義)의
실마리며, 사양하는 마음은 예의(禮)의 실마리요, 옳고 그름을 가릴
줄 아는 마음은 슬기로움(智)의 실마리다."라고 했습니다.

이것이 성정(性情)에 대한 풀이로, 옛 유학자들이 다 밝힌 것입니
다. 그러나 제가 살펴건대, 자사의 말은 전체를 일컫은 것이며, 맹자
의 설명은 일부분을 떼어 내 말한 것입니다.

일반적으로 사람의 마음이 밖으로 드러나지 않은 것을 성(性)이라
하고 밖으로 드러난 것을 정(情)이라 하는데, 성은 언제나 선하지만
정은 선악이 있습니다. 이것은 마땅히 그러합니다. 다만 자사와 맹자

가 가리키는 것이 달라 사단(四端)˙과 칠정(七情)˙이 구별된 것일 뿐, 칠정의 밖에 따로 사단이 있는 것이 아닙니다.

그런데 이제 사단이 이(理)˙에서 드러나므로 선하다 하고, 칠정은 기(氣)˙에서 드러나 선악이 있다 하면 이와 기를 나누어 둘이라고 하는 것입니다. 이는 칠정은 성에서 나오지 않고, 사단은 기를 타지 않는다는 뜻입니다. 이렇게 되면 말에 병통이 생겨 후학인 제가 의심하지 않을 수가 없습니다. 그렇다고 다시 "사단의 드러남은 순수한 이(理)이므로 언제나 선하고, 칠정의 드러남은 기(氣)를 겸하기 때문에 선악이 있다."라고 고친다면, 지난번 생각보다 조금 나아진 듯하지만, 제 생각에는 마뜩하지가 않습니다.

무릇 성(性)이 드러나고 기(氣)가 작용하지 않아 타고난 선(善)이 곧장 이루어진 것이 바로 맹자가 말한 사단입니다. 사단이란 진실로 꾸밈이 없어 본연의 이치가 드러난 것입니다. 그러나 이 사단은 칠정의 밖에서 나오는 것이 아니고 칠정 안에서 드러나 정도에 알맞은 것의 싹입니다. 그러므로 사단과 칠정을 짝으로 두고 말하며 본연의 이치와 기를 겸한 것이라고 할 수 있겠습니까? 인심˙과 도심˙을 말할 때

- **사단(四端)** 사람의 본성에서 우러나오는 네 가지 마음. 《맹자》에서 인(仁)에서 우러나오는 측은지심, 의(義)에서 우러나오는 수오지심, 예(禮)에서 우러나오는 사양지심, 지(智)에서 우러나오는 시비지심을 이른다.
- **칠정(七情)** 사람의 일곱 가지 감정. 기쁨(喜), 노여움(怒), 슬픔(哀), 즐거움(樂), 사랑(愛), 미움(惡), 하고픔(欲)을 이른다.
- **이(理)** 만물에 내재하는 원리나 우주의 근본이 되는 도리를 일컫는다.
- **기(氣)** 만물 생성의 근원이 되는 힘. 이(理)에 대응되는 것으로 물질적인 바탕을 이른다.
- **인심(人心)** 사물을 응대하는 사이에 사사로움에서 나오는 마음.
- **도심(道心)** 사물을 응대하는 사이에 사사롭지 아니한 데서 나오는 마음.

는 그리할 수 있겠지만, 사단과 칠정을 말할 때는 그러할 수가 없을 것 같습니다. 왜냐하면 일반적으로 칠정을 인심으로만 볼 수 없기 때문입니다.

이(理)는 기(氣)의 주재자요, 기는 이의 재료입니다. 이와 기는 본래 나누어진 것이지만, 사물에서는 마구 뒤섞여 있기 때문에 나눌 수가 없습니다. 다만 이는 약하고 기는 강하며, 이는 조짐이 없지만 기는 자취가 있습니다. 그러므로 이와 기가 사물 속에서 흘러 다니며 드러날 때, 지나치거나 모자라는 차이가 있게 됩니다. 이러한 까닭으로 칠정이 드러날 때, 선하기도 하며 악하기도 하고, 성(性)의 본바탕이 완전하지 못하기도 한 것입니다. 그러나 선한 것은 하늘이 본래부터 준 것이며, 악한 것은 타고난 기질과 성품이 지나치고 모자라서 그런 것입니다. 이렇듯 사단과 칠정은 처음에 두 가지 뜻을 가지지 않았습니다. 그러한데도 요즘 학자들은 맹자가 선한 한쪽만을 떼어 내 가리킨 뜻을 살피지 않고 사단과 칠정을 구별하여 말하는 것을 보고 저는 잘못으로 여겼습니다.

주자는 "기쁨, 노여움, 슬픔, 즐거움은 정(情)으로, 이 정이 드러나지 않은 것이 성(性)이다."라고 했습니다. 그리고 이 성정(性情)을 논할 때마다 사덕*과 사단으로 말했습니다. 그것은 사람들이 깨닫지 못하고 기를 가지고 성을 말할까 염려했기 때문입니다. 그러므로 학자들은 모름지기 이가 기에서 벗어나지 않고, 기가 넘치거나 모자라지 않

---

* **사덕**(四德) 인륜의 네 가지 덕. 효(孝), 제(悌), 충(忠), 신(信)을 이른다.

게 드러난 것이 이의 본바탕임을 알아서 힘쓴다면 거의 어긋남이 없을 것입니다.

이황이 기대승에게 보낸 편지

제1절 성정(性情)에 대한 논의는 앞선 유학자들이 자세히 밝혔습니다. 사단 칠정에 대해서는 다만 둘 다 정이라는 것만 말했을 뿐, 이(理)와 기(氣)로 나누어 설명한 것은 볼 수 없습니다.

제2절 지난해 정지운이 지은 《천명도》에 제가 "사단은 이(理)에서 드러나고, 칠정은 기(氣)에서 드러난다."라고 하였습니다. 제가 이와 기를 나누어 다툼의 빌미가 되지 않을까 염려스러웠습니다. 그래서 '순수한 선(善)'이나 '기를 겸한다'는 말로 고쳤습니다. 그것은 서로 도와 밝히려는 것이었지, 제 말에 잘못이 없다는 것은 아닙니다.

제3절 이제 그대가 견해를 보여 주어 저의 잘못을 드러내 정성껏 깨우쳐 주시니 깊이 깨닫게 됩니다. 그렇지만 의심하지 않을 수 없어 몇 말씀 드리니 바로잡아 주기 바랍니다.

제4절 무릇 사단이란 정이며 칠정도 정입니다. 모두 정인데 왜 사단과 칠정이라는 다른 이름이 있겠습니까? 그것은 그대가 말한 것처

넘 '사사와 맹자가 가리키는 것이 달라' 그러한 것입니다. 이(理)와 기 (氣)는 서로 따라 본바탕이 되며, 서로 기다려 작용이 됩니다. 그러 므로 이가 없는 기가 있을 수 없고, 마찬가지로 기가 없는 이도 있을 수 없습니다. 그렇지만 가리키는 것이 다르기 때문에 구별하지 않을 수 없는 것입니다. 예로부터 성현들도 이 둘을 논하면서 합쳐서 하나 로만 말하고 나누어 말하지 않은 적이 있었습니까?

제5절 성(性)이란 한 글자만 보더라도, 자사가 말한 '천명지성(天命之 性)'이나 맹자가 말한 '성선지성(性善之性)'에서 두 '성' 자가 가리켜 말 한 것이 무엇이겠습니까? 이기(理氣)의 타고난 본성 가운데 이 이(理) 의 본디 근원을 가리켜 말한 것이 아니겠습니까? 가리키는 것이 이 (理)에 있고 기(氣)에 있지 않아 순수한 선으로 악한 것이 없다고 말 한 것입니다. 만약 이기(理氣)가 나누어질 수 없기 때문에 성이 기를 겸했다고 한다면, 이것은 성의 본모습이 아닐 것입니다. 자사와 맹자 가 도(道)의 전체 내용을 말하면서 이와 같이 말한 것은 하나만 알고 둘은 몰랐기 때문이 아닙니다. 성을 말하면서 기를 섞어서 말한다면 성이 본디부터 선한 것이었음을 나타낼 수 없었기 때문입니다. 뒤에 정자, 장자 같은 사람이 나와 어쩔 수 없이 기질지성*이란 말을 썼지 만, 이것은 앞선 현인들보다 나아지려고 그러한 견해를 세운 것이 아 니었습니다. 가리키는 것이 타고난 성(性) 뒤에 나타난 것이어서 본디

* 기질지성(氣質之性) 성리학에서, 후천적인 기질의 성(性)을 이르는 말.

부터의 성(性)과 같이 부를 수 없었기 때문입니다. 성에도 본디부터의 것과 뒤에 나타난 것이 있듯이, 정에도 사단과 칠정의 나눔이 있다고 저는 생각했던 것입니다. 성(性)은 이와 기로 나누어 말하면서, 정(情)만 어찌 유독 이와 기로 나누어 말할 수 없겠습니까?

제6절 불쌍히 여기는 마음, 옳지 못함을 부끄러워하고 착하지 못함을 미워하는 마음, 사양하는 마음, 옳고 그름을 가릴 줄 아는 마음은 무엇을 따라서 드러납니까? 바로 어짊, 의로움, 예의, 슬기로움의 성(性)으로부터 드러납니다. 기쁨, 노여움, 슬픔, 두려움, 사랑, 미움, 하고픔은 무엇을 따라서 드러납니까? 바깥 사물이 형기(形氣)에 닿아 안에서 움직여 밖으로 나옵니다. 사단이 드러나는 것을 맹자는 마음이라고 했는데, 이 마음은 곧 이기(理氣)가 합한 것입니다. 그럼에도 가리켜 말한 것은 이(理)인데 왜 그렇겠습니까? 어짊, 의로움, 예의, 슬기로움의 성은 순수하여 사람 속에 있는데, 사단이 그 실마리입니다. 칠정의 드러남에도 주자는 본디부터 당연히 그러하다고 하였으니, 그것은 칠정에 이(理)가 없다는 말이 아니었습니다. 그러나 가리켜 말한 것이 주로 기(氣)에 있었는데 왜 그렇습니까? 바깥 사물이 오면 쉽게 느껴 움직이는 것이 형기(形氣)만 한 것이 없는데, 칠정이 바로 그 싹이기 때문입니다. 어찌 사람 속에 있을 때 순수한 이(理)이던 것이 바깥으로 드러나서 기(氣)와 섞인단 말입니까? 바깥 사물에 느껴 움직이면 형기가 되는데, 어찌 그것이 드러나 이(理)의 본체가 되겠습니까? 사단은 모두 선한 까닭에 맹자는, "네 가지 마

음*이 없으면 사람이 아니다."라고 했고, 또 "정(情)이란 선하다고 할 수 있다."라고 했습니다. 칠정은 선악이 정해지지 않은 까닭에, 한번 이루었다 하여 잘 살피지 않는다면 마음이 바름을 얻을 수 없습니다. 칠정이 드러나 정도에 알맞게 된 다음에라야 조화라고 할 수 있습니다. 이것을 통해 살펴보면, 사단과 칠정은 모두 이기(理氣)의 바깥에 있는 것이 아닙니다. 다만 그 말미암아 온 것과 가리키는 바의 중심을 따라 어떤 것은 이(理)라 하고 어떤 것은 기(氣)라 한들 무슨 잘못이 있겠습니까?

제7절 그대가 보낸 편지를 살펴보니, 그대는 이기(理氣)는 서로 따르기 때문에 떨어질 수 없으므로, 이(理)가 없는 기(氣)가 있을 수 없고 또 기가 없는 이도 있을 수 없다고 하였습니다. 그리고 사단 칠정에는 다른 뜻이 없다고도 하였습니다. 이는 얼핏 옳은 듯하지만, 성현의 뜻을 헤아려 보면 맞지 않은 점도 있을 듯합니다.

제8절 인간의 심성과 본질을 밝히는 성리학은 정밀하고 미묘한 것입니다. 그러므로 모름지기 마음을 크게 하고 안목을 높게 하여 한 가지 견해에 얽매이지 말고, 마음을 비우고 기운을 고르게 하여 차근차근 그 뜻을 살펴야 합니다. 같은 가운데에도 다름이 있으며, 다른 가운데에도 같음이 있음을 알아야 합니다. 나뉘어 둘이 되었을

---

* **네 가지 마음** 불쌍히 여기는 마음, 옳지 못함을 부끄러워하고 착하지 못함을 미워하는 마음, 사양하는 마음, 옳고 그름을 가릴 줄 아는 마음.

때는 나뉘기 전의 상태를 해치지 말아야 하고, 합쳐서 하나가 되었을 때는 섞이기 전의 상태로 돌아갈 수 있어야 합니다. 그래야만 두루 알아 치우치지 않을 것입니다.

제9절 다시 성현의 말씀으로 그러함을 밝히겠습니다. 옛날 공자는 "도(道)를 잇는 것을 선(善)이라 하고, 도를 이루는 것을 성(性)이라 한다."라고 했고, 주돈이는 "무극이면서 태극이다."*라고 했습니다. 이는 모두 이기(理氣)가 서로 따르는 가운데 따로 떼어 내 이(理)만 말한 것입니다. 또 공자는 "성(性)은 서로 비슷하지만, 습성 때문에 서로 멀어진다."라고 했고, 맹자는 "입은 맛난 것, 눈은 아름다운 것, 귀는 좋은 소리, 코는 향기로운 냄새, 사지는 편안함을 추구하는 것, 이것이 사람의 성(性)이기는 하나 거기에는 명(命)이 있는지라, 군자는 이를 성이라고 하지 않는다."라고 했습니다. 이는 이기가 서로 이루어지는 가운데 한쪽만을 가리켜 기(氣)를 말한 것입니다. 이 네 가지는 같은 가운데서 다름이 있다는 것을 이야기한 것이 아니겠습니까? 자사가 중도와 조화를 말할 때 기쁨, 노여움, 슬픔, 즐거움은 말하면서도 사단에는 미치지 않았습니다. 정자가 학문을 좋아함을 논할 때도 기쁨, 노여움, 슬픔, 두려움, 사랑, 미움, 하고픔은 말했지만 역시 사단을 말하지 않았습니다. 이것은 이기(理氣)가 서로 기다리는 가운데 섞어서 말한 것이니, 이 두 가지는 다름 가운데 같음이 있음

• **무극(無極), 태극(太極)** 무극은 우주의 본체인 태극의 맨 처음 상태를 이르는 말. 태극은 우주 만물의 근원이 되는 실체.

을 본 것이 아니겠습니까?

제10절 지금 그대의 견해는 이와는 다릅니다. 그대는 합치는 것을 좋아하고 나누는 것을 싫어하며, 함께 뒤섞는 것을 좋아하고 갈라 쪼개는 것을 싫어합니다. 사단 칠정이 생겨난 바를 깊이 연구하지 않고, 이기를 겸하기 때문에 선악이 다 있다고 하며 나누는 것이 옳지 않다고 합니다. 그대의 견해에 "이는 약하고 기는 강하며, 이는 조짐이 없지만 기는 자취가 있다."라는 말은 있지만, 끝에 가서는 "기(氣)가 스스로 드러난 것이 이(理)의 본바탕이다."라고 하였습니다. 이것은 이기를 한 가지로 여겨 구별할 수 없다는 것입니다. 명나라 나정암이라는 학자가 이기는 두 가지가 아니라고 주장하며, 주자의 견해가 잘못되었다고까지 하였습니다. 저는 학문이 깊지 못해 나정암이 가리키는 것을 알지 못하겠습니다. 그대가 보낸 편지가 나정암과 같다는 것은 아닙니다.

제11절 또 보내 주신 편지에 "자사와 맹자가 가리키는 것이 다르다."라고 하고, 또 "사단은 맹자가 선한 한쪽만을 떼어 내 가리켰다."라고도 하며, "사단과 칠정에는 다른 뜻이 없다."라고도 했는데, 이것은 거의 모순되는 것이 아닙니까? 학문을 하면서 나누고 쪼개는 것을 싫어하고 합쳐 한 견해를 세우는 데 힘쓰는 것을 옛사람도 '대추를 씹지도 않고 그냥 삼킨다.'라고 하였으니 그 폐단이 적지 않습니다. 이와 같은 태도를 계속한다면 자기도 모르는 사이에 기(氣)로써 성

㈜을 논하는 잘못에 빠지게 되고, 사람의 욕망을 하늘의 이치로 이해하는 잘못에 떨어질 것이니 어찌 옳다고 하겠습니까?

제12절 그대의 편지를 받고 바로 답장을 보내려고 하였으나, 제 견해가 옳고 의심할 바가 없다는 자신이 없어 오랫동안 부치지 않았습니다. 그런데 최근에 《주자어류》라는 책에서 맹자의 사단을 말하고 있는 마지막 한 조목을 보았습니다. 거기서 바로 이 일을 다음과 같이 설명하고 있었습니다. "사단은 이(理)가 드러난 것이며, 칠정은 기(氣)가 드러난 것이다." 옛사람들도 자기 자신만을 믿지 말고 스승을 믿으라고 하지 않았습니까? 주자는 제 학문의 스승이며, 또한 예나 지금이나 모든 사람이 높이 우러러 존경하는 스승입니다. 저는 주자의 그 글을 보고서야 제 생각이 크게 잘못되지 않았다는 것을 알았습니다. 또 애초에 정지운의 견해 역시 잘못이 없으니 고칠 필요가 없었습니다. 그리하여 변변치 못한 제 생각을 드러내 그대에게 가르침을 받고자 합니다. 그대의 생각은 어떠한지요? 이치는 이와 같은데 말하는 사이에 조금 차이가 있었다고 봅니다. 그러니 주자의 견해를 따르는 것만 못하다면, 주자의 견해로 대신하고 우리의 견해를 버리는 것이 옳다고 생각합니다. 그대의 생각은 어떠한지요?

출전_ 고봉집

원제_ 양선생왕복서 兩先生往復書

■ — 이 글은 조선 중기에 퇴계 이황과 고봉 기대승이 주고받은 편지글이다. 당시 편지는 얼굴을 맞대고 이야기하지 못하는 경우 사람과 사람을 이어 주는 거의 유일한 수단이었다. 퇴계와 고봉은 편지를 통해 일상의 안부와 학문을 나누었다.

고봉이 처음 퇴계를 만났을 때(1588), 고봉은 서른둘이었고 퇴계는 쉰여덟의 대학자였다. 그럼에도 불구하고 퇴계는 고봉을 무시하지 않고 학자로 존중하며 3년 동안(1559~1562) 토론하고 자신의 생각을 수정하며 고봉과 견해를 같이하게 된다. 그런 퇴계의 모습은 요즘 찾아보기 어려운 정신적 성숙을 짐작하게 한다.

여기서 그들이 편지를 주고받은 직접적인 계기이자 토론의 쟁점이 되는 사단칠정론(四端七情論)을 잠깐 짚어 보기로 하자. 성리학에서 사람의 마음(心)이 밖으로 드러나기 이전의 선한 상태를 성(性)이라 하고, 마음이 밖으로 드러나 선하기도 하며 악하기도 한 상태를 정(情)이라고 한다. 사단은 인의예지의 성(性)이 바깥의 영향을 받지 않고 드러난 정(情)이므로 항상 선하고, 칠정은 바깥의 영향을 받아서 드러난 것이므로 선하기도 하고 악하기도 하다. 성리학에서는 만물을 이(理)와 기(氣)로 나누어 설명한다. 이는 만물에 내재하는 원리이며, 기는 이가 구현되는 물질적 바탕을 말한다.

퇴계와 고봉의 논쟁은 바로 이 사단칠정과 이기(理氣)의 관계를 보는 데서 출발한다. '사단은 이(理)에서 드러나고, 칠정은 기(氣)에서 드러난다.'라는 퇴계의 관점으로부터 두 사람의 논쟁이 시작된다. 이에 대해 고봉은 사단과 칠정을 각각 이와 기로 나눈 퇴계의 견해에 반대했다. 고봉은 칠정을 이기가 합쳐져 있으므로 선과 악이 공존하는 것으로 보았던 것이다. 이 편지글은 두 사람의 논쟁의 출발점으로, 이후 고봉은 퇴계의 설을 상당 부분 받아들이면서 정리된다.

헤아릴 수 없이 큰 집

사람들은 바다 가운데 세 산*이 있다고 하는데, 그 가운데 하나가 두류산이다. 두류산은 우리나라 호남과 영남 사이에 있다.

이 두류산에 신흥사라는 절이 있다. 이 절 입구에 골짜기가 있는데 '화개동(花開洞)'이라 한다. 골짜기가 아주 좁아, 사람이 마치 병 안으로 드나드는 것처럼 보인다.

절 동쪽을 바라보면 푸른 골짜기가 보이는데 바로 청학동(靑鶴洞)이다. 푸른 학이 거기에 있다. 남쪽을 바라보면 강 위로 여러 봉우리가 보이는데 바로 백운산(白雲山)이다. 그곳에서 흰 구름이 생겨난다.

골짜기 안에 마을이 하나 있는데, 대여섯 집이 살고 있다. 꽃나무와 대나무가 우거지고, 닭 울음소리와 개 짖는 소리가 들려온다. 그곳에 사는 사람들은 옷차림이 소박하고 머리 모양이 예스럽다. 그곳 사람들은 다만 밭 갈고 우물을 파서 살아갈 뿐이고, 그곳을 찾아오

• **세 산** 중국 전설에 나오는 삼신산(봉래산, 방장산, 영주산)을 이른다. 이 이름을 본떠 우리나라의 금강산을 봉래산, 지리산(두류산)을 방장산, 한라산을 영주산이라 이르기도 한다.

는 사람도 늙은 중이 있을 따름이다.

골짜기에서 절 문에 이르는 길에 남쪽으로 수십 걸음을 가면, 동쪽과 서쪽에서 흐르는 두 시내가 모여 한 시내를 이룬다. 맑은 물이 돌에 부딪치고, 구불구불한 물줄기가 소리를 내며, 달리던 물줄기가 한 번 뒤집어져서 수천 송이 눈꽃을 만들어 내는데 정말 장관이라 할 만하다.

시내 양쪽 언덕에는 수천 개의 돌이 누워 있다. 하늘이 이곳을 험하게 만들어 신령스러운 땅을 숨기려 하였던 것이다. 겨울에 얼음이 얼거나 여름에 큰비가 지면 사람들이 들어갈 수가 없는데, 이것이 흠이라 하겠다.

신유년(1561) 여름, 이 산에 거처하는 옥륜 스님이 조연 스님에게 맡겨 골짜기에 있는 돌을 기둥으로 삼아 길게 다리를 놓았다. 또 다리 위에는 다섯 칸이나 되는 높은 누각을 만들고 곱게 단청을 했다. 그러고는 다리 이름을 '홍류교(紅流橋)'라 하고, 누각 이름을 '능파각(凌波閣)'이라 하였다. 아래로는 누런 용이 물결에 누워 있는 듯하고, 위로는 붉은 봉황이 나는 듯하다. 그 형세는 단례(端禮)의 원각(鼋閣)과 같고, 장의(張儀)의 구교(龜橋)와는 아주 다르다.

스님이 이곳에 이르면 선정(禪定)에 들 수 있고, 시인이 이곳에 이르면 시구가 일어나게 되고, 도인이 이곳에 이르면 모습을 바꾸지 않고 곧바로 선인(仙人)이 될 수 있다.

이에 옥륜과 조연 두 스님이 하늘에 마음을 붙이고 뜬구름에 몸을 맡기고는, 지팡이를 짚고 나와 이곳에서 한가롭게 읊조리기도 하고 차를 마시기도 하고 기대 눕기도 하면서 늙음이 이르는 줄도 알지 못한다.

능파각에 오르면, 몸이 백 척이나 올라서 하늘의 별을 따는 듯한 맛이 있고, 눈은 천 리나 열려 하늘에 오르는 듯한 맛이 있다. 외로운 물오리가 스러지는 노을 속으로 날면 등왕각에 오른 듯한 맛이 있고, 하늘 멀리 세 봉우리를 보면 봉황대에 오른 듯한 맛이 있다. 맑은 시내와 꽃다운 풀을 보면 황학루의 맛이 있고, 복사꽃이 떨어져 흐르는 물은 도화원의 맛이 있다. 비단을 펼친 듯한 가을의 단풍은 적벽의 맛을 느끼게 하고, 반가운 손님을 맞이하고 보내는 일은 호계의 맛을 가져다준다. 짐을 진 사람, 임을 인 사람, 농사짓는 사람, 낚시하는 사람, 물에 발을 담근 사람, 목욕하는 사람, 바람을 쐬는 사람, 노래 부르는 사람뿐만 아니라, 나아가 물고기를 바라보거나 달을 감상하는 사람도 누구든 이 능파각에 오르면 즐거움을 누릴 수 있다. 그 즐거움을 누리게 하는 데 이 누각이 가져다준 도움이 적지 않다.

또 바람이 불고 비가 내리고 얼음이 얼고 눈이 와도 이 시내를 건너는 사람들이 옷을 걷는 수고를 하지 않아도 되니, 그 공이 또한 크다 하겠다. 능파각 하나를 지어 모든 즐거움을 다 갖추게 하였으니 어찌 현명한 사람이 있어야만 이러한 즐거움을 누릴 수 있다 하겠는가?

다만 안타까운 것은, 이제까지 하늘이 이 신령스러운 곳을 숨겨두었는데 지금 두 스님이 구름을 꾸짖어 쫓고 산과 절과 골짜기와 시내를 속세 사람들에게 알려 이름을 숨기기 어렵게 한 것이다. 비록 그러하나 유마*의 재주처럼 이 누각이 천 칸 만 칸의 큰 집이 되어 천하 사람들을 감싸 줄 수도 있지 않겠는가?

가정 갑자년(1564) 봄에 쓴다.

출전_ 청허집

원제_ 두류산신흥사능파각기 頭流山神興寺凌波閣記

---

* **유마** 석가모니의 제자. 그가 아팠을 때 석가모니의 명을 받고 많은 사람들이 문병을 갔는데, 그는 문병 온 사람들을 위해 도력으로 자신의 방을 넓혀 사람들이 다 들어갈 수 있게 하였다고 한다.

◉ — 이 글은 지리산 신흥사 입구인 화개동에 다리를 놓고 누각을 지은 것을 기념해 써 준 글이다. 서산 대사는 그것을 매우 유려하게 서술한다.

삼신산으로부터 시작하는 것은 지리산의 다른 이름이 방장산이기 때문이다. 그 지리산 아래 신흥사가 있고, 절 입구가 화개동이다. 오른쪽에는 청학동이 있고, 멀리 남쪽으로 백운산이 자리한다. 골짜기 안에는 마을이 하나 있다.

그 골짜기의 시내에 두 스님이 다리를 놓아 보시했다. 그 다리 이름이 홍류교이다. 그리고 다리 위에 능파각이라는 누각을 지어 사람들로 하여금 수고로움을 덜게 하고 즐거움을 누리게 해 주었다.

그러나 한편으로는 아쉬움을 갖지 않을 수 없다. 왜냐하면 하늘이 이 아름다운 경치를 숨겨 놓았는데, 다리를 놓고 누각을 지음으로써 속세 사람들이 이 골짜기를 많이 찾고 또 시끄럽게 할까 염려해서이다. 그러나 글쓴이는 이것을 노파심이라고 했다. 왜냐하면 두 스님이 보시한 이 다리와 누각이 헤아릴 수 없는 큰 집이 되어 세상 사람들을 감싸 줄 것이기 때문이다.

이 글을 읽어 보면 옛사람의 마음 씀씀이가 어떠했는지 잘 나타난다. 다리 하나 누각 하나에도 이름을 붙여 주고 그 의미를 설명해 준다. 사람뿐만 아니라 사물 하나에도 정성을 쏟고 글을 써서 의미를 되새기는 모습을 통해 자연과 사물을 대하는 옛사람의 마음을 잘 드러내고 있다.

나를 찾아서

이용휴

나를 다른 사람과 상대하여 보면, 나는 가깝고 다른 사람은 멀다. 나를 사물과 상대하여 보면, 나는 귀하고 사물은 하찮다. 그런데도 세상은 이와 반대로 가까운 내가 먼 다른 사람의 말을 받아들이고, 귀한 내가 하찮은 사물의 부림을 받는다. 왜 그러한가? 그것은 욕망이 슬기를 가리고, 잘못된 습성이 참됨을 없애 버리기 때문이다.

그래서 좋아하고 미워하며 기뻐하고 성내는 감정과, 행하고 그치며 굽어보고 우러러보는 행위를 모두 다른 사람과 사물을 따라서 하고 스스로 주인이 되어 하지를 못한다. 그것이 심해지면 말하고 웃는 것이나 낯빛이나 모습까지도 저들의 노리갯감이 된다. 그리고 정신과 생각, 땀구멍과 뼈마디까지도 모두 나에게 속한 것이 없게 되니, 정말 부끄러워할 일이다.

내 벗 이 처사(處士)는 예스러운 풍모와 마음을 가졌으며 다른 사람과 틈을 짓지 않고 또한 겉치레를 꾸미지도 않는다. 그러나 마음속에는 지키는 것이 있다. 그래서 평생토록 남에게 부탁하는 일이

없었고 좋아하는 물건도 없었다. 다만 부자(父子)가 서로 지기(知己)
가 되어 위로하고 격려하며 부지런히 농사지으며 먹고살 따름이다.

처사가 손수 심은 나무가 수백수천 그루인데, 그 뿌리와 줄기와
가지와 잎은 모두 아침저녁으로 물을 주고 북돋아서 기른 것이다.
나무가 자라 봄이면 꽃을 얻고, 여름이면 그늘을 얻고, 가을이면 열
매를 얻는다. 그러니 처사의 즐거움이 어떠한지 알 만하다.

처사가 동산에서 나무를 가져다 작은 집을 짓고는 '아암(我菴, 내
집)'이라고 이름했다. 그것은 사람이 날마다 하는 행위가 모두 자신
으로부터 말미암는다는 것을 보여 주려는 것이다. 저 모든 영화로움
과 권세, 이익, 부귀공명은 자신이 천륜을 지키면서 단란하게 즐기
고 본업에 힘을 쓰는 것과 비교하면 외적인 것에 불과하니, 처사는
선택할 줄을 안 것이다.

뒷날 내가 처사를 찾아가면 함께 암자 앞 늙은 나무 아래 앉아 '다
른 사람과 나는 평등하고, 만물은 일체다.'라는 뜻을 이야기 나눌 것
이다.

출전_ 혜환잡저

원제_ 아암기 我菴記

▣ — 사람들은 자신을 찾으려고 하면서 그것을 바깥에서만 찾는다. 즉, 다른 사람이나 사물 등에서 자신을 찾는다. 다른 사람이 나를 어떻게 생각하는가 끊임없이 눈치를 살피고, 나 자신을 드러내기 위해서 비싼 아파트와 자동차를 소유하려고 한다.

이처럼 자신의 무의식을 지배하는 것은 무엇인가? 그것을 프랑스 철학자 라캉은 '타자의 욕망'이라는 말로 표현하고 있다. "인간의 욕망은 타자의 욕망이다." 이는 상징계 자체가 타자의 영역이기 때문에 상징계 안의 욕망은 타자가 지정해 주는 것에 대한 욕망일 수밖에 없다는 것이다. 인간은 자신의 무의식을 억압했을 경우에만 자신이 존재할 수 있다고 본 라캉은 "나는 내가 생각하는 곳에 존재하지 않고, 내가 생각하지 않는 곳에서 존재한다."라고도 말한다. 그러므로 나는 무수한 타자에 의해 규정된다고 본 것이다.

나를 다른 사람이나 사물과 상대해 보면 내가 가깝고 귀하다는 것을 누구도 부인하지 않는다. 그러나 실제로 나는 어떠한가? 세상은 이러한 생각과는 반대로 가까운 내가 먼 다른 사람의 말을 받아들이고, 귀한 내가 하찮은 사물의 부림을 받는다. 내 감정과 행위는 다른 사람과 사물을 따라서 하고 나 스스로 주인이 되지 못한다.

글쓴이는 벗이 집을 짓고 '아암(我菴, 내 집)'이라고 이름한 뜻을 풀어 준다. 글쓴이는 그것이 '날마다 하는 행위가 모두 자신으로부터 말미암는 것'이라고 풀이한다. 외적인 것에 부림을 받지 않고 자신이 주인이 되는 것, 그것이 자신이 다른 사람과 평등해지고 만물과 하나가 되는 바탕이다.

요술을 구경하고

이날 홍려시소경(鴻臚寺少卿) 조광련과 나란히 의자에 앉아 요술을
구경했다. 내가 조광련에게 말했다.

"눈이 있어도 옳고 그름을 구별하지 못하고 참과 거짓을 살피지
못한다면, 눈이 없는 게 나을 것입니다. 사람들이 매번 요술쟁이에
게 속는 것은 자신의 눈이 똑똑하지 않아서가 아닙니다. 그보다는
오히려 잘 살펴보는 눈이 빌미가 되는 것이지요."

그러자 조광련이 말했다.

"비록 요술쟁이가 눈속임질을 잘한다 하더라도 장님은 속일 수가
없지요. 그러니 눈이 사물을 제대로 본다고 할 수 있을까요?"

내가 말했다.

"우리나라에 화담 선생이란 분이 계셨습니다. 하루는 집을 나섰다
가 길에서 울고 있는 사람을 만났더랍니다. 그래서 화담 선생이 왜
우느냐고 물었더니, 그 사람이 이렇게 대답하였답니다.

'제가 세 살 때 눈이 멀어서 이제 사십 년이 되었습니다. 이제까지

길을 갈 때는 발에 의지하여 보았고, 물건을 잡을 때는 손에 의지하여 보았습니다. 소리를 듣고 누구인지 판단할 때는 귀에 의지하여 보았고, 또 냄새를 맡아 무엇인지 살필 때는 코에 의지하여 보았습니다. 다른 사람에게 두 눈이 있었다면, 저에게는 손과 발과 코와 귀가 눈이 되었던 것입니다. 어찌 손과 발과 코와 귀뿐이겠습니까. 해가 뜨고 지는 것을 낮에는 피곤함으로 보았고, 사물의 모양과 빛깔을 밤에는 꿈으로 보았습니다. 이렇게 하여 막히는 것이 없어 의심스럽고 혼란스러운 것이 없었습니다.

지금 길을 가는 도중에 갑자기 두 눈이 밝아져 백태*가 걷혔습니다. 그러자 천지는 텅 비고 산천은 어지러워 온갖 사물이 눈에 장애를 일으켜 온갖 의심이 일어 가슴이 답답해졌습니다. 손과 발과 코와 귀는 뒤죽박죽이 되어 이전의 상태를 잃어버렸습니다. 아득하게 집을 잊어버리고 돌아갈 길을 찾지 못해 울고 있습니다.'

그러자 화담 선생이 이렇게 말했답니다.

'네 지팡이에게 물어보면 마땅히 알 것이다.'

장님이 말했습니다.

'제 눈이 이미 밝아졌는데, 지팡이가 무슨 소용이 있겠습니까?'

화담 선생이 이렇게 말했답니다.

'네 눈을 도로 감아라. 그러면 네 집으로 갈 수 있을 것이다.'

이로써 살펴보건대 눈의 밝음을 믿을 수 없는 것이 이와 같습니

---

* **백태** 몸의 열이나 그 밖의 원인으로 눈에 희끄무레한 막이 덮이는 병.

다. 오늘 요술을 보니 요술쟁이가 사람들을 속인 것이 아니라, 실제로는 요술을 보는 사람들이 스스로 속은 것입니다."

조광련이 말했다.

"그렇습니다. 한나라 성제의 부인 조비연은 너무 말랐고, 당나라 현종의 비인 양귀비는 너무 뚱뚱했다고 합니다. 무릇 '너무'라고 한 것은 심하다는 말입니다. 사람들이 마르고 뚱뚱하다고 하면서 심하다고 한 것은, 이미 조비연과 양귀비가 절세가인이 아니라는 것입니다. 그럼에도 두 임금의 눈은 마르고 뚱뚱한 사이에서 속은 것입니다.

세상에 밝은 안목과 참된 식견이 사라진 지 오래되었습니다. 태백°이 문신을 하고 약초를 캔 것은 효도라는 것으로 세상을 속인 것입니다. 예양°이 몸에 옻칠을 하고 숯을 삼킨 것은 의로움으로 세상을 속인 것입니다. 기신°이 누런 수레에 깃발을 올린 것은 충성으로 세상을 속인 것입니다. 패공(유방)이 요술을 부린 것은 깃발이었고, 장량이 요술을 부린 것은 돌이었습니다. 전단은 소로,° 초평은 양으로, 조고°는 사슴으로, 황패는 참새로, 맹상군°은 닭으로, 치우는

- **태백** 주나라 태왕의 맏아들. 태백이 태왕의 아우 계력의 아들인 문왕에게 왕위를 물려주기 위해 계력에게 왕위를 전하려 하자, 왕위를 아우 계력에게 양보하고 은둔하였다.
- **예양** 전국 시대의 진(晉)나라 사람. 자신이 받들던 지백을 죽인 조양자를 죽이려고 자신을 감추기 위해 몸에 옻칠을 하고 숯을 먹어 목소리를 바꾸고 조양자를 암살하려다 실패하고 죽었다.
- **기신(紀信)** 한나라의 장군으로, 유방이 형양성에서 항우에게 포위되어 위기에 처하자 기신은 유방의 차림을 하고 거짓으로 항복하여 유방이 도망갈 수 있는 길을 만들어 주고 자신은 죽었다.
- **전단은 소로** 전단은 소 1000여 마리에 오색으로 용무늬를 그린 붉은 비단 옷을 만들어 입히고 갈대를 소꼬리에 매달아 기름을 부은 후 거기에 불을 붙였다. 야음을 틈타 소 떼를 성 밖으로 내몰면서 군사 5000명을 뒤따르게 하여 연나라 진영을 향해 돌진하게 하여 승리하였다.

구리쇠 머리로, 제갈량은 목우유마로 각각 요술을 부렸습니다. 왕
망이 금등으로 천명을 청한 것은 되다 만 요술이요, 조조가 동작대
에서 궁녀들에게 향을 나누어 준 것은 잘못된 요술입니다. 안녹산
이 붉은 마음(충성심)을 가지고 있었다는 일이나 노기가 푸른빛 얼굴
을 가지고 있던 것은 서툰 요술이었습니다.

옛날부터 여자들은 요술을 더욱 잘 부렸습니다. 포사*는 봉홧불
로, 여희*는 벌로 요술을 부렸습니다.

성인께서 가르침을 펼 때도 역시 그러한 점이 있었습니다. 저는 요
임금 때 섬돌에 난 풀이 아첨꾼을 가리키고, 순임금이 지은 음악을
연주하자 봉황이 뜰에서 춤추었다는 것을 감히 의심하지는 않습니
다. 그러나 누런 용이 배를 등에 짊어졌다는 이야기*나 붉은 까마귀
가 집에 날아들었다는 이야기*는 믿을 수가 없습니다.

- **조고** 진(秦)나라의 환관으로 신하들을 시험하기 위해, 사슴을 2세 황제에게 바치면서 말하였다.
  "이것은 말입니다." 그러자 황제가 웃으며, "승상이 잘못 본 것이오. 사슴을 일러 어찌 말이라 하시
  오." 하였다. 황제가 말을 마치고 좌우의 신하들을 둘러보자, 말이라고 하는 사람들이 많았다. 조고
  는 부정하는 사람들을 기억해 두었다가 나중에 죄를 씌워 죽이고, 2세 황제까지 죽였다.
- **맹상군** 전국 시대 제나라 사람으로, 진(秦)나라에 사신으로 갔다가 죽을 뻔하였으나 식객 중에 닭
  의 울음소리를 잘 흉내 내는 사람이 있어 진나라의 추격을 모면했다.
- **포사** 주나라 유왕은 사랑하는 포사를 웃게 만들려고 거짓으로 봉화를 올려 전국의 제후들을 모이
  게 하여 포사를 웃도록 만들었다.
- **여희** 춘추 시대 진나라 헌공의 애첩. 여희는 자기 아들을 태자로 세우기 위해 태자 신생을 내쫓으려
  고 일을 꾸몄다. 여희는 헌공에게 신생이 자기를 사랑한다고 모함을 하고 그것을 증명시켜 주려고
  하였다. 여희가 신생과 정원에 있는데, 여희는 머리에 꿀을 발라 벌들이 윙윙거리는 곳으로 갔다. 머
  리에 바른 꿀 때문에 벌들이 여희의 머리 위로 돌자 신생은 벌을 쫓아내느라 바빴다. 이를 본 헌공은
  신생이 여희를 안으려고 하는 것으로 생각하였다. 결국 신생은 자살하게 된다.
- **누런 ~ 이야기** 우임금이 장강을 건너는데 황룡이 배를 짊어지니 배 안의 사람들이 모두 두려워하
  였다. 우임금이 하늘을 우러러 탄식해 말하기를, "하늘에서 명령을 받아 만백성을 위해 온 힘을 다
  하는데 사는 것은 머무는 것이요, 죽는 것은 돌아가는 것이다." 하고 용을 보기를 마치 도마뱀같이
  하여 얼굴빛을 변치 않으니 용이 머리를 숙이고 꼬리를 밑으로 내리고 갔다.

옛날부터 성스러운 사람이나 평범한 사람이나 한 가지쯤 이해하지 못할 일이 있습니다. 부스럼을 좋아하는 사람도 있고, 나귀 울음소리를 좋아하는 사람도 있습니다. 이런 것을 요술이라 하여도 될 것이고, 본성이라 하여도 괜찮을 것입니다.

요술이란 것은 끝없이 변화하더라도 두려워할 것이 없습니다. 세상에서 두려워할 요술이란 성실함으로 꾸민 간악함이며, 다른 사람을 넓게 이해하고 받아들이는 마음으로 꾸민 공손함일 것입니다."

내가 말했다.

"후한의 호광 같은 재상은 중용*으로 요술을 부렸으며, 풍도 같은 재상은 사리에 밝은 총명함으로 요술을 부렸습니다. 웃음 속에 칼을 품은 것은 입으로 칼을 삼키는 요술보다 더 무섭지 않을까요?"

서로 크게 웃고 일어났다.

출전_ 열하일기

원제_ 환희기 幻戲記

• **붉은 ~ 이야기** 주나라 무왕이 아버지 문왕의 위패를 싣고 은나라를 정벌하러 가다가 강을 건너자 강 상류 쪽에서 불길이 일어나더니 쏜살같이 내려와 무왕 앞에서 붉은 까마귀로 변하였다. 당시 은나라의 상징은 흰색이고 주나라의 상징은 붉은색이었다. 이는 주나라가 천하를 잡으리라는 징조였다.

• **중용** 지나치거나 모자라지 아니하고 한쪽으로 치우치지도 아니한, 떳떳하며 변함이 없는 상태나 정도.

◼ — 이 글은 《열하일기》에 들어 있다. 연암은 열하의 거리에서 요술을 보고 느낀 것을 적고 있다. 사람들이 요술쟁이에게 속는 것은 눈이 똑똑하지 않아서가 아니라 오히려 잘 살펴보는 눈 때문이라고 한다.

이는 《열하일기》에 들어 있는 또 다른 글 〈하룻밤에 아홉 번 강을 건너(一夜九渡河記)〉에도 비슷하게 나와 있다. '소리와 빛깔은 바깥 세계의 사물이다. 이것은 늘 귀와 눈에 탈이 되어 사람이 바르게 보고 바르게 듣는 힘을 잃게 한다.' 그러므로 '눈과 귀만 믿는 사람은 자세할수록 더욱 병집이 되는 것이다.' 요술쟁이가 아무리 눈속임질을 잘한다 하더라도 장님은 속일 수가 없는 노릇이다. 그러니 우리는 눈이 사물을 제대로 본다고 하는 것을 의심할 수밖에 없다.

그러면 우리는 사물을 어떻게 보아야 하는가? 연암은 그것을 쉬운 이야기를 만들어 우리에게 말해 준다. 40년을 장님으로 살아온 사람이 어느 순간 시력을 회복했다. 이제 정말 사물을 제대로 인식할 것 같은데, 사실은 전혀 그렇지가 못하다. 매일 걷던 길도 낯설고 아득해 집으로 돌아가는 길을 찾지 못한다. 오히려 밝은 눈이 바깥 사물에 어지러워져서 참다운 마음까지 잃어버린 것이다. 그러므로 눈으로 보는 것이나 귀로 듣는 것을 의심하는 것은 당연한 결론이다.

연암은 참다운 마음을 찾아야 사물을 제대로 인식할 수 있다고 말한다. 위에서 집으로 돌아가는 길을 잃은 사람이 다시 길을 찾는 방법은 눈을 도로 감는 것이다. 눈을 감음으로써 바깥 사물에 어지러워지지 않는 평정심을 얻고 참다운 눈을 가질 수 있는 것이다.

1 〈물을 보려면 그 근원을 보라〉에서 '물을 보려면 그 근원을 보라.'라고 한 글쓴이의 뜻을 말해 보자.

2 〈대나무〉를 읽고, 대나무에서 찾아볼 수 있는 사람의 심성을 말해 보자.

대나무의 모습	사람의 심성
바다가 얼 만큼 추워도 시들지 아니하고, 쇠가 녹을 만큼 더워도 마르지 않는 모습	
대나무가 처음 날 때 쑥 자라는 모습	
늙을수록 더욱 단단해지는 모습	
속이 빈 모습	
곧은 모습	
뿌리가 용으로 변하는 모습	
열매가 봉황의 먹이가 되는 것	

3 〈학문의 진리가 마음을 즐겁게 해야〉에서 다음 구절이 의미하는 것을 말해 보자.

1) 학교 행정이 제대로 되지 않는 것은 법과 제도가 서지 않아서가 아니라 학문의 진리가 마음을 즐겁게 하지 못하기 때문이다.

2) 먼저 몸과 마음을 바르게 하지 않고 헛되이 과거로만 선비를 쓰며 벼슬과 녹봉으로 사람을 잡아매면, 어찌 학교가 정돈되고 선비들의 습성이 바르게 되겠습니까?

4 〈이기 논쟁〉을 읽고, 기대승과 이황의 견해를 정리해 보자.

• 기대승 :

• 이황 :

5 〈헤아릴 수 없이 큰 집〉을 읽고, '헤아릴 수 없는 큰 집'의 의미를 말해 보자.

209

6 〈나를 찾아서〉의 내용을 떠올리며 (나)를 읽고, (가)의 광고(어느 자동차 회사의 광고) 내용을 비판해 보자.

(가)

요즘 어떻게 지내냐는 친구의 말에   그랜저로 대답했습니다

(나) 사유 재산에서 파생되어 나온 소유적 실존 양식은 궁극적으로 '나(주체)는 무엇(객체)을 가지고 있다.'라는 진술에서 볼 수 있듯이, 객체를 소유하고 있음을 빌려서 나의 자아를 정의하려고 한다. 다시 말하면 '나 자신'이 아니라 '내가 가지고 있는 그것이 나를 존재하게 하는 주체'가 되는 것이다. 그렇기 때문에 여기서는 나와 나의 소유물 사이에 살아 있는 관계가 성립하지 않는다. 즉, 내가 그것(사물)을 소유하기도 하지만 반대로 그것이 나를 소유하기도 한다. 그에 반해 존재적 실존 양식은 독립과 자유 그리고 비판적 이성을 지니는 것이 전제가 된다. 그렇기 때문에 존재적 실존 양식에서는 가진 것을 잃을 수 있다는 위험에서 생기는 불안이나 걱정은 존재하지 않는다.

7 〈나를 찾아서〉와 〈요술을 구경하고〉를 읽고, 다음에 대해 말해 보자.

1) 세상에서 두려워할 요술이란 성실함으로 꾸민 간악함이며, 다른 사람을 넓게 이해하고 받아들이는 마음으로 꾸민 공손함일 것이다.

2) 웃음 속에 칼을 품은 것은 입에 칼을 삼키는 요술보다 더 무섭지 않을까요?

8 (가)는 〈요술을 구경하고〉에 나오는 내용이다. (나), (다)와 관련시켜 (가)가 뜻하는 것을 말해 보자.

(가) 눈이 있어도 옳고 그름을 구별하지 못하고 참과 거짓을 살피지 못한다면, 눈이 없는 게 나을 것입니다. 사람들이 매번 요술쟁이에게 속는 것은 바로 자신의 눈이 똑똑하지 않아서가 아닙니다. 그보다는 오히려 잘 살펴보는 눈이 빌미가 되는 것이지요.

(나) 보는 것이 믿는 것이다.(Seeing is believing.) – 서양 속담

(다) 무엇으로 보이는가?

7장

—

견해를
뚜렷이 밝히다

남북국 시대

유득공

고려가 발해의 역사를 편찬하지 않음으로써 고려의 국세가 크게 떨치지 못했음을 알 수 있다.

옛날 고씨가 북쪽에 자리를 잡아 고구려라 하였고, 부여씨가 서남쪽에 자리를 잡아 백제라 하였으며, 박씨와 석씨와 김씨가 동남쪽에 자리를 잡아 신라라 하였는데, 이를 삼국이라 한다. 그러니 마땅히 삼국의 역사가 있어야 했는데, 고려가 삼국의 역사를 엮은 것은 옳은 일이었다.

백제와 고구려가 망하고 신라가 그 남쪽을 차지하였다. 대씨가 그 북쪽에 있으면서 나라 이름을 발해라 하였다. 그러니 마땅히 남북국의 역사가 있었어야 함에도 고려가 남북국의 역사를 엮지 않았으니 잘못이다.

대씨는 누구인가? 바로 고구려 사람이다. 대씨가 차지한 땅은 어디인가? 바로 고구려 땅이다. 대씨는 고구려 땅을 동쪽, 서쪽, 북쪽으로 넓혀 크게 하였다. 신라와 발해가 망하자 왕씨가 통합하여 이

를 차지하고 고려라 하였다. 고려가 남쪽 신라의 땅은 고스란히 차지
했지만 북쪽 발해의 땅은 온전히 차지하지 못했다. 그래서 발해의
땅은 여진에 넘어가기도 하고 거란에 넘어가기도 하였다.

그때 고려를 위해 계책을 내는 사람이 바로 발해의 역사를 편찬
하여 여진에게, "어찌하여 우리에게 발해의 땅을 돌려주지 않는가?
발해의 땅은 바로 옛 고구려의 땅이다." 하고 꾸짖었어야 했다. 그러
고는 장수를 보내 그 땅을 거두게 했다면 토문강 북쪽은 고려 땅이
되었을 것이다. 또 거란에게도, "어찌하여 우리에게 발해의 땅을 돌
려주지 않는가? 발해의 땅은 바로 옛 고구려의 땅이다." 하고 꾸짖었
어야 했다. 그러고는 장수를 보내 그 땅을 거두게 했다면 압록강 서
쪽은 고려 땅이 되었을 것이다.

그러나 고려는 발해의 역사를 편찬하지 않아 토문강 북쪽과 압록
강 서쪽의 땅이 누구의 땅인지 알지 못하게 되었다. 여진을 꾸짖으
려 해도 그 근거가 없고, 거란을 꾸짖으려 해도 그 근거가 없어졌다.
마침내 고려가 약한 나라가 되고 만 것은 발해의 땅을 얻지 못한 까
닭이니 탄식할 일이다.

어떤 사람은, "발해가 거란족이 세운 요나라에게 멸망했는데, 어
찌 고려가 그 역사를 편찬할 수 있었겠는가?" 하는데 그렇지 않다.

발해는 중국을 본받은 나라이므로 반드시 사관을 두었을 것이
다. 발해의 수도인 홀한성이 무너지자 발해의 세자를 비롯한 십여만
명이 고려로 달아났다. 사관이 없었다 하더라도 역사책은 있었을 것
이다. 사관과 역사책이 없었다 하더라도 발해의 세자에게 물어보았

다면 발해의 세계(世系)를 알 수 있었을 것이고, 발해의 대부 은계종에게 물어보았다면 발해의 예법을 알 수 있었을 것이며, 유민 십여만 명에게 물어보았다면 모르는 것이 없었을 것이다.

장건장은 당나라 사람임에도 《발해국기》를 썼는데, 고려 사람들은 어찌 발해의 역사를 편찬하지 않았더란 말인가. 아! 발해의 자료나 기록이 흩어져 없어지고 수백 년이 흐르니, 비록 발해 역사를 편찬하려 해도 할 수가 없게 되었다.

내가 규장각 관원으로 있으면서 비장된 책들을 두루 읽을 수 있었다. 그래서 발해의 사적을 가려 뽑아 순서를 매겨 '군(君), 신(臣), 지리(地理), 직관(職官), 의장(儀章), 물산(物産), 국어(國語), 국서(國書), 속국(屬國)' 등 아홉 개의 고(考)를 지었다. 세가(世家)나 전(傳) 또는 지(志)라고 하지 않고 고(考)라 한 것은 이 글이 온전한 역사책이 될 수 없고 또한 감히 역사라고 자처할 수 없기 때문이다.

출전_ 영재집

원제_ 발해고서渤海考序

▣ ─ 중학교 세계사 시간에 유럽 여러 나라의 왕조 변천을 외우려면, 도대체 왜 그리 복잡한지, 이리저리 얽히고설켜서 정신이 없다. 그에 비하면 우리의 역사는 아주 간결하다. '고조선 → 삼국 시대 → 통일 신라 시대 → 고려 시대 → 조선 시대'로 우리나라 역사 연표는 끝이다. 이것이 1980년대까지 우리 국사의 기술이었다.

최근에 들어 통일 신라 시대 부분은 통일 신라와 남북국 시대로 바뀌어 서술된다. 1980년대 말까지 통일 신라 시대라 하고, 발해의 역사를 서너 쪽에 걸쳐 간단하게 기술하던 것과는 큰 차이다. 그것은 신라 북쪽에 우리 민족이 세운 발해라는 나라가 있었기 때문이다. 삼국과 통일 신라, 발해, 고려의 연표를 살펴보자.

고구려(B.C.37~668)	발해(698~926)	
백제(B.C.18~660)		고려(918~1392)
신라(B.C.57~935)		

고구려 유민이 세운 발해라는 나라는 오랫동안 우리나라 역사 서술에서 제외되었다. 무엇보다 발해의 옛 땅을 고려나 조선이 실질적으로 지배하지 못한 것이 가장 주요한 원인이었다고 할 수 있다.

조선 후기에 와서 유득공은 잊힌 발해의 역사를 우리의 역사로 본격적으로 복원했다. 그것이 《발해고》이다. 이 글은 바로 그 역사책의 서문이다. 여기서 유득공은 고려가 발해의 역사를 서술하지 않아 국세가 떨치지 못한 것으로 보고 발해의 역사를 새롭게 인식하고자 했다.

오늘날 발해와 통일 신라를 아울러 남북국 시대라고 서술하는 것은 그나마 이전에 비해 보다 객관적으로 우리 역사를 서술하려는 태도라고 할 수 있다.

스승은 누구인가

스승에 대한 해설은 여러 가지가 있다. 그러나 도(道)는 하나가 아니며 지위 또한 같지 않으니, 이를 몰라서는 안 된다. 그 도를 가지고 말한다면 덕이 아주 뛰어난 사람, 어질고 총명한 사람, 그리고 어리석은 사람의 스승이 있다. 지위를 가지고 말한다면 천자나 제후, 높은 벼슬아치, 선비, 일반 백성의 스승이 있다.

스승은 올바른 법도를 가르치고 재주를 북돋우며 글을 익히게 한다. 위로는 천자로부터 아래로는 일반 백성에 이르기까지 스승의 도움 없이 이름을 이룬 사람은 아무도 없다. 천자나 제후, 높은 벼슬아치, 선비, 일반 백성은 지위가 다르고, 덕이 아주 뛰어난 사람, 어질고 총명한 사람, 그리고 어리석은 사람은 도가 하나가 아니다. 그렇지만 모든 사람이 자신을 갈고닦으며 성격을 변화시키는 것은 스승에게 달려 있다. 올바른 법도를 본받고 재주를 북돋우며 글을 익히는 것도 마찬가지이다.

글을 풀이하여 문장을 익히게 하며, 재주를 이어받게 하여 쓰임에 맞도록 하며, 올바른 법도를 이어받게 하여 마음을 바르게 하도록 시키는 것이 스승이니, 스승 노릇 하기란 참으로 힘든 것이다.

일반 백성의 스승이란 누구인가? 스승은 반드시 어버이에 대한 효도, 형제끼리의 우애, 임금에 대한 충성과 벗 사이의 믿음을 깨닫게 해야 한다. 그래서 백성들이 자기 어버이를 공경하고 어른을 위해 목숨을 바치도록 한다. 무당이나 의원, 악사 등과 온갖 기술에 이르기까지, 그 숫자가 비록 적지만 마음을 오로지하여 가르쳐야 한다.

스승은 위엄으로 제자들이 두려워하도록 할 수도 있고, 매를 들 수도 있으며, 제자들을 내칠 수도 있다. 스승이 제자들을 가르치는 올바른 방법을 얻지 못하면, 억센 제자는 더욱 사납게 되고 뜻이 약한 제자는 게을러져 공부를 그만두게 된다. 나아가 어버이를 욕되게 하며 마을에서는 나쁜 일을 저질러, 관청에 소송하는 일이 자주 일어난다.

일반 백성들보다 지위가 높은 벼슬아치나 선비에게는 그 해로움이 몇 배나 더하다. 그보다 위에 있는 제후나 천자에 이르면, 도(道)는 커져서 책임이 더욱 무거워지고, 지위가 높아져서 책임도 더욱 커진다.

천자나 제후는 부귀하게 태어나 편안하게 자라 생각과 행동이 오만하여 아랫사람들을 업신여긴다. 스승이 엄하게 한다 하더라도, 천자나 제후가 곁에 두고 있는 사람들에게 휘둘릴 수밖에 없다. 그들은 아름다운 음악과 여자, 사냥에 쓸 개와 말을 바치고, 귀한 물건이나 좋은 음식을 바쳐, 천자나 제후의 눈과 귀를 닫아 정신을 헷갈리게 만든다. 결국 천자나 제후의 올바른 법도를 해치는 사람이 끊임없이 모여들어 일일이 살펴볼 틈이 없게 된다. 벼슬에 나아가기는 어렵고 물러나기는 쉬운 선비가 천자나 제후의 곁에서 아첨하는 사람들과 친소(親疏)를 비교하여 득실을 다툰다면 일이 어긋나고 어려워질 것이다.

옛날 교육은 비록 천자나 제후의 자식이라도 반드시 학교에 보내, 매일 바른 선비와 함께 생활하게 하였다. 그래서 덕으로 품성을 길러 노인을 공경하고 덕이 있는 사람을 존중하는 도리를 알게 하였다. 그러니 갓에 오줌을 누고 자리에 바늘을 꽂아 두는 일이 없었다.* 그러므로 스승은 스승 노릇을 할 수 있었다.

무릇 남의 스승이 된 사람은 먼저 반드시 자신의 몸을 바르게 하여야 한다. 그것은 자신을 바르게 하지 못하면서 남을 바르게 할 수는 없기 때문이다.

전정부는 나와 같은 해에 과거에 급제한 선비이다. 지금 임금께서 중국에 들어가실 때 전정부가 따라갔다. 그때 임금께서는 세자이셨는데, 전정부가 세자께 글을 가르쳤다. 지금은 임금이 되셨지만 춘추가 어리시니 진실로 스승에게 배워야 할 때이다. 글을 풀이하여 익히고 재주를 이어받고 올바른 법도를 이어받아 한 가지라도 공부하지 않으면 안 된다. 일반 백성이나 높은 벼슬아치들과 견주어 보면

---

* **그러니 ~ 없었다.** 한나라를 세운 유방은 학자를 싫어하여 학자를 보면 그의 갓에다 오줌을 누었다. 또 진(晉)나라의 민회 태자는 자신을 가르치던 두석이 바른말 하는 것을 싫어하여, 그가 앉은 방석에 바늘을 꽂아 두어 두석이 찔려서 피를 흘렸다.

더욱 중요하다. 덕이 아주 뛰어난 사람, 어질고 총명한 사람에 이르는 것을 목표로 힘써야만 할 것이다. 위로는 천자가 있으며 아래로는 백성이 있으니, 더욱 스승을 따라 삼가지 않을 수 없다. 그러니 전정부가 임금의 스승으로서 더욱 힘써야 하지 않겠는가?

전정부는 모름지기 먼저 자신의 몸을 바르게 하고 임금의 마음을 바르게 해야 한다. 그래서 임금께서 아름다운 음악과 여자, 사냥에 쓸 개와 말, 귀한 물건이나 좋은 음식에 빠지지 말도록 해야 할 것이다. 이것은 도는 커 책임이 더욱 무겁고, 지위가 높아 책임도 더욱 크기 때문이다. 이것이 어찌 일반 백성의 스승이 위엄으로 제자들이 두려워하도록 하고 매를 들기도 하며 제자들을 내치는 것과 같겠는가? 높은 벼슬아치나 선비의 스승이 잘못하면 그 해로움이 일반 백성의 갑절이나 되는 것뿐이겠는가?

맹자께서 "오직 큰 사람이라야 임금의 마음속 잘못을 그만두게 할 수 있다. 한 번 임금을 바르게 하면 나라가 안정된다."라고 말씀하셨다. 여기서 큰 사람이란 엄하고 도리를 높일 줄 아는 스승을 일컫는다.

전정부가 임금을 따라 돌아가며 나에게 글을 청하였다. 이에 내가 스승에 대한 글을 쓰면서 맹자의 말씀으로 끝을 맺었다. 전정부 그대는 어떻게 생각하는가?

출전_ 동문선

원제_ 사설증전정부별師說贈田正夫別

◼ — 일찍이 당나라 때 한유(韓愈. 768~824)는 그의 〈사설(師說)〉에서 스승을 두고 이렇게 말했다. "옛날에 배우는 사람은 반드시 스승이 있었으니, 스승이란 도를 전해 주고 학업을 전수시키며 의혹을 풀어 주는 까닭이다. 사람이 나면서부터 아는 자가 아닐진대 누가 능히 의혹됨이 없겠는가? 의혹됨이 있어도 스승을 따르지 아니하면 그 의혹됨은 끝내 풀리지 않을 것이다. 내 앞에 태어나서 그 도를 들음이 진실로 나보다 앞서면 나는 좇아서 그를 스승으로 삼고. 내 뒤에 태어났더라도 그 도를 들음이 역시 나보다 앞서면 나는 그를 스승으로 삼겠다."

글쓴이는 임금을 모시고 돌아가는 친구에게 스승이란 어떠해야 하는지 말해 준다. 사람은 스승의 도움 없이 이름을 이루지 못한다. 도는 하나가 아니지만, 사람이 자신을 갈고닦으며 자신을 변화시키는 것은 스승에게 달려 있다. 그러므로 스승 노릇이란 참으로 중요하다고 할 수 있다. 더구나 임금의 스승이 된 사람에게는 그 스승 노릇이 보통 사람보다 더 중요하다고 할 것이다.

그러면 어떻게 스승 노릇을 할 수 있는가? 글쓴이의 답은 간명하다. 무릇 남의 스승이 된 사람은 먼저 반드시 자신의 몸을 바르게 하여야 한다는 것이다. 그것은 자신을 바르게 하지 못하면서 남을 바르게 할 수는 없기 때문이다. 굽은 자로 바르게 줄을 그을 수는 없는 노릇이다.

"진실로 제 자신을 바르게 하지 못하면서 어떻게 다른 사람을 바르게 하겠는가?"
— 《논어》 〈자로〉

남쪽으로 가려면서 북쪽으로 수레를 모는 나라

허균

나라를 다스리는 사람과 하늘이 맡긴 일을 다스리는 사람은 모두 인재라야만 한다. 하늘이 인재를 나게 하는 것은 그 쓰임이 있기 때문이다.

인재가 나는 것은, 귀한 집안 사람이라고 해서 재주를 더 많이 주는 것도 아니고, 낮은 집안 사람이라고 해서 그것을 덜 주는 것도 아니다. 옛날부터 사리에 밝은 사람들은 그것을 분명히 알았다. 그래서 궁벽한 시골에서도 인재를 구하였고, 하찮은 군사들 가운데서도 인재를 가려서 구하였다. 또는 전쟁에서 항복한 장수들 가운데서도 가려 썼고, 도둑이나 창고지기 가운데서도 뽑아 올렸다. 그렇게 뽑힌 사람들은 모두 그 일에 알맞았고 각기 자신의 재주를 제대로 펼 수 있었다. 그러니 나라로서는 복이었고 다스림은 날로 새로워졌다. 이것이 사람을 바로 쓰는 길이었다.

세상에 큰 나라들도 인재를 버리게 될까 봐 두려워하여 앉은자리에서나 밥상머리에서도 걱정하였다. 그런데 우리나라에는 어찌해서 숨어 살면서 재주를 감추고 드러내지 않는 사람이 이렇게 많단 말인가. 또 재주 있는 사람들도 낮은 자리에 있으면서 마침내는 자신이 마음속에 지니고 있는 생각을 시험해 보지도 못하는 사람이 이렇게 많단 말인가. 인재란 찾아내기도 어렵지만 찾았다 하더라도 그 재주를 다하게 하기도 또한 어렵다.

우리나라가 땅이 좁고 인재가 적은 것은 옛날부터 걱정하던 일이었다. 우리 조선에 들어와서는 인재를 쓰는 길이 더욱 좁아졌다. 대대로 벼슬하던 집 사람이 아니면 높은 벼슬에 오를 수가 없었고, 시골에 숨어 사는 사람은 비록 재주가 있더라도 막혀서 쓰이지 못하였다. 과거를 보고 벼슬에 나아간 사람이 아니면 높은 자리에 이르기 어렵고, 비록 덕이 높은 사람이라 하더라도 재상에 오르기가 어렵다. 하늘이 재주를 고르게 주었는데 좋은 집안 사람이나 과거를 본 사람으로 제한하고 있다. 그러니 늘 인재가 모자란다고 괴로워하는 것은 당연한 일이다.

옛날부터 오늘날까지는 멀고 오래되었으며 세상은 넓다. 그렇지만 서자라고 해서 현명한데도 버리거나 어머니가 다시 시집을 갔다고 해서 그 재주를 쓰지 않았다는 말은 듣지 못했다.

그런데 우리나라는 그렇지가 않다. 어머니가 천하거나 다시 시집을 간 자손은 모두 벼슬길에 나아가지 못한다. 우리나라는 작은 나라로 두 오랑캐 사이에 끼어 있다. 그래서 재주 있는 사람들이 나라를 위해서 쓰이지 못할까 걱정하더라도 나랏일이 해결될지 알기 어렵다. 그런데도 스스로 그 길을 막고는 인재가 없다고 말한다. 이것은 남쪽으로 가려고 하면서 북쪽으로 수레를 모는 격이다. 차마 이 것을 이웃 나라에서 듣지 못하도록 해야 할 것이다.

평범한 사람들도 원한을 품으면 하늘이 슬퍼한다. 하물며 우리나라는 원망을 품은 지아비와 홀어미가 나라의 반이나 된다. 그러니 어찌 나라가 편안하길 바라겠는가.

옛날 현명한 사람들은 대부분 하찮은 사람들에서 나왔다. 만약 그때도 우리나라와 같은 법을 적용했다면 범문정은 재상의 일을 하지 못했을 것이다. 그리고 진관이나 반양귀는 바른말을 하는 신하가 되기 어려웠을 것이고, 사마양저나 위청과 같은 장수, 왕부의 문장도 끝내 세상에 쓰이지 못했을 것이다.

하늘이 보냈는데도 사람들이 그걸 버렸으니 이는 하늘의 도리를 어기는 것이다. 하늘의 도리를 어기고도 하늘에 빌어 하늘의 뜻을 받은 사람은 아무도 없었다. 나라를 다스리는 사람들이 하늘의 뜻을 받들어 행한다면 좋은 일을 맞이할 수 있을 것이다.

출전_ 성소부부고

원제_ 유재론遺才論

◨ — 글쓴이는 조선의 인재 등용 정책을 비판한다. 땅이 좁고 인재가 모자라는 나라에서 도리어 좋은 집안과 과거 출신으로만 인재의 쓰임을 제한한다. 어머니가 천하거나 다시 시집을 간 자손은 모두 벼슬길에 나아가지 못한다. 그러면서 인재가 없다고 한탄한다. 이것은 남쪽으로 가려고 하면서 북쪽으로 수레를 모는 격이다.

정나라 사람이 신발을 사려고 하였다. 그는 자신의 발을 재고는 그것을 놓아두고 시장에 갔다. 신발을 사려고 하다가 발 치수를 잰 것을 두고 온 것을 알았다. 그래서 다시 집으로 돌아와 치수를 잰 것을 가지고 시장으로 가니, 시장이 파해서 신발을 살 수가 없었다. 사람들이 왜 발로 직접 재 보지 않았느냐고 묻자 그 사람이 치수 잰 것은 믿을 수 있어도 자신은 믿을 수 없다고 했다고 한다. 《한비자》에 나오는 이야기로, 그 정나라 사람의 태도는 서자나 개가 자녀를 버려두고 인재가 없다고 한탄하는 조선 위정자의 태도와 다를 바 없다.

특히 서자라고 하여 등용을 제한하는 것은 허균의 삶과 관련해 살펴볼 필요가 있다. 서자 출신의 홍길동이 율도국을 치고 왕이 되는 소설 〈홍길동전〉은 이러한 허균의 삶과 사상이 잘 드러나 있다. 또 다른 글 〈호민론〉에서도 허균은 "두려워해야 할 사람은 오직 백성뿐이다."라고 하면서 조선 중기의 사회 모순을 비판했다.

오늘날에도 'SKY'니 'TK'니 하는 말이 떠돈다. 그런 말 속에는 특정 학교나 지역 출신이 독점하는 우리 사회의 잘못된 인사 정책의 단면이 들어 있다.

글을 어떻게 쓸 것인가

박지원

글을 어떻게 쓸 것인가? 사람들은 반드시 옛것을 따라야 한다(法古)고 말한다. 그래서 세상에는 옛것을 본떠 흉내 내면서도 부끄러워하지 않는 사람이 생겨났다. 이러하다면 왕망이 《주관》으로 예법과 음악을 만들 수 있고, 양화가 공자와 닮았다 하여 만세의 스승이 될 수 있다는 것이니, 어찌 옛것을 본뜨기만 할 것인가?

그러면 새롭게 창조하는 것(刱新)이 옳겠는가? 그래서 세상에는 멋대로 이상야릇하고 헛된 글을 지으면서도 두려움을 모르는 사람이 생겨났다. 이는 세 발 길이의 나무가 중요한 법전보다 낫고,* 이연년의 새로운 노래를 종묘에 올릴 수 있다는 것이니, 어찌 새롭게 창조하기만 할 것인가?

그렇다면 어떻게 글을 쓸 것인가? 내가 장차 어떻게 해야 한단 말

---

* **이는 ~ 낫고** 진(秦)나라 효공 때 상앙이 법령을 실행하기에 앞서 도성 남문에 세 발 되는 장대를 세워 놓고 그것을 북문에 옮겨 놓는 자에게는 상금을 주겠다고 했다. 어떤 사람이 이를 옮기자 약속대로 상금을 주어 법치를 닦았다.

인가? 글쓰기를 그만두어야 하는가? 아! 옛것을 따라야 한다는 사람은 옛 자취에만 얽매이는 것이 탈이 되고, 새롭게 창조해야 한다는 사람은 떳떳하지 못한 것이 걱정거리가 된다. 그러니 진실로 옛것을 따르면서도 변화시킬 줄 알며, 새롭게 창조하면서도 법도에 맞을 수 있게 한다면, 지금의 글이 바로 옛날의 글이 되는 것이다.

옛사람 중에 글을 잘 읽은 사람은 공명선이고, 글을 잘 지은 사람은 한신이다. 왜 그러한가?

공명선이 증자에게 배우면서 3년 동안이나 글을 읽지 않았다. 증자가 그 까닭을 묻자 공명선이 대답했다.

"저는 스승님께서 집에 계실 때나 손님을 맞이하실 때나 조정에 계실 때를 보면서 배우고자 했으나 아직 다 배우지 못했습니다. 제가 아무것도 배우지 못하면서 어찌 스승님 문하에 있겠습니까?"

한신이 강을 등지고 진을 치자 병법에 있지 않은 것이라 하여 여러 장수들이 따르려 하지 않았다. 그러자 한신이 말했다.

"강을 등지고 진을 치는 것은 병법에 있는 것인데 그대들이 자세히 살피지 못한 것이다. 병법에 이르기를 '죽을 자리에 놓인 뒤에라야 산다.'라고 하지 않았던가?"

그러므로 배우지 않은 것이 오히려 잘 배운 것이 되는 것은 혼자 살던 노나라 남자*에게서 볼 수 있고, 아궁이를 늘려 아궁이를 줄인 꾀*를 좇은 것은 변화시킬 줄 안 우승경에게서 볼 수 있다.

이로 살피건대, 하늘과 땅이 아무리 오래되어도 끊임없이 생명을 낳고, 해와 달이 아무리 오래되어도 빛이 나날이 새로우며, 책이 비록 많다지만 담고 있는 뜻이 모두 다르다. 그러므로 날고 헤엄치고 달리고 뛰는 짐승들 중에는 아직 이름이 알려지지 않은 것도 있고, 산과 들에 있는 풀과 나무 중에는 신비로운 것이 있어, 썩은 흙에서 지초가 자라고 썩은 풀이 반딧불이로 변한다.

예법에 대해서도 말다툼이 있고, 음악에 대해서도 의견 다툼이 있다. 글은 글쓴이의 말을 다 드러내지 못하고, 그림도 화가의 뜻을 다 드러내지 못한다. 어진 사람은 도(道)를 일컬어 '어짊'이라고 하며, 슬기로운 사람은 도를 일컬어 '슬기로움'이라고 한다. 그러므로 먼 뒷날 지혜와 덕이 뛰어난 사람을 기다려 의아스러움이 없다고 한 것은 공자의 뜻이며, 순임금과 우임금이 다시 살아온다 하여도 내 말을 바꾸지 않을 것이라고 한 것은 맹자의 말이다. 우임금과 후직, 안회의 법도는 한가지였다. 맹자는 너그럽지 못하고 공손하지 못한 것은 군자가 따르지 않는다고 말했다.

박제운은 스물세 살인데 문장이 뛰어나다. 호를 초정이라 하는

- **노나라 남자** 노나라에 어떤 남자가 혼자 살고 있었는데, 이웃에 사는 과부가 밤중에 폭풍우로 집이 무너지자 그를 찾아와 하룻밤 재워 줄 것을 청하는데 문을 열어 주지 않았다. 과부가 "당신은 어찌하여 유하혜처럼 하지 않소? 그는 성문이 닫힐 때 미처 들어오지 못한 여자를 몸으로 따뜻하게 녹여 주었으나, 사람들이 그를 음란하다고 하지 않았소." 하자, 그는 "나는 장차 내가 해서는 안 되는 행동으로써 유하혜라면 해도 되는 행동을 배우려고 하오."라고 답하였다. 이에 공자는 "유하혜를 배우고자 한 사람 중에 이보다 더 흡사한 사람은 없었다. 최고의 선을 목표로 하면서도 그의 행동을 답습하지 않으니, 지혜롭다고 말할 수 있겠다."라고 칭찬했다.
- **아궁이를 ~ 꾀** 제나라 손빈이 위나라의 장수 방연과 싸울 때, 첫날에는 아궁이를 10만 개 만들었다가 이튿날에 5만 개로 줄이고 또 그 이튿날에 3만 개로 줄여 군사들이 겁먹고 도망친 것처럼 보이게 하였다. 이에 방연이 방심하고 보병을 버려둔 채 기병만으로 추격을 하다 마릉에서 손빈의 복병을 만나자 자결하였다. 후한 때의 장수 우승경이 북방의 오랑캐와 싸우면서 몰리게 되자 구원병이 온다는 거짓 소문을 내고는 아궁이 수를 매일 늘려 구원병이 늘어나는 것처럼 보이게 하였다.

데, 나를 따라 공부한 지 여러 해이다. 그는 진(秦)나라 이전과 양한(兩漢) 시대의 글을 좋아하면서도 형식에 얽매이지 않는다. 글을 쓰면서 낡은 형식에서 벗어나려 하다 보니 근거 없는 곳으로 흐르기도 하고, 주장을 하면서 너무 높게 뜻을 드러내다 보니 법도에서 벗어나기도 한다. 이는 명나라의 여러 작가들이 옛것을 본받아야 한다느니 새롭게 창조해야 한다느니 하면서 서로 헐뜯으며 자기주장만 내세우다가, 모두 올바름을 얻지 못하고 함께 말세의 자질구레함에 떨어져 도(道)를 이루는 데 보탬이 되지 못하고 헛되이 풍속을 병들게 하고 교화를 해친 것과 마찬가지일 것이다.

내가 두려워하는 것이 바로 이것이다. 나는 새롭게 창조한다고 하면서 재주만 부리기보다는 차라리 옛것을 본받다가 부족한 것이 오히려 낫다고 생각한다.

내가 초정이 쓴 글을 읽으면서 공명선과 노나라 남자가 배움에 힘쓴 일을 말하고, 한신과 우승경이 기이한 재주를 드러낸 일을 보았다. 이는 옛것을 제대로 배우고 변화시킬 줄 알아야 한다는 것을 보여 주는 것이다.

밤에 초정과 이런 이야기를 하였다. 드디어 그 책의 첫머리에 이 이야기를 쓰고 학문에 힘쓰기를 권한다.

출전_ 연암집

원제_ 초정집서 楚亭集序

◙ ─ 박지원은 글쓰기의 방법으로 두 가지를 제시한다. 하나는 법고(法古) 곧 옛것을 따르는 것이고, 다른 하나는 창신(□新) 곧 새롭게 창조하는 것이다. 법고를 주장하는 사람의 병폐는 옛 자취에만 얽매여 옛것을 본떠 흉내 내면서도 부끄러워하지 않는 것이고, 창신을 주장하는 사람의 병폐는 멋대로 이상야릇하고 헛된 글을 지으면서 떳떳하지 못한 것이다.

그럼 어떻게 글을 쓸 것인가? 박지원은 그것을 '법고창신'이라고 말한다. 즉, 옛것을 따르면서도 변화시킬 줄 알고, 새롭게 창조하면서도 법도에 맞을 수 있게 하는 것이다.

그것은 한신과 우승경의 예를 통해 볼 수 있다. 한신이 조나라의 군사를 대적하면서 강을 뒤에 두고 진을 쳤다. 부하 장수들이 병법에 없는 것이라고 했지만, 한신은 결국 열 배가 넘는 조나라와 싸워 이겼다. '배수진(背水陣)'이라는 단어는 병법에 없지만, 한신은 '죽을 자리에 놓인 뒤에라야 산다.'라는 전술을 배수진으로 변화시킨 것이다. 우승경은 병력의 열세로 불리해지자 아궁이를 계속 늘리면서 구원병이 오는 것처럼 적을 속여 적의 추격을 따돌리고 무사히 군사를 후퇴시킬 수 있었다. 그것은 제나라 손빈이 위나라 방연과 싸우면서, 아궁이를 줄여 군사들이 도망친 것처럼 속인 전술을 변화시킨 것이다.

박지원은 법고와 창신 사이에서 이 둘의 중간을 말하고 있는 것이 아니다. 위에서 예를 든 한신과 우승경은 모두 옛것을 따르면서도 새롭게 변화시킬 줄 알았던 것이다. 법고와 창신, 그것을 지양하여 더 높은 차원으로 승화시키는 것, 그것이 박지원이 말하는 글쓰기의 방법이다.

의산 문답(毉山問答)

홍대용

앞부분의 줄거리

허자(虛子)는 숨어 살면서 독서한 지 30년에 사물의 이치를 깨닫는다. 세상에 나가 이야기하지만, 사람들이 허자를 비웃는다. 그래서 허자는 북경에 갔으나 자기를 알아주는 사람을 만나지 못하고 돌아오는 길에 의무려산에 오른다. 그곳에서 실옹(實翁)을 만나 이야기를 나눈다. 실옹은 유학자들이 공자와 주자의 본뜻을 잃어버리고 도(올바른 이치)가 사라졌다고 말한다.

허자가 잠깐 말이 없다가 이렇게 말했다.

"저는 바닷가에 살고 있는 하찮은 사람입니다. 옛사람이 남긴 찌꺼기에 마음을 붙여 책에 있는 글이나 외우며 속된 학문에 빠지다 보니, 작은 것을 보고 올바른 이치라 여겼습니다. 이제 선생님의 말씀을 듣고 보니 마음과 정신이 깨끗해져 깨달은 것이 있는 듯합니다. 감히 큰 이치의 핵심을 여쭙니다."

실옹이 오랫동안 허자를 보더니 말했다.

"네 얼굴은 주름 잡히고 머리털은 희어졌구나. 내가 먼저 물으마.
너는 무엇을 배웠느냐?"

허자가 말했다.

"어려서는 성현의 글을 읽고, 커서는 시와 예법을 익히고 음양●의
변화와 사람·사물의 이치를 파고들어 연구하였습니다. 충경●으로
마음을 기르고, 참다움과 재빠름으로 일을 하였습니다. 나라를 다
스리고 세상을 구제하는 것은 주관●에 근거하고, 세상에 나아가고
물러나는 것은 이윤과 여상●을 본받았습니다. 그 밖에 예술, 역법,
병기, 제사, 셈법에 이르기까지 가리지 않고 널리 배웠습니다. 육경●
에 두루 통하여 정자와 주자의 성리학을 아울렀습니다. 이것이 제가
공부한 것입니다."

실옹이 말했다.

- **음양(陰陽)** 우주 만물의 서로 반대되는 두 가지 기운으로서 이원적 대립 관계를 나타내는 것.
- **충경(忠敬)** '충'이란 공자의 핵심 사상으로, 주자는 《논어 집주》에서 '자기에게 최선을 다하는 것을
  충이라 한다(盡己之謂忠).'라고 풀이하였다. '경'은 남명 조식의 중심 사상으로, 남명은 '경'이란 ①
  항상 깨어 있는 것, ② 정신을 하나로 집중하여 잡념이 없도록 하는 것, ③ 몸가짐이 가지런하고 엄
  숙한 것, ④ 그 마음을 잘 거두어들이는 것'이라고 하였다.
- **주관(周官)** 《서경》〈주서〉의 편명. 당시 오관(五官)의 제도와 관리는 덕을 닦는 데 힘을 기울여야 한
  다고 기술했다.
- **이윤(伊尹)과 여상(呂尙)** 이윤은 중국 은나라의 재상으로 탕왕을 도와 하나라를 멸망시키고 선정
  을 베풀었다. 여상은 주나라 무왕을 도와 은나라를 멸망시키고 천하를 평정하였다.
- **육경(六經)** 《역경》,《서경》,《시경》,《춘추》,《예기》,《악기》 등 여섯 가지 경서.

"네 말과 같다면 유학의 큰 줄거리를 모두 갖추었는데, 너는 무엇이 부족해서 나에게 묻느냐? 네가 말재주로 나를 곤란하게 하려는 것인가, 학문으로 나와 겨루려는 것인가, 아니면 표준으로써 나를 시험하려는 것인가?"

허자가 일어나 절하고는 말했다.

"선생님, 무슨 말씀이십니까? 제가 자질구레한 데 얽매여 큰 이치를 듣지 못하여 우물 안 개구리가 하늘을 엿보듯 학문에 어두웠고, 여름벌레가 얼음을 이야기하듯 엉뚱한 말을 했습니다. 이제 선생님을 뵈니 마음이 뚫리고 눈과 귀가 산뜻해져 정성을 다하는데, 선생님은 어찌 그렇게 말씀하십니까?"

실옹이 말했다.

"그러면 너는 유학자로구나. 먼저 물을 뿌리고 비로 쓰는 일을 배운 다음에 인성(人性)과 천명(天命)을 공부하는 것이 배움의 차례다. 이제 내가 너에게 큰 이치를 말하기 전에 먼저 근본을 말해 주겠다. 사람이 만물 중에서 다른 것은 마음이 있기 때문이고, 마음이 만물 중에서 다른 것은 몸이 있기 때문이다. 이제 너에게 물으마. 네 몸이 만물과 다른 점을 이야기해 보아라."

허자가 말했다.

"몸의 바탕을 말하자면, 머리가 둥근 것은 하늘을, 발이 네모난 것은 땅을, 살갗과 터럭은 뫼와 숲을, 생기를 돌게 하는 피는 물을, 두 눈은 해와 달을, 숨 쉬는 것은 바람과 구름을 각각 취한 것입니다. 그래서 사람의 몸을 큰 우주에 상대하여 작은 세계라고 합니다.

또 몸의 삶을 말하자면, 아버지의 정기와 어머니의 피가 통하여 태아가 되고, 달이 차면 태어납니다. 나이가 들면서 슬기로움이 더해져 눈, 코, 입, 귀 등 일곱 구멍이 밝아지고 기쁨, 성냄, 하고픔, 두려움, 근심 등 다섯 가지 성정이 갖추어집니다.

이것이 바로 사람의 몸이 만물과 다른 점이 아니겠습니까?"

실옹이 말했다.

"아! 네 말과 같다면, 사람이 만물과 다른 점이 거의 없구나. 살갗과 터럭의 바탕이나 정기와 피의 통함은 푸나무와 사람이 같은데, 하물며 사람과 짐승이라 다르겠는가?

내가 다시 네게 물으마. 살아 있는 것은 세 가지로 나눌 수 있다. 즉, 사람과 짐승과 푸나무가 그것이다. 푸나무는 머리를 땅에 대고 사는 까닭에 앎은 가지고 있지만 밝음은 가지지 못했다. 또 짐승은 머리를 옆으로 두고 사는 까닭에 밝음은 가지고 있지만 앎은 가지지 못했다. 이 세 가지 생물은 고르지 않게 끝없이 뒤섞이어 서로 약하기도 하고 성하기도 한다. 너는 이 세 가지 생물의 귀함과 천함에 높고 낮음이 있다고 보는가?"

허자가 말했다.

"이 세상에 있는 모든 생물 가운데 오직 사람이 가장 귀합니다. 짐승이나 푸나무는 앎과 밝음을 가지지 못했고 또한 예의와 덕도 갖추고 있지 않습니다. 사람이 짐승보다 귀하며, 짐승이 푸나무보다 귀합니다."

실옹이 머리를 들고 웃으며 말했다.

"너는 진실로 사람이구나. 오륜*과 오사*는 사람의 예의와 덕이다. 떼를 지어 다니면서 숨을 쉬고 먹여 기르는 것은 짐승의 예의와 덕이다. 그리고 떨기로 나서 가지가 뻗는 것은 푸나무의 예의와 덕이다. 사람이 사물을 보면, 사람은 귀하고 사물은 천하다. 마찬가지로 사물의 처지에서 사람을 본다면, 사물은 귀하고 사람은 천할 것이다. 하늘이 사람과 사물을 본다면, 사람이 사물과 같을 것이다.

앎이 없으므로 속일 줄 모르고, 밝음이 없으므로 억지로 하려고 하지 않는다. 그러므로 사물이 사람보다 훨씬 귀하다. 봉황은 천 길이나 높이 날고, 용은 날아 하늘에 이른다. 톱풀과 울금초는 신과 통하고, 소나무와 잣나무는 목재로 쓰인다. 짐승과 푸나무를 사람과 견준다면, 어느 것이 귀하고 어느 것이 천하겠는가?

크고 바른 이치를 해치는 것으로 자랑하는 마음보다 심한 것이 없다. 사람이 사람을 귀하게 여기고 사물을 천하게 여기는 것은 바로 이 자랑하는 마음 때문이다."

허자가 말했다.

"봉황과 용이 난다 하지만 짐승에 지나지 않고, 톱풀, 울금초, 소나무, 잣나무도 푸나무에 지나지 않습니다. 어짊은 백성들에게 혜택을 주기에 부족하고, 슬기는 세상을 다스리기에 부족합니다. 옷 꾸

● **오륜(五倫)** 사람이 지켜야 할 다섯 가지 도리. 부자유친, 군신유의, 부부유별, 장유유서, 붕우유신을 이른다.
● **오사(五事)** 홍범구주(洪範九疇)의 하나. 외모는 공손해야 하고, 말은 조리 있어야 하며, 보는 것은 밝아야 하고, 듣는 것은 분명해야 하며, 생각하는 것은 지혜로워야 한다는 것이다.

밈새, 의장, 예법, 음악, 병기, 형벌의 제도도 없습니다. 그러니 어찌 짐승과 푸나무를 사람과 같다고 하겠습니까?"

실옹이 말했다.

"네 말이 갈피를 잡지 못하고 갈팡질팡 헤매는 것이 너무 심하구나. 물고기가 놀라지 않는 것은 용이 백성들에게 혜택을 내리기 때문이고, 새가 놀라 허둥거리지 않는 것은 봉황이 세상을 다스리기 때문이다. 다섯 빛깔의 구름은 용의 의장이며, 온몸에 두른 무늬는 봉황의 옷 꾸밈새이다. 또 바람과 우레가 떨치는 소리는 용의 병기와 형벌이며, 높은 언덕이 조화되어 울리는 소리는 봉황의 예법과 음악이다. 톱풀과 울금초는 종묘와 사직의 제사에 쓰이는 귀한 풀이며, 소나무와 잣나무는 기둥을 만드는 중요한 재료이다.

그래서 옛사람이 백성들에게 혜택을 내리고 세상을 다스릴 때 사물의 도움을 받지 않은 것이 없다. 임금과 신하의 나눔은 벌에게서, 진을 치는 법은 개미에게서, 예의 절차는 다람쥐에게서, 그물질하는 것은 거미에게서 각각 얻은 것이다. 이런 까닭에 '슬기와 덕이 뛰어난 사람은 만물을 스승으로 삼는다.'라고 했다. 그런데 너는 어찌하여 하늘의 입장에서 사물을 보지 않고 오히려 사람의 입장에서만 사물을 보는가?"

허자가 놀라 크게 깨닫고는, 절하고 다가서며 말했다.

"사람과 사물이 다름이 없다는 가르침을 잘 받았습니다."

출전_ 의산 문답

■ ─ 홍대용이 1766년 북경을 다녀와 자신의 경험을 바탕으로 이 글을 쓴 것으로 알려져 있다. 물론 이 글에 나오는 허자와 실옹은 홍대용이 만들어 낸 인물이다. '허자'는 기존의 전통적인 성리학적 세계관을 고집하는 조선의 유학자를 가리키며, '실옹'은 서양의 새로운 과학 문명을 받아들인 학자를 가리킨다. 또한 '의무려산'이란 이름에도 허자의 헛된 학문 체계를 실옹이 고쳐 준다는 뜻이 들어 있다.

30년의 독서를 통해 사물의 이치를 깨달은 조선의 유학자 허자(虛子)는 북경에 갔으나 역시 자신을 알아주는 사람을 만나지 못하고 돌아오는 길에 조선과 청의 국경에 있는 의무려산(醫巫閭山)에 오른다. 허자는 그곳에서 실옹(實翁)을 만나 이야기를 나눈다.

허자와 실옹의 학문 세계를 정리해 보자. 허자는 성현의 글을 읽고 음양의 변화를 연구하고 충경(忠敬)으로 마음을 다스리고 육경을 공부했다. 바로 유학자의 모습이다. 실옹은 그런 허자에게 '먼저 물을 뿌리고 비로 쓰는 일을 배운 다음에 인성과 천명을 공부하는 것이 배움의 차례'라고 말한다. 이는 실옹의 학문 태도가 실용적인 데 바탕을 두고 있음을 보여 준다.

사람과 사물을 바라보는 데도 허자와 실옹은 대립적인 태도를 보인다. 간단하게 말하면 허자는 사람과 사물은 다르다는 것이고, 실옹은 사람과 사물은 다르지 않다는 것이다. 사람의 관점에서 보면 사람은 귀하고 사물은 천할 것이다. 그러나 하늘의 입장에서 본다면 사람과 사물은 같을 것이다. 이는 실옹이 상대주의적 관점에 서 있음을 보여 준다. 이러한 태도는 당시의 화이관(華夷觀)에 대해 글쓴이의 새로운 관점을 내포하는 것이라 할 수 있다.

역사란 무엇인가

신채호

역사란 무엇인가? 역사란 인류 사회의 아(我)와 비아(非我)의 투쟁이 시간적·공간적으로 발전·확대하는 정신적 활동 상태의 기록이다. 세계사라 하면 세계 인류가 그리되어 온 상태의 기록이며, 조선사라 하면 조선 민족이 그리되어 온 상태의 기록이다.

무엇을 아라 하며, 무엇을 비아라 하는가? 깊이 팔 것 없이 얕게 말하자면, 무릇 주관적 위치에 선 자를 아라 하고, 그 밖에 선 자를 비아라 한다. 이를테면 조선인은 조선을 아라 하고 영국, 러시아, 프랑스, 미국 등을 비아라 한다. 영국, 러시아, 프랑스, 미국 등은 각기 제 나라를 아라 하고 조선을 비아라 한다. 무산 계급*은 무산 계급을 아라 하고 지주나 자본가를 비아라 한다. 마찬가지로 지주나 자본가는 각기 제붙이를 아라 하고 무산 계급을 비아라 한다.

이뿐 아니라 학문, 기술, 직업, 의견이나 그 밖의 무엇에든지 반드

---

* **무산 계급**(無産階級) 자본주의 사회에서, 생산 수단을 소유하지 않고 노동력을 판매하여 생활하는 계급. 프롤레타리아트.

시 기준이 되는 아가 있으면 따라서 아와 맞서는 비아가 있다. 아 안에도 아와 비아가 있고, 비아 안에도 아와 비아가 있다. 아에 대한 비아의 접촉이 복잡할수록 비아에 대한 아의 투쟁이 더욱 세차다. 그래서 인류 사회의 활동이 쉴 사이가 없어 역사의 미래가 완결될 날이 없다. 그러므로 역사는 아와 비아의 투쟁의 기록이다.

아나 아와 상대되는 비아의 아도 역사적 아가 되려면 반드시 두 가지 속성이 필요하다. 첫째는 상속성(相續性)이다. 이는 시간에 있어서 생명이 끊어지지 않음을 말한다. 둘째는 보편성(普遍性)이다. 이는 공간에 있어서 영향이 차차 다른 데로 미침을 말한다.

인류 아닌 다른 생물의 아와 비아의 투쟁이 없지는 않지만, 다른 생물은 아의 의식이 너무 약하거나 혹은 전혀 없어 상속성·보편성을 가지지 못한다. 그렇기 때문에 역사를 만드는 것은 인류에게만 가능하다. 사회를 떠나서 개인적인 아와 비아의 투쟁도 없지 않지만, 개인적 아의 범위가 너무 약하고 작아 마찬가지로 상속성·보편성을 가지지 못한다.

인류도 사회적 행동이라야 역사가 된다. 같은 사건이라도 상속성·보편성의 강약을 보아 역사의 재료가 될 분량이 커지기도 하고 작아지기도 한다.

예를 들어 보자. 김석문(金錫文, 1658~1735)은 300년 전에 지원설(地圓說)을 앞장서서 주장한 조선의 학자이다. 그러나 그의 지원설은 브루노*의 지원설과 같은 역사적 가치를 가지지 못한다. 왜냐하면 브루노의 학설은 유럽 각국의 탐험 열을 높이고 또 아메리카 신대륙

발견을 가져왔기 때문이다. 그렇지만 김석문의 지원설은 그러한 결과를 가져오지 못했다.

정여립(鄭汝立, 1546~1589)은 400년 전에 군신 강상설˚을 타파하려 한 동양의 위인이지만, 그를 〈민약론〉˚을 쓴 루소와 같은 역사적 인물이라 할 수는 없다. 왜냐하면 정여립의 주장에 영향을 받은 검계나 양반 살육계˚ 등은 한 부분에 국한된 짧은 한때의 활동에 불과했지만, 루소의 〈민약론〉은 이후 파도와 같이 널리 프랑스 혁명에 영향을 주었기 때문이다.

비아를 정복하여 아를 뚜렷이 밝히면 투쟁의 승리자가 되어 미래 역사의 생명을 잇는다. 그러나 아가 사라져 비아에 이바지하면 투쟁의 패망자가 되어 과거 역사의 자취만 남기게 된다. 이는 예나 지금이나 역사에서 바꾸지 못하는 원칙이다. 승리자가 되려 하고 실패자가 되지 않으려 하는 것은 인류에게 공통된 속성이다. 그럼에도 늘 기대와는 달리 승리자가 되지 못하고 실패자가 되는 것은 무슨 까닭인가?

무릇 선천적 실질부터 말하면, 아가 생긴 뒤에 비아가 생긴 것이

- **브루노** 1548~1600. 이탈리아의 철학자. 우주의 무한성과 지동설을 주장하고, 반교회적인 범신론을 논하다가 이단으로 몰려 화형을 당하였다.
- **군신 강상설(君臣綱常說)** 임금과 신하는 지켜야 할 도리가 있다는 주장.
- **민약론(民約論)** 1762년 프랑스의 계몽주의 철학자 루소가 발표한 현대 민주주의의 선구적 이론. 또는 그 이론에 따른 논문 이름. 사회나 국가의 성립은 국민의 자유로운 계약에서 이루어진 것이며 그 주권은 국민에게 있다고 주장하여, 19세기 이후 절대 왕권에 반대하는 민주주의 혁명에 커다란 영향을 주었다.
- **검계(劍契), 양반 살육계(兩班殺戮契)** 조선 후기의 폭력 조직.

다. 그러나 후천적 형식부터 말하면, 비아가 있은 뒤에 아가 있다. 말하자면 조선 민족(아)이 출현한 뒤에 조선 민족과 상대되는 묘족·한족 등(비아)이 있었으니, 이는 선천적 실질에 속한 것이다. 만일 묘족·한족 등 비아의 상대자가 없었다면 조선이란 나라를 세우거나 삼경을 만들거나 오군을 두는* 등 아의 작용이 생기지 못했을 것이니, 이는 후천적 형식에 속한 것이다.

정신을 확립하여 선천적인 것을 지키며, 환경에 순응하여 후천적인 것을 유지하여야 한다. 만약 두 가지 가운데 하나라도 부족하면 패망하게 된다. 유태의 종교나 돌궐의 무력으로도 패망을 벗어나지 못한 것은 후천적 형식이 부족했기 때문이다. 또 남미의 공화주의와 이집트 말기의 학문 발전으로도 쇠퇴의 길에서 벗어나지 못한 것은 선천적인 실질이 부족했기 때문이다.

이제 조선 민족을 아의 단위로 잡고 조선사를 서술하려 한다.

㈎ 아의 생장 발달의 상태를 제1의 요건으로 하여 다음을 서술한다.

① 최초 문명의 기원은 어디인가?

② 역대 강토의 늘고 줆이 어떠했는가?

③ 각 시대 사상의 변천이 어떠했는가?

④ 민족의식이 언제 가장 왕성했고 쇠퇴했는가?

⑤ 여진, 선비, 몽고, 흉노 등이 본디 아의 동족으로 언제 나누어지

• **삼경**(三京), **오군**(五軍) 삼경은 고구려 때 둔 세 곳의 서울. 평양성, 국내성, 한성을 이른다. 오군은 조선 시대에, 임진왜란을 계기로 생긴 오군영에 속한 군대를 말한다.

고 또 나누어진 뒤에 영향이 어떠했는가?

(나) 아와 상대자인 사방 각 민족의 관계를 제2의 요건으로 하여 다음을 서술한다.

① 아에서 나누어진 흉노, 선비, 몽고와 아의 문화 포대기에서 자라 온 일본이 아의 커다란 적이 되어 있는 사실.

② 인도는 간접적으로, 중국은 직접적으로 아가 그 문화를 수입하였는데, 어찌하여 그 수입의 양에 따라 민족의 활기가 여위어 강토의 범위가 줄었는가?

③ 오늘 이후는 서구의 문화와 북구의 사상이 세계사의 중심이 되었는데, 아 조선은 그 문화 사상의 노예가 되어 사라지고 말 것인가? 또는 그를 씹어 소화하여 새로운 문화를 창조할 것인가? 이러한 것을 나누어 서술해 (가), (나) 두 가지로 이 책의 기초로 삼는다.

(다) 언어, 문자 등 아의 사상을 표현하는 도구의 날카로움과 무딤은 어떠하며, 그 변화는 어떻게 되었는가?

(라) 종교가 오늘에는 거의 가치가 없는 것이 되었지만, 고대에는 확실히 한 민족의 존속, 멸망, 융성, 쇠퇴의 가장 중요한 부분이었으나, 아의 신앙에 관한 추세가 어떠했는가?

(마) 학술, 기예 등 아의 우수성을 발휘한 부분이 어떠했는가?

(바) 의식주의 정황, 농상공의 발달, 토지의 분배, 화폐 제도와 경제 조직 등이 어떠했는가?

(사) 인민의 이동과 불림, 강토의 줄고 늚을 따라 인구의 늘고 줆이 어떠

했는가?

㈎ 정치 제도의 변천.

㈏ 북벌 사상이 시대에 따라 어떻게 나타나고 사라졌는가?

㈐ 빈부귀천과 각 계급의 압제와 대항 사실이 나타나고 사라진 대세.

㈑ 지방 자치제가 아주 오랜 옛날부터 발생하였으나 근세에 와서 형식
만 남고 정신이 사라진 원인과 그 결과.

㈒ 외세의 침입으로 받은 커다란 손실과 얼마간의 이익.

㈓ 흉노·여진 등이 아와 나누어진 뒤에 다시 합하지 못한 까닭.

㈔ 예로부터 문화상 창작이 적지 않았으나, 늘 고립적이고 단편적이
되고 계속되지 못한 까닭을 힘써 살펴 서술하여 앞의 ㈐, ㈑ 이하
각종 문제로 이 책의 중요한 항목으로 삼아 일반 독자로 하여금 조
선 역사의 만분의 일이라도 알게 하고자 한다.

출전_ 조선 상고사

▣ ― 신채호는 호가 단재(丹齋)로 일제 강점기를 온몸으로 살다 간 독립운동 가이자 역사가, 언론인이다. 신채호는 조선 말 《황성신문》과 《대한매일신보》에 논설을 쓰면서 항일 언론 운동을 전개하였다. 그 후 상해의 임시 정부에도 관여하였으나, 위임 통치를 청원한 이승만의 노선에 반발하며 상해 임시 정부와는 다른 길을 걸었다.

1920년대 독립운동에 헌신하면서 신채호는 한편으로 우리 상고사 연구에 심혈을 기울여 《조선 상고사》, 《조선 상고 문화사》, 《조선사 연구초》 등을 썼다. 그의 역사 연구는 중세의 사학을 극복하고 근대적인 사학으로 발전한 것으로 평가된다. 특히 그는 우리의 고대사에 주목하면서 식민주의 사학을 극복하고 실증적인 민족주의 사학을 수립했다.

그의 고대사 기술의 특징은 다음 몇 가지로 요약할 수 있다. 먼저 단군으로부터 부여·고구려·발해를 중심으로 고대사를 기술했다. 이러한 점에서 그는 신라의 삼국 통일을 부정적으로 바라보았다. 또한 그는 우리 역사의 활동 영역을 한반도를 넘어 중국 동북 지역과 요서 지역으로까지 확대해서 기술했다.

이 글은 《조선 상고사》의 머리글에 해당하는 부분으로 그의 역사 서술에 대한 관점을 잘 보여 준다. 역사를 '인류 사회의 아(我)와 비아(非我)의 투쟁이 시간적·공간적으로 발전·확대하는 정신적 활동 상태의 기록'이라고 정의하고, '조선 민족을 아의 단위로 잡고 조선사를 서술'함으로써, 이 글이 우리의 고대사에 대한 근대적·실증적·체계적 서술로 민족주의 사학의 출발점이 되고 있음을 보여 준다.

마음으로
수행해야 합니다

지눌

삼가 들으니, '땅으로 말미암아 넘어진 사람은 땅에 의지해 일어난
다'고 합니다. 그러므로 땅을 떠나서는 일어날 수가 없습니다. 마음
이 갈팡질팡 헤매다 끝없는 번뇌가 일어나는 사람은 중생이며, 마음
을 깨달아 끝없는 묘용*이 일어나는 사람은 모두 부처님입니다. 비
록 갈팡질팡 헤매거나 깨닫는 것은 서로 다르지만, 중요한 것은 둘
다 마음에서 말미암는다는 것입니다. 그러므로 마음을 떠나서 부처
님을 찾는다는 것은 있을 수가 없습니다.

나는 어려서 불문에 들어와 두루 선법을 닦아 부처님께서 자비를
드리워 베푸신 법문*을 살펴보았습니다. 그것은 모든 인연을 멈추고
마음을 비워 가만히 뜻을 맞추고, 밖으로 치달려 구하지 말라는 것
이었습니다. 마치 불경에서, '부처님의 경지를 알고자 한다면, 마땅

- **묘용**(妙用) 신묘한 작용.
- **법문**(法門) 중생을 열반에 들게 하는 문이라는 뜻으로, 부처의 가르침을 이르는 말.

히 그 뜻을 허공°처럼 깨끗하게 하라.'라고 한 것과 같습니다.

　무릇 보고, 듣고, 외우고, 익히는 사람은 마땅히 마음을 일으켜 스스로 지혜로써 사물이나 현상을 관찰하고, 부처님께서 말씀하신 것과 같이 수행해야 합니다. 이렇게 스스로 부처님의 마음°을 닦아 스스로 부처님의 가르침을 이룬다면 부처님의 은혜에 보답하게 되는 것입니다.

　그러나 우리가 아침저녁으로 행하는 자취를 돌아보면, 부처님의 법에 기대어 거짓으로 꾸미고 또 이익을 기르는 길에 버젓이 서고, 속세의 일에 파묻혀 수행자가 마땅히 지켜야 할 일을 닦지 않고 옷과 밥만 축냅니다. 그러니 다시 출가한들 무슨 소용이 있겠습니까?

　아! 삼계°에서 벗어나려 하면서도 속세를 끊지 못하니, 남자의 몸이지만 대장부의 뜻은 없습니다. 위로는 큰 깨달음을 구하지 못하고, 아래로는 중생을 건져 내어 생사 없는 열반의 언덕에 이르게 하지 못하며, 가운데로는 네 가지 은혜°를 저버리니, 진실로 부끄럽습니다. 나는 오래전부터 이것을 몹시도 안타깝게 여겼습니다.

　임인년(1182) 정월, 나는 개성 보제사에서 열린 담선 법회°에 갔다

• **허공**(虛空) 다른 것을 막지 아니하고, 또한 다른 것에 의하여 막히지도 아니하며, 사물과 마음의 모든 법을 받아들이는 공간. 또는 아무것도 없는 세계.
• **부처님의 마음** 깊이 깨달아 속세의 번뇌에 빠져 흐려지지 않는 마음.
• **삼계**(三界) 중생이 생사 왕래하는 세 가지 세계. 중생이 사는 세계인 욕계(欲界), 욕계에서 벗어난 깨끗한 물질의 세계로 선정(禪定)을 닦는 사람이 가는 세계인 색계(色界), 육체와 물질의 속박을 벗어난 정신적인 사유의 세계인 무색계(無色界)를 이른다.
• **네 가지 은혜** 사람이 세상에 나서 받는 은혜. 부모, 스승, 국왕, 시주의 은혜.
• **담선 법회**(談禪法會) 고려 시대, 선에 대한 이치를 서로 공부하고 참선도 함께 하면서 선풍(禪風)을 크게 떨치려는 데 목적을 두었던 법회.

가, 하루는 도반* 십여 명에게 이렇게 말했습니다.

"법회가 끝나면 명예와 이익을 버리고 세상을 피해 산속에 들어가 모임을 만들어 선정과 지혜를 힘써 닦읍시다. 부처님께 절하고, 경전을 읽고, 울력도 하며 각자 자신이 맡은 바대로 일을 해 나갑시다. 인연에 따라 본바탕을 길러 평생토록 거리낌이 없으며, 이치에 밝아 사물에 얽매여 지내지 않고 깊은 진리를 깨달은 사람의 수행을 좇는 다면, 이 얼마나 좋은 일입니까?"

내 말을 듣고는 여러 도반들이 이렇게 말했습니다.

"지금은 부처님의 가르침만 있을 뿐, 그것을 실천하는 수행이나 깨달음이 없는 세상인데, 어찌 선정과 지혜를 닦는 데 힘쓴단 말입니까? 그러니 차라리 부지런히 아미타불을 외우며 극락정토의 소원을 비는 것만 못할 것입니다."

그래서 내가 말했습니다.

"시간은 비록 변하더라도 사람의 타고난 마음은 변하지 않습니다. 부처님의 가르침에 흥함과 쇠함이 있다고 보는 것은 삼승 권학*의 견해요, 지혜 있는 사람은 그렇지가 않습니다. 그대들과 나는 부처님의 가장 뛰어난 교법을 만나서 보고 듣고 몸에 배게 하고 익히니, 이어찌 전세의 인연이 아니겠습니까?

그런데도 우리들은 기쁘게 여기지 않고 스스로 인연을 끊고서 삼

• **도반**(道伴) 절에서 함께 도를 닦는 벗.
• **삼승 권학**(三乘權學) '삼승'은 중생을 열반에 이르게 하는 세 가지 교법으로 성문승, 독각승, 보살승이다. '삼승 권학'은 성문, 독각, 보살을 위하여 방편으로 가르친 것.

승의 근기*를 가진 사람으로 만족한다면, 이는 조상을 저버리고 끝내는 보살의 수행마저 끊어 버리는 사람이 되는 것입니다.

불경을 외우고 읽으며 수행을 닦는 것은 우리 사문*들이 마땅히 지켜야 할 법이니 어찌 해로움이 있겠습니까? 그러나 근본을 찾지 않고 형상에 집착하여 밖에서 구한다면 지혜로운 사람들에게 비웃음을 살까 두렵습니다.

《화엄론》에 이렇게 적혀 있습니다.

'모든 중생이 부처와 함께 성불한다는 석가모니의 교법은 근본 지혜로 이루어지는 것이므로 일체 지승이라고 한다. 허공같이 넓은 시방세계는 부처의 인과응보가 되기 때문에 부처님과 중생의 마음 경계가 서로 뒤섞이는 것은 그림자처럼 겹쳐 있다. 그러므로 '부처님이 있는 세계다'라거나 '부처님이 없는 세계다'라고 말하지 않으며, '상법시*가 있다'라거나 '말법시*가 있다'라고 말하지 않는다. 이런 가운데 항상 부처님이 나오고 바른 법이 항상 있다고 한 것은 《요의경》이다. 다만 이곳의 더러운 세계와 딴 곳의 깨끗한 세계가 있다거나, 부처님이 있는 세계라든가 부처님이 없는 세계라든가, 상법시라거나 말법시라고 말한 것은 《요의경》이 아니다.'

• **근기**(根機) 교법을 받을 수 있는 중생의 능력.
• **사문**(沙門) 부지런히 모든 좋은 일을 닦고 나쁜 일을 일으키지 않는다는 뜻으로, 불문에 들어가서 도를 닦는 사람을 이르는 말.
• **상법시**(像法時) 삼시법의 하나로, 교법이 있기는 하지만 믿음이 형식으로만 흘러 사찰과 탑을 세우는 데에만 힘쓰고 진실한 수행은 이루어지지 않으며, 증과를 얻는 사람도 없는 시기.
• **말법시**(末法時) 삼시법의 하나. 정법시, 상법시 다음에 오는, 교법만 있고 수행·증과가 없는 시기.

또 이렇게도 적혀 있습니다.

'부처님은 바르지 못한 생각을 가진 중생을 위해 이 세상에 나타나 복덕의 인과응보에 대해 말했다. 그러나 진실로 부처님은 태어나신 것도 아니고 돌아가신 것도 아니다. 오직 도에 상응하는 사람만이 지혜와 인과응보의 이치를 저절로 모아, 부처님이 나타났다거나 사라졌다는 견해를 짓지 않는다. 다만 스스로 선정과 지혜의 두 문으로 마음의 때를 다스린다. 생각이 있고 형상이 있어 나를 고집하는 그릇된 견해로 깨달음을 구한다면 끝내 이루지 못할 것이다. 모름지기 지혜로운 사람에게 의지하고 스스로 뽐내는 마음을 꺾어 공경하는 마음으로 철저하게 이르러야만 바야흐로 선정과 지혜의 두 문으로 의심을 끊고 이치를 분별할 수 있다.'

옛 성인의 말씀은 이와 같았습니다. 그런데 어찌 짧은 동안에 함부로 말할 수 있겠습니까? 맹세컨대 《요의경》의 간절한 말씀을 따르고 방편으로 가르치는 말에는 의지하지 말아야 합니다.

우리 사문은 비록 말법시에 태어나 타고난 성질이 둔하고 어리석지만, 만약 스스로 물러나 형상에 집착하여 깨달음을 구한다면, 전에 배운 선정과 지혜에 들어가는 불가사의한 법은 누가 행해야 합니까? 행하기 어렵다고 버리고 닦지 않는다면, 지금 익히지 않았기 때문에 비록 무수한 겁이 지나더라도 더욱 어려워질 것입니다. 만약 이제 힘써 닦는다면, 닦기 어려운 것도 닦고 익힌 힘 때문에 점차 어렵지 않게 될 것입니다. 옛날 깨달음을 얻는 사람 가운데 평범하지 않은 사람이 있었습니까? 또 여러 경론 가운데 풍속이 쇠퇴한 세상의 중생이라고 하여 번뇌 없는 깨달음을 닦지 못하게 한 것이 있었습니까?

《원각경》에는 부처님의 이런 말씀이 있습니다.

'풍속이 쇠퇴한 세상의 중생이라도 마음에 거짓되고 망령됨이 생기지 않으면 현세의 보살이다.'

《화엄론》에는 이런 말도 있습니다.

'이 법은 평범한 사람의 인과응보가 아니고 보살이 행할 일이라고 말한다면, 이 사람은 부처님의 지혜를 없애고 부처님의 바른 법을 파괴하는 것이다.'

그러므로 지혜로운 사람은 이것을 알고 부지런히 수행해야 하지 않겠습니까? 비록 수행하여 얻지 못한다 하더라도 착한 씨앗을 잃지 않고 오히려 내세의 좋은 인연을 쌓고 익히는 것이 될 것입니다. 그래서 《유심결》에는 이렇게 적혀 있습니다.

'듣고 믿지 않더라도 부처님이 될 씨앗의 인연을 맺을 수 있고, 배우고 이루지 못하더라도 사람과 하늘의 복보다 낫다.'

이것으로 본다면, 말법시와 정법시*가 다른 것을 말하지 말고, 또 스스로 마음이 어둡고 밝은 것을 걱정하지 말아야 합니다. 오직 믿는 마음으로 분수대로 수행하여 바른 인연을 맺어 마음을 약하게 가지지 말아야 합니다.

마땅히 세상의 즐거움은 오래 가지 않고 바른 법은 듣기 어렵다는

---

* **정법시(正法時)** 삼시법의 하나로, 교법·수행·증과가 다 있어, 정법이 행하여진 시기.

것을 알면서도, 어찌 머뭇거리며 인생을 헛되이 보낸단 말입니까? 이렇게 미루어 생각하면, 아득한 과거로부터 마음과 몸의 큰 괴로움을 헛되이 받아 이익이 없었습니다. 또 현재는 한없이 괴롭고, 미래에 받을 괴로움도 끝이 없습니다. 버리기도 어렵고 떠나기도 어렵습니다. 그런데도 우리네는 깨달아 알지도 못합니다. 하물며 우리 몸은 나고 감이 덧없어 잠깐이라도 보전하기 어렵습니다. 그것은 부싯돌의 불이나 바람 앞의 등불, 흘러가는 물이나 저녁에 지는 해로도 비유하기가 부족합니다.

세월은 바람처럼 흘러 조용히 늙음을 재촉하는데, 우리는 마음을 닦지 못하고 점점 죽음의 문에 가까이 갑니다. 예전에 함께 지내던 사람을 떠올려 보니, 슬기로운 사람도 있었고 어리석은 사람도 있었습니다. 오늘 아침 손꼽아 보니 열에 아홉은 죽고 한 사람만 살아 있습니다. 살아 있는 사람도 쇠약하니 앞으로 남은 세월이 얼마나 되겠습니까?

그런데도 욕심, 성냄, 미워함, 집착, 방탕함으로 명예와 이익을 구하며 세월을 헛되이 보내고, 쓸데없는 말로 세상일을 논합니다. 또는 계율을 지킴으로써 얻는 공덕도 없이 보시를 받으며, 다른 사람으로부터 공양을 받으면서도 부끄러워하지 않습니다. 이러한 허물이 끝없이 많은데도 덮어 감추니 얼마나 서글픈 일입니까?

그러므로 지혜가 있는 사람이라면 모름지기 삼가고 조심하여 몸과 마음을 채찍질해야 합니다. 스스로 자신의 잘못을 알아 뉘우치고 고쳐서 조화로운 마음으로 부지런히 밤낮으로 수행해 온갖 괴로움에서 벗어나야 합니다. 그러기 위해서는 부처님의 훌륭한 말씀을 거울삼아 의지하여, 자신의 마음이 본래 밝고 깨끗하며 번뇌는 본래 비어 있다는 것을 비추어 보아야 합니다. 그리고 다시 부지런히 옳고 그름을 가려 자기의 견해를 고집하지 않습니다. 그러면 마음에 어지러운 생각이 사라져, 어둡지 않게 되고 그릇된 견해가 생기지 않으며 있고 없음에 집착하지 않게 됩니다. 이렇게 되면 깨달음의 지혜가 밝아져 깨끗한 행을 닦아 큰 소원을 세워 널리 중생을 건져 내어 생사 없는 열반의 언덕에 이르게 할 수 있습니다. 이것은 자기 한 몸의 해탈을 구하는 것이 아닙니다.

　세간의 갖가지 일에 얽매이고, 병으로 괴로워하고, 수행을 방해하는 마귀나 나쁜 귀신 때문에 두려워하는 마음이 생겨 불안하면, 시방세계의 부처님 앞에 지극한 마음으로 잘못을 깨닫고 깊이 뉘우쳐 무거운 업장*을 없애야 합니다. 예불과 염불의 수행은 때에 맞아야 합니다. 움직이거나 가만히 있을 때, 말하거나 침묵할 때 언제나 자신과 남의 몸과 마음이 인연에 따라 허깨비처럼 일어나는 것이므로, 본체는 텅 비어 물거품과 같으며 구름 그림자와 같다는 것을 알아야 합니다. 그러므로 헐뜯고 칭찬하며 옳다 그르다 하는 소리는 모두 목구멍에서 망령되게 나오는 것이어서 마치 빈 골짜기의 메아리 소리나 바람 소리 같은 것입니다."

원제_ 권수정혜결사문勸修定慧結社文

---

* **업장(業障)** 삼장(三障)의 하나. 말, 동작 또는 마음으로 지은 악업에 의한 장애.

▣ —1190년, 지눌은 지금의 대구 팔공산 거조암에서 수선사(修禪社)를 결성하고 이 글을 지어 그 뜻을 밝혔다. 수선사는 이전의 학문 중심·귀족 중심의 불교를 반성하고 비판하는 과정에서 성립되었다.

지눌이 주창한 수선 결사는 선정(禪定)과 지혜(智慧)를 함께 닦자는 실천 운동으로, 그 바탕을 이루고 있는 것은 돈오 점수(頓悟漸修)이다. 선정이란 한마음으로 생각하여 마음이 하나의 경지에 정지해 흐트러짐이 없이 안정된 상태를 말하며, 지혜란 모든 법에 환히 깨달아 잃고 얻음과 옳고 그름을 가려내는 마음의 작용으로 미혹이 소멸하고 보리(깨달음)를 이룬 것을 말한다. 이 선정과 지혜는 보살이 열반에 이르기 위해서 실천해야 할 여섯 가지 덕목 곧 육바라밀(六波羅蜜) 가운데 있는 것으로 모든 수행의 근본이 되는 것이다. 지눌은 이러한 선정과 지혜를 닦아 단번에 깨닫고(돈오) 점차 수행하여 실천하여야 한다(점수)고 본 것이다.

이 글은 정혜 결사의 취지를 밝히고 있는 것으로, 앞부분의 일부를 옮긴 것이다. 지눌은 먼저 당시 고려 불교가 가진 문제점을 이렇게 지적하고 있다. '부처님의 법에 기대어 거짓으로 꾸미고 또 이익을 기르는 길에 버젓이 서고 속세의 일에 파묻혀, 수행자가 마땅히 지켜야 할 일을 닦지 않고 옷과 밥만 축냅니다.' 다시 말해 마음을 떠나 밖에서 부처님을 찾는다는 것은 있을 수가 없는데, 부처님의 가르침만 있고 그것을 실천하는 수행이나 깨달음이 없다는 것이다. 그래서 지눌은 근본으로 돌아가 '선정과 지혜의 문'으로 마음의 때를 다스려 그릇된 견해를 벗어남으로써 열반의 언덕에 이르고자 한 것이다.

1 〈남북국 시대〉를 읽고, 같은 시대나 사건을 두고 다음과 같이 다르게 말하는 이유가 무엇일지 말해 보자.

- 통일 신라 시대 / 남북국 시대
- 동학란 / 동학 농민 혁명 / 갑오 농민 전쟁
- 일제 시대 / 일제 강점기 / 독립 운동 시대
- 광주 폭동 / 광주 민주화 운동

2 〈남북국 시대〉의 글쓴이가 《발해고》를 쓴 이유를 말해 보자.

3 〈스승은 누구인가〉의 글쓴이가 전정부에게 당부하는 말을 정리해 보자.

4 〈스승은 누구인가〉에서 글쓴이는 스승이 어떠해야 한다고 했는지 말해 보자.

5 〈남쪽으로 가려면서 북쪽으로 수레를 모는 나라〉에서 글쓴이가 우리나라 인재 등용의 잘못으로 생각하는 것을 정리해 보자.

6 〈남쪽으로 가려면서 북쪽으로 수레를 모는 나라〉의 글쓴이가 조선을 가리켜 '남쪽으로 가려면서 북쪽으로 수레를 모는 나라'라고 한 이유를 말해 보자.

7 〈글을 어떻게 쓸 것인가〉에서 글쓴이가 말하는 '법고'와 '창신'을 정리해 보자.

	법고(法古)	창신(刱新)
뜻	옛것을 따라 글을 쓰는 것	
문제점		

8 〈글을 어떻게 쓸 것인가〉에 나오는 공명선과 남자, 한신과 우승경을 예로 들어 글쓴 이의 글쓰기 방법에 대해 말해 보자.

9 〈의산 문답〉을 읽고, 사람과 사물을 바라보는 허자와 실옹의 태도를 말해 보자.

인물	사람과 사물에 대한 태도
허자	
실옹	

256

10 〈의산 문답〉에서 실옹이 세상의 크고 바른 이치를 해치는 것으로 꼽은 것은 무엇인 지 찾아보자.

11 〈역사란 무엇인가〉를 읽고, 역사에 대한 다음 정의들을 설명해 보자.

1) 역사란 아(我)와 비아(非我)의 투쟁의 기록이다. (신채호)

2) 역사란 역사가와 그의 사실들의 지속적인 상호 작용의 과정, 현재와 과거 의 끊임없는 대화이다. (E.H. 카)

12 〈마음으로 수행해야 합니다〉에 나오는 다음 구절의 뜻을 말해 보자.

1) 마음을 떠나서 부처님을 찾는다는 것은 있을 수가 없습니다.

2) 선정과 지혜의 두 문으로 마음의 때를 다스린다.

3) 세월은 바람처럼 흘러 조용히 늙음을 재촉하는데, 우리는 마음을 닦지 못 하고 점점 죽음의 문에 가까이 갑니다.

4) 자신의 마음이 본래 밝고 깨끗하며 번뇌는 본래 비어 있다.

13 〈마음으로 수행해야 합니다〉의 글쓴이가 개성 보제사에서 열린 담선 법회에 갔다가 도반 십여 명에게 제안한 내용을 말해 보자.

고상안(1553~1623) 호는 태촌(泰村). 농사에 밝고 문장에 능했다. 문집《태촌집》에는 여화(餘話)에 해당되는〈효빈잡기〉를 비롯하여, 풍속·전설에 관한 내용이 실려 있다.

기대승(1527~1572) 호는 고봉(高峯)·존재(存齋). 조선 중기의 성리학자. 그는 학문에 대한 의욕이 무척 강했던 것으로 알려지고 있다. 이황과 13년에 걸쳐 편지를 교환했는데, 그 가운데 1559년에서 1566년까지 8년 동안 이루어진, 이른바 사칠 논변(四七論辨)은 유학 사상에 지대한 영향을 끼친 논쟁으로 평가되고 있다. 주기설을 제창함으로써 이황의 주리설과 맞섰다. 문집으로《고봉집》이 있다.

김경진(1352~1409) 서울에서 태어났다. 스물아홉 살 때(1843), 전해지는 이야기들을 모아 야담집《청구야담》을 엮었다.

김부식(1075~1151) 본관은 경주. 그를 포함해 4형제의 이름은 송나라 문인인 소식 형제의 이름을 따서 지었다고 한다. 묘청의 난 때 원수로 임명되어 난을 진압했다. 관직에서 물러난 후 1145년(인종 23)《삼국사기》를 편찬했다. 시호는 문열이다.

김정희(1786~1856) 호는 추사(秋史)·완당(阮堂). 조선 후기의 문신이며 서화가이자 금석학자이다. 스물네 살 때 청나라 연경에 가서 많은 학자들과 교유하였다. 학문에서는 실사구시를 주장하였고, 서예에서는 자신만의 독특한 필치가 살아 있는 추사체를 이루었다.

박제가(1750~1805) 호는 초정(楚亭). 박지원, 이덕무, 유득공 등 북학파와 교유하였다. 1778년 사은사 채제공을 따라 이덕무와 함께 청나라에 가서 청나라 학자들과 교유하였다. 돌아온 뒤 청나라에서 보고 들은 것을 정리해《북학의》를 써서 조선의 정치·사회 제도의 모순과 개혁 방안을 다루었다. 저서로《북학의》,《정유집》등이 있다.

박지원(1737~1805) 호는 연암(燕巖). 학문이 뛰어났으나 1765년 과거에서 뜻을 이루지 못하였고, 이후 과거를 보지 않고 학문과 저술에 힘썼다. 홍국영이 세도를 잡아 생명의 위협을 느끼고 황해도 연암협에 은거해 호가 연암으로 불려졌다. 1780년(정조 4) 삼종형 박명원이 정사로 북경으로 가자 수행(1780년 6월 25일 출발, 10월 27일 귀국)하고 돌아와《열하일기》를 썼다. 이 글에서 이용후생을 강조하고 청나라의 발달된 문물 제도를 받아들여 조선을 개혁하고자 하였다. 그의 주장은 현실적으로 수용되지 않았지만 위정자와 지식인에게 강한 자극제가 되었다. 문집으로《연암집》이 있다.

서거정(1420~1488) 호는 사가정(四佳亭). 조선 초기의 대표적인 관학자로, 학문의 폭이 넓었으며 시에 능하였다. 1478년 대제학으로 있으면서 우리나라 역대 시문을 집대성해《동문선》을 편찬하였다. 문집으로《사가집》이 있고, 시호는 문충이다.

서산 대사(1520~1604) 호는 청허(淸虛), 서산 대사(西山大師)라고도 하며, 휴정은 법명이다. 어려서 성균관에서 공부하고 과거를 보기도 했으나 실패하고 뒤에 출가했다. 1549년(명종 4) 승과에 급제하였고, 선교 양종 판사가 되었다. 1592년 임진왜란이 일어나자 선조의 부름을 받고 승려를 이끌고 왜군과 싸웠다. 1604년 묘향산 원적암에서 설법을 마치고, 자신의 영정 뒷면에 '80년 전에는 네가 나이더니, 80년 후에는 내가 너로구나.'라는 시를 적고 입적하였다. 그는 "선은 부처님의 마음이고 교는 부처님의 말씀이다."라고 하여 선과 교를 통합하려고 노력했다. 저서로《청허당집》,《선가귀감》등이 있다.

석식영암(?~?) 고려 때의 승려로, 지팡이를 의인화한 가전체 작품인 〈정시자전(丁侍者傳)〉을 지었다.

송순(1493~1583) 호는 면앙정(俛仰亭). 조선 중기의 문신. 중종 때(1519) 문과에 급제하였으며, 명종 때(1547) 주문사로 명에 다녀왔다. 이황 등 신진 유학자와 대립했으며, 선조 때(1569) 대사헌·한성부 판윤 등을 지냈다. 전남 담양에 석림정사와 면앙정을 짓고 독서와 시조를 지으며 여생을 지냈다. 강호가도(江湖歌道)의 선구자이며, 저서로《면앙집》,《기촌집》등이 있다.

신채호(1880~1936) 호는 단재(丹齋). 조선 말기와 일제 강점기를 살아간 역사가이자 언론인·독립 운동가이다. 독립협회에도 참여해 활약하였으며, 고향 부근에서 계몽 운동을 전개하기도 했다. 뒤에 항일 단체인 신민회 조직에도 참여했다. 그는 부여, 고구려, 발해 중심의 우리 고대사를 체계화했다. 1919년 상해 임시 정부 수립에 참여했지만 이승만의 노선에 반대하여 임시 정부와 다른 길을 걸었다. 1928년 체포되어 여순 감옥에서 복역하던 중 뇌일혈로 순국하였다. 1962년 건국 훈장 대통령장이 추서되었다.

유득공(1748~?) 호는 영재(泠齋). 시문에 뛰어나 1779년(정조 3) 규장각 검서가 되었다. 저서로 《영재집》, 발해고》 등이 있다.

유몽인(1559~1623) 호는 어우당(於于堂). 성혼에게 배웠으나 경박하다는 책망을 받고 쫓겨나기도 했다. 1623년 광해군의 복위 음모로 국문을 받고 사형되었다. 저서로 야담집 《어우야담》과 문집 《어우집》이 있다.

이곡(1298~1351) 호는 가정(稼亭)이며, 목은 이색의 아버지이다. 원나라의 과거에 급제하여 문명을 떨치고, 원나라에 동녀(원나라와 명나라의 요구로 뽑아 보낸 처녀) 징발을 하지 말 것을 건의하기도 했다. 중소 지주 출신의 신흥 사대부로 현실 문제에 적극적으로 나섰다. 저서로 《가정집》이 있다. 시호는 문효이다.

이규보(1168~1241) 호는 백운거사(白雲居士)·삼혹호선생(三酷好先生). 열여섯 살 때부터 강좌칠현(江左七賢)과 관계를 맺었다. 1189년(명종 19) 사마시에 수석으로 합격하고, 이듬해 예부시에서 급제하였다. 그러나 관직을 받지 못하고, 스물다섯 살 때 개성 천마산에 들어가 글을 짓고 보냈다. 백운거사라는 호는 이때 지은 것이다. 문집으로 《동국이상국집》이 있다. 시호는 문순이다.

이덕무(1741~1793) 호는 형암(炯庵)·아정(雅亭)·청장관(靑莊館)·신천옹(信天翁). 박학다식하고 문장이 뛰어났으나 서자였기 때문에 크게 등용되지 못하였다. 박지원, 홍대용, 박제가, 유득공, 서이수 등 북학파 실학자들과 깊이 교유해 많은 영향을 주고받았다. 1778년(정조 2) 서장관으로 북경에 가서 청나라 학자들과 교류하였다. 1779년 박제가, 유득공, 서이수와 함께 초대 규장각 검서관이 되었다. 그가 죽자 정조는 그의 아들 이광규를 검서관으로 임명하였다. 저서로 《청장관전서》가 있다.

이옥(1760~1812) 그의 글은 친구 김려에 의해 정리되고 김려의 문집에 대부분 수록되어 있다. 성균관 유생으로 있으면서 소설 문체를 써서 군대에 편입되기도 했다. 1796년(정조 20) 별시 초시에 일등을 차지했지만 문체가 문제가 되어 꼴찌에 붙여졌다. 1799년(정조 23)에 문체가 문제가 되어 경상도 삼가현에 소환당하여 그곳에서 넉 달 동안 머물렀다. 그는 정조의 문체 반정의 최대 피해자이기도 했다. 그 뒤에 본가가 있는 경기도 남양으로 내려가 글을 쓰면서 여생을 보냈다.

이용휴(1708~1782) 호는 혜환(惠寰). 남인 실학파의 중심인물인 이가환의 아버지이다. 어려서 작은아버지인 성호 이익에게 배웠다. 진사시에 합격했으나 관직에 뜻을 두지 않고 학문에 전념했다. 천문, 지리, 병농 등 실제 생활에 도움이 되는 실학에 조예가 깊었으며, 주자학적 권위와 구속을 부정했다. 저서로 《탄만집》, 《혜환잡저》가 있다.

이첨(1345~1405) 호는 쌍매당(雙梅堂). 고려 말 조선 초의 문장가. 공민왕 때 문과에 급제하였으나 1375년 권력을 남용하는 이인임 등을 탄핵했다가 10년간 유배 생활을 하였다. 그 후 공양왕 때(1391) 다시 벼슬에 올랐으나, 김진양 사건에 연루되어 다시 홍성으로 유배되었다. 조선 건국 후 태조 때(1398) 이조판서가 되었으며, 1402년 권근, 하륜과 함께 《삼국사략(三國史略)》을 편찬하였다. 소설 〈저생전〉을 지었으며, 《신증동국여지승람》에 많은 시를 남겼고, 《쌍매당협장문집》을 펴냈다. 시호는 문안(文安)이다.

이황(1501~1570) 호는 퇴계(退溪). 조선 중기의 문신이자 학자이다. 스무 살 무렵 《주역》에 몰두해 건강을 해치기도 했다. 34세(1534)에 문과에 급제하고 관직에 발을 들여놓았으나 중종 말년부터 나라가 어지러워지자 관직을 떠나 산림에 은퇴할 뜻을 품었으며, 이후 벼슬이 주어지면 사양하거나 물러나는 일이 많았다. 고향인 낙동강 상류 토계(兎溪)에서 독서에 전념했는데, 이때 토계를 퇴계(退溪)라 바꾸어 부르고 자신의 호로 삼았다. 60세(1560)에 도산서당을 짓고 독서와 저술에 힘쓰는 한편 많은 제자들을 길렀다. 그가 죽은 후에 고향 사람들이 도산서당 뒤에 서원을 지어 도산서원의 사액을 받았다. 1609년 문묘에 종사되었으며, 시호는 문순이다.

일연(1206~1289) 일연은 법명이다. 1219년 설악산 진전사로 출가하여 구족계를 받고, 1246년 선사(禪師)의 법계를 받았다. 1277년(충렬왕 3)부터 1281년까지 청도 운문사에서 지내면서 선풍을 크게 일으켰다. 이때 《삼국유사》를 쓰기 시작한 것으로 추정된다. 뒤에 어머니를 봉양하기 위해 고향으로 돌아왔다. 인각사에 부도가 세워졌다. 시호는 보각(普覺)이고, 탑호(塔號)는 정조(靜照)이다.

임제(1549~1587) 호는 백호(白湖). 어려서부터 지나치게 자유분방해 스승이 없었고, 스무 살이 넘어서 성운에게 배웠다. 성격이 호방하고 얽매임을 싫어했다. 여러 곳을 유람하고 많은 일화를 남겼다. 황진이의 무덤을 찾아가 시조를 짓고 제사를 지냈다가 부임도 하기 전에 파직당하기도 했고, 기생 한우와 시조를 주고받기도 했다. 〈수성지〉, 〈화사〉, 〈원생몽유록〉 등의 한문 소설을 지었고, 문집으로 《임백호집》이 있다.

정극인(1401~1481) 호는 불우헌(不憂軒). 처가가 있는 전북 태인에 집을 짓고 거처하며 집의 이름을 불우헌이라고 하였다. 문집으로 《불우헌집》이 있다.

정철(1536~1593) 호는 송강(松江). 어려서 인종의 후궁인 누이와 계림군 이유의 부인이 된 막내 누이로 인해 궁중에 출입했다. 이때에 같은 나이의 경원 대군(명종)과 친해졌다. 1551년(명종 6) 전라도 담양 창평으로 가서 과거에 급제할 때까지 10여 년을 보내며 임억령, 김인후, 송순, 기대승에게 학문을 배웠다. 또 이이, 성혼, 송익필과도 사귀었다. 1580년(선조 13) 마흔다섯 살 때 강원도 관찰사가 되어 〈관동별곡〉을 지었다. 뒤에 동인의 탄핵을 받아 사직하고 고향 창평으로 돌아가 4년간 은거했다. 이때 〈사미인곡〉, 〈속미인곡〉 등을 지었다. 문집인 《송강집》과 시가 작품집인 《송강가사》가 있다. 시호는 문청이다.

정학유(1786~1855) 호는 운포(耘逋). 다산 정약용의 둘째 아들이다. 일생을 문인으로 마쳤다. 1816년(순조 16) 한 해 동안 힘써야 할 농사일과 세시 풍속 등을 노래한 가사 작품 〈농가월령가〉를 지었다.

조수삼(1762~1849) 호는 추재(秋齋). 조선 후기의 역관으로 여항 시인이다. 여항 시인 조경렴의 동생이고, 조선 말기의 화원인 조중묵은 그의 손자이다. 송석원시사의 중심인물로 활동했으며, 추사 김정희와도 교유했다. 여섯 차례나 북경을 다녀왔고, 국내 각지를 다니면서 많은 시를 남겼다. 저서로 《추재집》이 있다.

조종도(1537~1597) 호는 대소헌(大笑軒). 1592년 임진왜란이 일어나자 김성일과 함께 의병을 모았다. 1596년에는 함양 군수가 되었고, 다음 해 정유재란이 일어나자 안음 현감

곽준과 함께 황석산성을 지키며 왜군과 싸우다가 전사하였다. 저서로 《대소헌집》이 있고, 시호는 충의이다.

지눌(1158~1210)　호는 목우자(牧牛子). 법명은 지눌. 돈오 점수(頓悟漸修)와 정혜쌍수(定慧雙修)를 제창하여 선과 교에 집착하지 않고 깨달음의 본질을 모색하였다. 1182년(명종 12) 승과에 급제하고, 보제사의 담선 법회에서 정혜 결사를 맺어 참선과 교학을 함께 수행할 것을 기약하였다. 1190년 영천 거조사로 가서, 담선 법회에서 결사를 약속했던 동지를 모아 모임을 만들었다. 모임 이름을 '정혜(定慧)'라 하고, 〈권수정혜결사문〉을 지어 취지를 밝혔다. 국사(國師)로 추증되었으며, 시호는 불일보조(佛日普照), 탑호(塔號)는 감로(甘露)이다.

허균(1569~1618)　호는 교산(蛟山). 아버지는 서경덕의 문인이면서 문장으로 이름이 높았던 허엽이다. 이복형 허성, 친형 허봉, 친누나 허난설헌 모두 문장이 뛰어났다. 유성룡에게 배웠고, 시는 허봉의 친구이면서 삼당시인의 한 사람인 손곡 이달에게 배웠다. 벼슬에 나아갔지만 기생 문제나 불교 문제로 물러나기도 했다. 누나 난설헌의 시를 명나라 사신 주지번에게 보여 이를 중국에서 출판하는 계기를 만들었다. 1618년(광해군 10) 8월 격문 사건 때 역모 혐의로 능지처참을 당하였다. 국문 소설 〈홍길동전〉을 지었다. 그에 대한 평가는 문학에 뛰어난 재주가 있었다는 긍정과 사람됨이 경박하다는 부정이 공존한다. 문집으로 《성소부부고》가 있다.

허난설헌(1563~1589)　난설헌은 호이고 이름은 허초희이다. 〈홍길동전〉을 지은 허균은 남동생이다. 어릴 때 어깨너머로 글을 배웠고, 손곡 이달에게 시를 배웠다. 열다섯 살 무렵 김성립과 혼인했으나 원만하지 못했고 더욱이 시어머니와 사이가 좋지 못했다. 사랑하던 아들딸을 잃고 배 속의 아이까지 잃었다. 대부분의 시에 신선 세계가 그려져 있는데, 그만큼 현실이 절망적이었기 때문이었다. 동생 허균이 그녀의 작품 일부를 명나라 시인 주지번에게 주었는데, 그녀가 죽고 나서 중국에서 간행되기도 했다.

홍대용(1731~1783)　호는 담헌(湛軒). 1765년 북경을 방문하여 서양 과학을 접하고 지전설을 주장했으며, 이러한 자연관을 근거로 중국 중심의 화이론(華夷論)을 부정하였다. 북학과 실학자인 박지원과 교유했으며, 박지원의 사상에 큰 영향을 주었다.

문학시간에 옛글읽기 2

옮긴이 | 전국국어교사모임

1판 1쇄 발행일 2014년 3월 31일

발행인 | 김학원
경영인 | 이상용
편집주간 | 위원석
편집장 | 최세정 황서현
기획 | 문성환 박민영 박상경 임은선 최윤영 조은화 전두현 최인영 정다이 이보람
디자인 | 김태형 임동렬 유주현 최영철 구현석
마케팅 | 이한주 김창규 이선희 이정인
저자·독자 서비스 | 조다영 함주미(humanist@humanistbooks.com)
스캔·출력 | 이희수 com.
용지 | 화인페이퍼
인쇄 | 청아문화사
제본 | 정민문화사

발행처 | (주)휴머니스트 출판그룹
출판등록 | 제313-2007-000007호(2007년 1월 5일)
주소 | (121-869) 서울시 마포구 동교로 23길 76(연남동)
전화 | 02-335-4422 팩스 | 02-334-3427
홈페이지 | www.humanistbooks.com

ⓒ 전국국어교사모임, 2014

ISBN 978-89-5682-695-4 44810

만든 사람들

편집장 | 황서현
기획 | 문성환(msh2001@humanistbooks.com) 박민영
편집 | 이영란
디자인 | 최영철